m

———— 阅读之前 没有真相

午夜文库

替身计划

［日］山泽晴雄 著

朱东冬 译

新 星 出 版 社　NEW STAR PRESS

目录

1	**替身计划**
3	序　章
21	第一章　离奇的契约
47	第二章　作案之前
75	第三章　头　颅
104	第四章　两具尸体
133	第五章　不在场证明
161	第六章　杀意的联结点
187	第七章　昏　迷
208	第八章　录像的讲述
233	第九章　壬庚子的秘密
269	终　章
273	**推理谜题**
275	赌　博
278	破公交
281	侦探学基础
284	不在场证明
287	**随　笔**
289	本格诡计已经穷尽了吗？
292	诡计问答
297	五十年回忆

替身计划

登场人物

岸滨凉子：服装设计师
岸滨龙二：凉子的丈夫
柴田初子：凉子的替身
布施香子：自由记者、勒索者
大干昌雄：调整局科长
壬庚子：占卜师、大干的情人
风山秀树：商务公司职员
小岛逸夫：风山的好友
清水典江：临床心理咨询师
须潟赞四郎：警部
水户：巡查部长
牧田三郎：同上
仓丘达夫：刑警
神乐良平：同上
砧顺之介：私家侦探

序　章

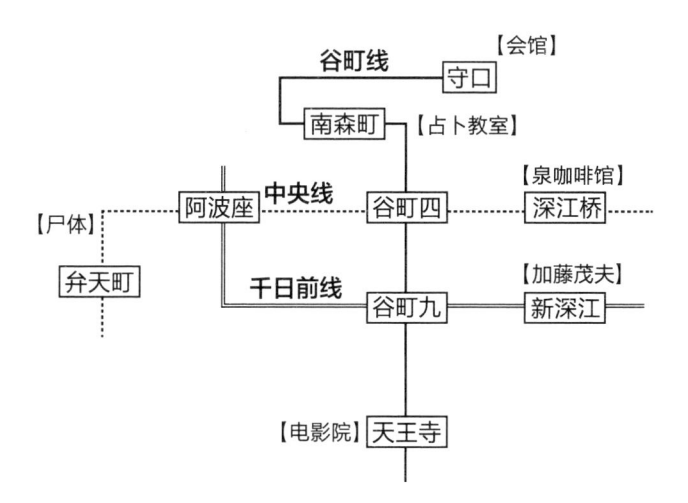

```
谷町线                    【会馆】
         ┌──────守口
         │
      南森町【占卜教室】
         │
         │     【泉咖啡馆】
  阿波座──中央线──谷町四──深江桥
【尸体】
         千日前线   【加藤茂夫】
  弁天町───────谷町九══新深江
         
         【电影院】天王寺
```

谷町线　　——天王寺——谷町九——谷町四——南森町——守口

中央线　　-----弁天町-----阿波座-----谷町四-----深江桥-----

千日前线　　　　══阿波座══谷町九══新深江

　　大阪居民想必无须路线图也对此了然于心，但其他城市的居民仅读正文或许会感到混乱，此图示可帮助各位大致理解地铁站与建筑物的位置关系。不过，这幅地铁路线图仅画有为理解故事所需的地铁站，省略了途中其他地铁站。

平成四年[①]秋。

砧顺之介躲避都市尘嚣,在山阴地区一家幽邃的温泉旅馆里享受着短暂的假日。

从夕阳余晖照耀着的岩石浴池出来,天色已然昏暗,山间秋意寒凉,沁人肌肤。俄而旅馆灯火闪烁,光芒融入蒸腾的雾气,为黄昏景致增添了惆怅的风情。暮色悄然而至,层叠渐深,不知不觉间,浓重的夜幕笼罩了大地。

寂静无声的房间里,砧一个人悠然自斟自饮。然而,这家旅馆承载着他永远无法释怀的苦涩回忆。

是什么占据了他内心的回忆?那是一片荒凉的景象,甚至有一丝悔悟之意。

"那之后都过去九年了……"

砧放下酒杯自言自语,轻轻叹息。

他静静地闭上眼。

刹那间,妖艳华美的幻想取代了那起残忍而离奇的案件的画面,驱赶了他心中的孤寂与悔悟。

九年的岁月,说长也长,说短也短。那一晚的光景清清楚楚地浮现在砧的脑海,恍如昨日。

[①] 一九九二年。——如无特殊说明,本书脚注均为译者注。

1

昭和五十八年①秋。

十一月初一个节日②的傍晚,砧顺之介在梅田新道的中国饭店桃龙阁的包间见到了岸滨龙二。

他是在前天接到电话的。

"好久没见啦。一直想跟你坐下来好好吃顿饭,结果一拖再拖。三号晚上六点,在梅新的桃龙阁一起吃一顿怎么样?"

"好啊,正好我的工作也刚告一段落。那我到时候过去。"

砧爽快地答应了岸滨的邀约。

他穿上得体的约翰斯顿面料新西服,于薄暮时分踏入北街③。假日的傍晚灯火辉煌。

当他穿越地铁站里拥挤的人群,来到新大阪大楼门前时,宣传人员正在派发广告火柴。

砧把对方递来的火柴盒随手收进口袋,乘电梯上到八楼,在服务员的引导下进入最里面的房间。

身材颀长、衣着时尚的岸滨龙二亲切地招呼砧落座。意想不到的是,岸滨还带来一位妙龄女子作陪。

"内人也说一定要见见你……"

听岸滨这么说,砧突然想起了什么。

"我以前跟您有过一面之缘,后来再也没能得见。外子平日承蒙关照了。"

"哪里,彼此彼此。夫人,真是好久不见。感谢今天邀请。"

---

①一九八三年。
②十一月三日是文化之日,日本的全国性节日之一。
③北街,大阪市北区梅田一带繁华街区的通称,与后文提到的"南街"(大阪市中央区难波、心斋桥、道顿堀、千日前一带)并称为大阪两大繁华区。

砧以郑重的语气寒暄道。

岸滨的年轻妻子,是大众媒体上广为人知的服装设计师岸滨凉子。

大约两年前,砧曾在机场大厅偶遇岸滨夫妇,彼时他第一次被引见给岸滨凉子。那是一次短暂的邂逅。

当时他与凉子只交谈了两三句,说的都是些无关痛痒的内容。今晚,砧第一次感受到她的美貌,并为之惊叹。

岸滨凉子是关西服装界名流秋田弥生女士的得意门生,在国际比赛上获奖后,一跃成为电视和杂志的常客,如今已是首屈一指的红人。

她今日衣着格外朴素,不似华丽服饰的创造者。她穿得很正式,一身典雅的藏青色连衣裙颇具格调,但那谨慎得体的言谈举止间,闪耀着几分奇异的色彩。

她那略显瘦长的匀称脸庞上,流露着热情、聪慧与倔强,那双美丽的眼眸尤其令人印象深刻。听说她比属龙的岸滨小一轮,那么今年应该三十一岁了。她完美诠释了这个年龄的女性所具备的成熟之美。

前菜之后是经过严选的正餐,有才貌双全的女主人在场,饭桌上欢声笑语不断。当然,菜肴的滋味无可挑剔。

她似乎也喜欢浅酌几杯。

砧认真地谈论着因中国文化传入而兴起的奈良美术,不知怎的越说越来劲,一直讲到十字军东征与贞操带的作用[①]这类杂学,引发了激烈争论。

岸滨龙二喝着酒,含笑旁观他们的互动。

---

① 贞操带,欧洲中世纪丈夫外出期间固定在妻子身上以防性交的器具,曾流行于十字军东征时期。

吃完饭，三人来到顶层的咖啡店，品味着醇香的咖啡，眺望霓虹璀璨的夜景。

"稍微失陪一下。"

岸滨龙二中途离席，令谈话停滞片刻。

砧无言地注视着她。她妩媚地眨眨眼，回以微笑。砧不动声色地移开视线，有一搭没一搭地点了根烟抽起来。

"想出来了吗？初手1二①步。"

"嗯……2一玉。"

"4一飞不成②。"

砧惊讶地看向她。"你怎么知道我在想那道诘将棋③题目？"

她又一次露出神秘的微笑，卖关子般沉默少顷，见砧一脸疑惑，这才开口："刚才岸滨离开座位后，有两个人坐到了对面那桌。那个戴眼镜、穿花哨运动夹克的人，是将棋解说员曾根记者吧？我没当面见过他，但经常在电视上看到，所以一眼就认出来了。我有点儿纳闷，那位曾根先生为什么会来这种地方呢？"

"嗯……"

"不过我马上就明白了。飞驒桂子的将棋教室今天开业，恰好在这栋楼的二层。我记得曾根记者是飞驒小姐的姐夫，他大概是来道贺的吧。"

砧默默点点头，她便仿佛乐在其中地继续说道："你应该也

---

① 将棋棋盘由 9×9 的方格组成，竖列称为径，从右向左为1径至9径；横行称为段，从上向下为一段至九段。"1二"即表示1径与二段交叉位置的那一格，以此类推。
② 将棋对局中，王将与金将以外的棋子进入敌阵后可选择升变（日语中称为"成"），走法会有变化；若选择不升变，则称"不成"。
③ 诘将棋，以学习攻杀方法为目的的一种练习棋局。在规定棋谱上，用限定的棋子，考虑如何以最少的步数对对方王将不间断地将军直至将死。

马上想到了这件事,所以下意识地从口袋里拿出纸火柴,用指尖摆弄。"

"原来如此……"

"然后你把火柴收回口袋,像想起了什么似的叼起一根烟,用打火机点上。你抽烟时一脸在思考的表情,我就不由得跟你搭话了。"

"嗯,的确如你所说。"

"刚才你拿出火柴,用指尖转着玩时,我隐约看见那上面印着像是诘将棋的图案。于是我推测那盒纸火柴是有人在大楼门口发的,用来宣传将棋教室。至于题目内容,我猜是把飞驒桂子的名字编进去的那个。当然,如果是新出的题目,我不可能猜到,但我想十有八九是那道题,就赌了一把……实在抱歉,我有些冒犯了。"

砧目瞪口呆地看着她。

"哎呀,太令人震惊了,你的这段推理恐怕连福尔摩斯都要甘拜下风,我心服口服。没想到不仅推理厉害,你还是个诘将棋狂热爱好者……对了,你知道江户时代的《将棋精妙》这本书吗?"

她的表情变得僵硬,似有些猝不及防。

但那神情一闪而逝。她微微歪了歪头,像是不懂砧为什么这么问。

"那二上九段的《将棋魔法阵》呢?"

"唔……不知道。"

"那我就放心了。夫人,我身上这盒纸火柴,你包里也有一盒一样的吧?"

听砧指出这点,她的嘴角浮现笑意。

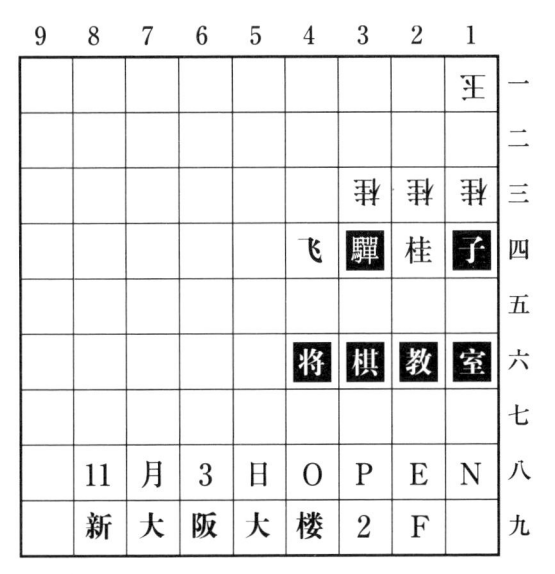

	9	8	7	6	5	4	3	2	1	
									王	一
										二
							歩	歩	歩	三
						飞	驒	桂	子	四
										五
						将	棋	教	室	六
										七
		11	月	3	日	O	P	E	N	八
		新	大	阪	大	楼	2	F		九

持子[①]：步

1 二步　2 一玉　4 一飞不成　3 一步　1 一步成
同玉[②]　3 一飞不成　2 一银　1 二步　2 二玉
3 二桂成　同银　1 一飞成　共十三手将死
（出自古代名作，作者不详。）

[①] 在将棋规则中，吃掉的对方棋子会成为己方的"持子"，可以作为己方棋子使用。
[②] 同玉，上一手步兵走到 1 一的位置后，玉将也走到同样的位置吃掉步兵。将棋棋谱中习惯如此简写。后文同理。

"呵呵，一下就被看穿了呢……你的透视术也不容小觑啊。"

"最近女性将棋迷越来越多，这间将棋教室又是女子棋手开办的，那些广告火柴自然也会分发给女性。所以，你也在大楼门口拿到了火柴。"

"正是如此。我顺便去教室看了看，请教了这道题的答案。"

砧微笑道："这个广告火柴上的题目，常常被用来讲解诘将棋中'不成'的手筋①，而我刚才提到的《将棋精妙》和《将棋魔法阵》里，收录的全是关于'不成'的内容。"

"原来是这么回事。你是觉得，我只瞥一眼那个火柴盒就看出是关于'不成'的题目，痴迷将棋到如此程度，当然应该知道那两本书，对吧？"

"没错。你却闻所未闻，我就意识到你作弊了……"

两人相视一笑。

"说来惭愧，虽然刚才一副内行的口吻，不过说老实话，我也是最近写随笔时碰巧选了诘将棋作为题材，才了解到这些的。"

她轻轻叹息一声，说："可你依然感到奇怪。"

"那是自然。我还是想不通。后面的推测确实都对，但突然读出别人的心思这种事绝无可能。"

"嗯……"

"爱伦·坡的小说里倒是有这样的情节，可那是虚构的故事，再离奇的事都会变得好像合情合理。"

"我自己也不明白，只是没多想就说出口了。"

砧深深地凝视她，观察着她的表情，继而沉默地点点头。

---

① 在将棋、围棋对局中，能充分应付对方着数的棋步。

岸滨龙二回到座位后，两人并没有特意把刚才的对话讲给他听。然而无法否认的是，砧与她在无意间进行了微妙而危险的情感交流。

临别之际，砧说："能否找个机会一起下盘将棋？我会电话联系的。"

"请务必和我切磋一盘。不过……近期还请不要打电话给我。"

"这样啊，毕竟你也是个大忙人。"

"不，我不是这个意思……我会打到你的事务所。一言为定。"

"恭候联络。"

与岸滨夫妇分别后，砧顺之介独自漫步在夜晚的御堂筋①，慢悠悠地向南走去。

秋意渐浓，夜间凉气拂上发烫的脸颊，分外惬意。还不到晚上十点。砧去一家小酒吧坐了坐。方才共度的两三个小时里，她那不可思议的魅力与氛围，在砧脑海中久久挥之不去。

2

爬上南森町地铁站的楼梯，便来到南北向的繁华商业街。榆树咖啡店就在离地铁站两三分钟路程的地方。

十一月三日星期四傍晚。

在这家店的角落，布施香子悠闲地喝着咖啡。虽然表象如此，旁人看来她是在放松休憩，但每当有客人出入，她都装作

---

①在大阪，南北向街道被称为"筋"，东西向街道被称为"通"。为便于读者判断方位，译文保留"筋"与"通"的表述，而不译为"街"。

不经意地望向门口。她在等人。

离约定的晚上七点还有十分钟左右。似乎到得早了点儿,猎物尚未出现。布施香子下意识地拿起咖啡杯。咖啡已一滴不剩。她有些焦躁地点了根烟。

那是上个星期六的事。

十月二十九日晚,香子在鸟羽的观光酒店"大滨庄"的大堂看到了大干昌雄的身影。

香子常出入政府办公楼,在大干昌雄还是用地局股长时就知道他了。他精明强干,风评极佳,英俊而知性的姿容令香子颇有好感。现今大干事业稳步前进,居调整局计划部调整科科长之位。他恐怕完全不记得仅在他任股长时来做过一次采访的香子了。

来住观光酒店的大多是跟团的游客和成双成对的情侣。可是,看他的样子不像是跟团过来的。大干在大堂跟一个女人交谈了几句,两人说完便匆匆分别。布施香子惊诧不已。

女人像是刚到酒店。

她穿着合身的灰色西服,戴着长假发,大镜框深茶色墨镜几乎遮住整个面部。即便如此装扮,她依然相当惹眼。

(是壬庚子……)

尽管有段时间没见了,但那毫无疑问就是她。

香子是一名自由记者。今年春天,城市杂志[①]*Skelton*推出"占卜特辑"时,因先前收到了读者来信,香子接下了采访的任

[①] 城市杂志,在城市的一定地区发行的地区信息杂志,一般以购物、饮食等生活方面的资讯为主,多数得到地区商店的资助,免费散发。

务。那时她采访的就是壬庚子。

壬庚子……读音是"Jinkoushi"。

正如这个名字给人的印象，她运用四柱推命法测算命运。她在北区红梅町的小巷开了一间不起眼的占卜教室，每星期二和星期五的晚上六点到晚上九点营业，为顾客授课并算命。教室刚刚开业，地处偏僻，营业时间又短，所以没什么客人。那封信似乎正是她自己寄来的。

香子在夏天去过一次壬庚子的占卜教室。可能是因为在独立杂志上宣传报道的影响，渐渐地，开始有女职员在下班路上顺便过来看看。

所谓四柱推命，是指以人的出生年、月、日、时为四柱，分别匹配对应的干支，以此来推算命运。不过香子觉得，比起这种东方占卜术，还是水晶球、塔罗牌之类的东西与壬庚子更为相称。

许是为了营造神秘感，壬庚子在占卜教室里总是身着一袭奢华的黑色连衣裙，戴一顶长假发，以刘海遮住额头，还要戴一副黑色大墨镜。鲜红色的口红和贴在嘴边的假痣更衬得她美艳动人。她周身萦绕着神秘的气息，极富魅力。

在酒店大堂看见大干昌雄和壬庚子的时候，香子的职业直觉奇异地活跃起来。

大干在等电梯，香子便站到他后面。所幸还有另一个女人也在等，香子的举动没那么明显。

门开了，三人一起走进电梯。

大干按下六楼的按键，另一个女人按了五楼。电梯到达五楼，她走出去后，电梯里只剩下香子和大干两个人。香子略微低着头，在他身后静静站着。电梯很快到达了六楼。

香子跟在大干身后走出电梯。见他要往右边走，香子便故意走进反方向的化妆间。她暗中观望，看见他走进了位于走廊中部的房间。

她记下房间号，然后暂时回到三楼自己的房间。吃过饭后，她又来到六楼，耐心地监视着他房间附近的那部电梯。

将近晚上十点，壬庚子果然现身。她没穿酒店提供的浴衣，而是一身得体的西式服装。她走进大干的房间。香子的直觉应验了。

第二天的早餐是自助形式，客人陆陆续续来到一楼的大餐厅，结伴落座用餐。香子悄悄观察，发现大干和壬庚子坐在相隔很远的座位上。

有的游客离开酒店时会在门口拍照留念，所以举着相机也不会显得不自然。香子便寻找按下快门的时机。那两人在酒店门口进行了极为短暂的对话。

之后，香子再次目睹这两人的身影，是在鸟羽站的候车室。

临近检票时间，乘客排起长队，此时两人又简短地交谈了几句。他们回程坐的不是同一趟车。

周末刚结束，布施香子立刻赶往政府办公楼，从地下的咖啡厅直接拨通调整科科长的号码。

"是大干科长吧。我是以前曾就南港开发一事采访过您的记者布施香子。"

"布施香子小姐……"

"是的。科长，我有件事想私下跟您聊聊。"

"什么事？"

"这个嘛……是比较私人的事，不方便在电话里说。实在不好意思，能麻烦您来地下的咖啡厅，咱们当面聊吗？"

"私事……我不知道你在说什么，为这种事给政府机关打电话可不太合适。"

"不，科长，不会耽误您太长时间的，一会儿就好。昨天，在鸟羽——"

对方突然啪的一声挂掉了电话。布施香子耸耸肩，离开柜台一角的内线电话，回到桌边。

算了，没关系，她想，取得接触的手段要多少有多少。她平静地举起咖啡杯。这时，自动门打开，大干昌雄的身影出现了。他在门口不动声色地朝店内张望。看来刚才的电话起效了。香子示意他过来。大干十分自然地走向这桌，坐到香子对面。

"好久不见。以前采访时承蒙关照。"

大干拿起布施香子的名片。

"哦，我想起来了，是有过这么件事。先不提这个，你找我过来到底想说什么？"

香子从包里取出那张抓拍的照片给他看。尽管是清晰度有限的拍立得相机，还是将大干与壬庚子的身影拍得一清二楚。

大干显露出一瞬的动摇，旋即若无其事地做困惑状。

"这张照片怎么会……"

"科长，您还没发现吗？在酒店跟您一起乘电梯的那个人，是我。"

"原来如此啊……"

大干始终保持着面无表情。他表面看上去镇定自若，但内心不得而知——也许在飞速打着算盘。香子故意没再继续往下说。

尴尬的沉默持续着。过了一会儿，大干露出严肃的表情盯着香子，却出人意料地以温和的口吻说道："你是叫……布施香子小姐，对吧？这件事在这儿谈不太方便……而且，我十点要开会……这样吧，下个休息日再见面聊如何？"

"可以，那就这么说定了。到时您给我打个电话？"

大干昌雄点点头，起身离开。

布施香子的职业姑且算是自由记者。

她起初是小型商务公司的职员，因工作关系结识了专业杂志的记者，与之同居又分手，后来又做过化妆品销售员、征信所助手和独立杂志编辑等许多工作。

做外出交涉的工作时，她曾因得知别人的风流韵事而获得一小笔封口费。她本无意索取金钱，是那个有夫之妇害怕私情暴露，主动收买了她。她尝到甜头，发挥天生对新闻的敏锐嗅觉与狡猾圆润的处事方式，不知不觉间摇身一变，成为老练的勒索者。

"布施小姐，久等了。好久不见……"

清亮的女声骤然打断香子的回想。一身藏青色西服的女人正含笑站在面前。那标志性的长发和黑色墨镜——是壬庚子。香子立即认了出来。

"啊，是你……"

明明是约大干昌雄在这里见面，结果她亲自过来，可见香子赌对了。

"真是好久不见。哎呀，可我已经约了大干先生。"

"大干先生有急事来不了了，你有什么事跟我说就行。"

服务员端来咖啡，壬庚子沉默片刻。香子柔声说起场面话："对了，壬庚子老师，那之后占卜教室的生意怎么样？"

"谢谢，托你的福，生意还行。"

服务员离开后，壬庚子皮笑肉不笑地说："不过，布施小姐，你这个人可真过分哪。承蒙那次采访的恩惠，我原本对你挺有好感的。"

香子面不改色，咔嗒一声叩响打火机，缓缓点燃一根香烟。

"既然你亲自大驾光临，想必全都从大干先生那里听说了吧。"

"我想听你再明确地讲一遍。"

壬庚子仍维持着从容优雅的姿态，但两个女人之间早已燃起战火，无形的火花四溅。

"我希望你买下这张照片。"

"哟……拍得不错嘛。"占卜师拿起照片端详片刻，"还真是谢谢你了……我该给你多少谢礼？"

香子拿出便携式计算器，先按下"1"，然后慢慢加上六个"0"。

"别开玩笑了，哪儿有这么狮子大开口的？"

"我是认真的。"

"这根本没法谈。"

"我亲眼看见你走进了六楼大干先生的房间。"

"你在说什么啊，是不是有什么误解？那天大干先生去爱知县出差，办完事后多请了一天假休息，住进那家酒店。而我碰巧也跟朋友一起订了那家酒店的房间，朋友有事来不了，我一个人过去的时候在大堂偶然遇见大干先生。酒吧太吵，我就去大干先生的房间跟他喝了会儿啤酒，仅此而已。"

"嗯……"

"解释这些也够无聊的。大干先生也说，听了你的说法后大跌眼镜，无言以对。捕风捉影也要有个限度，你这纯属找麻烦。"

"嗯……"

"我承认，在酒店共处一室确实有些轻率，但那是因为我们根本没往那方面想。"

"那你的答复是什么？不要这张照片吗？"

"我是单身，就算有男人，也不是什么大不了的事。大干先生也一样，夫人已经过世，他现在是自由身。只不过他在政府机关工作，我怕这种无聊的流言蜚语给他造成麻烦，才耐着性子听你讲这些。你应该清楚自己要做的事情是什么性质吧？再说下去就构成恐吓了，将会受到制裁的是你。"

相比之下，壬庚子更加气定神闲。对布施香了来说，这次的猎物是块硬骨头，她有种与以往不同的感觉。但现在退缩为时已晚，香子扬言道："竟然说什么恐吓，我可没有这个打算。难得抓拍到这张照片，我留着也是浪费，只是想把它转让给你而已……可惜条件没能谈妥。我本来也不是要找你说这件事，请不要误会，是你擅自过来的哦。我今晚会直接给大干科长家里打电话。"

"请便，这是你的自由……不过我还是要再提醒你一次，到时候，请做好足够的思想准备。"

"不要紧，光脚的不怕穿鞋的。"

"你什么意思？"

壬庚子语气尖锐地反问，香子只是回以意味深长的微笑。壬庚子喝光咖啡，作势要起身。

"布施小姐，抱歉不能听你说完，我还有约，得先走了。"

"哎呀，这就要走了吗？我们还没谈妥呢。"

"你不是想直接跟大干先生谈吗?我擅自妨碍可不太好。"

"嗯……"

"对了,要不我去问问大干先生的意愿吧。我想想……请再等三天,星期日我联系你,到时给你一个明确的答复。不过,在观光酒店门口站着闲聊的照片,究竟有没有如你所想的那般价值呢?还请不要抱太大期望。"

壬庚子单方面终止了与香子的会面,离席而去。

香子怅然目送壬庚子的背影远去,吐着烟圈,若有所思。

与壬庚子的会面占用了香子的全部注意力,所以香子没有发觉,稍早些时候,有个年轻男人走进店里,坐到了她后面的座位。

他一身休闲西服,潇洒帅气。前来点单的女服务员对他露出善意的微笑。

虽然衣着随意,但没准他其实有一份体面的工作。紧贴面部的口罩衬托出他知性的气息。待壬庚子走出咖啡店,青年向香子搭话:"打扰了,请问是布施小姐吗……啊,果然是你。"

方才的谈话令香子精神相当疲惫,她因而吓了一跳,惊讶地看向青年。

"哦,原来是你啊……好久不见。"

"没想到会在这里遇见你。我可以坐到你那桌吗?"

"请坐……你刚才就在这儿?我都没注意。"

"刚走的那个女人很有魅力呢。"

"你一直在听吗?"

"没有,没有。不过……你们好像在谈很复杂的事。"

"也没说什么特别的。就是个熟人而已。"

香子含糊其词。不过从他这直率的发问来看，自己与壬庚子的对话给其他人的印象大概也是如此。想到这儿，香子谨慎地展露微笑。

"她遇到麻烦来找我商量，但我可懒得管别人的事。哎呀，都晚上七点半了，我还没吃晚饭呢。"

"我也还没吃。"

"那我们去南街吃饭怎么样？我请你吃牛排。"

香子快活地说，催促青年出发。两人离开榆树咖啡店，很快在南森町十字路口打到一辆出租车。

3

冥冥之音

常规的推理小说本应自始至终以侦探（抑或叙述者）的视角讲述案件、解开谜题，而这个故事则轮流从各个登场人物的角度推进情节。但是，叙述视角始终是作者的视角。

从开头的场景起，作者就已埋下机关。请务必提高警惕。

第一章　离奇的契约

1

晚上十点刚过，风山秀树回到位于桑津町的美和屋，发现公寓门口有个人影。

那人像是在往门内窥探，风山起了疑心，正欲开口，对方似是听到了他的脚步声，转过了头。门灯的光芒映出小岛逸夫的面容。不知为何，他一副垂头丧气的样子。

"咦，这不是小岛吗？怎么了，这大晚上的……"

"嗯，我有点儿事想拜托你。"

"你在等我啊。瞧你那没精打采的样儿，出什么事了吗？总之先进屋吧。"

说完，风山带他来到二楼自己的房间。

风山和小岛从高中起就是好朋友。风山大学毕业后就职于商务公司，踏上精英之路，而小岛高中毕业后直接进入现在这家制版公司工作。

虽然两人生活环境不同，但由于有摄影这个共同爱好，他们的友情一如既往。然而，步入社会后，比起性格耿直的小岛，万事亨通的风山在各方面都居主导地位。

"到底怎么了，闷闷不乐的？"

"小雪死了——不，是被杀了。"

"啊？小雪……是绀酒吧的……被杀是怎么回事？"

"嗯，其实今晚八点，我去了她的公寓来着。我一到那儿，就看见她……"

雪子居住的松月庄公寓，位于乘阪急电车在十三[①]站下车后往东南步行十分钟左右的地方。在约定的晚上八点，小岛准时到达那里。

他按响门铃，无人应答。门没上锁，他便毫不见外地悄然进入屋内。

雪子不在，也许是去附近买东西了。小岛如此想着，盘腿坐下，拿出烟盒，觉得她应该马上就会回来。

电视开着，音乐节目刚刚开始。小岛心里隐约有些不安，看不进去，只是盯着屏幕发呆。他慢悠悠地抽完一根烟，仔细地把烟头在烟灰缸里按灭，自然而然地环视了房间一圈。

狭小的四叠半[②]房间充满年轻独居女子的风格与气息，衣柜与装饰考究的橱柜占据了屋里大半空间。一切都与平日无异。

不对。

有一些微妙的区别。有种不协调感。小岛总觉得房间里的情形有点儿奇怪。

隔壁六叠房间的纸拉门开着个小缝。那边没开灯，但借着这边的灯光，能影影绰绰地看见那个房间里的景象。里面好像有人。莫非雪子正在那间屋里打盹？

---

① 十三，大阪地名。
② 一叠为一个榻榻米大小，约为一点六二平方米。

小岛拉开纸拉门，打开灯。雪子身着家居服，仰面倒在榻榻米上，脖子上缠着黄色塑料绳。房间里有争斗的痕迹。她已经彻底咽气了。

小岛怔在原地。接着，他的心脏剧烈地跳起来。碰上大麻烦了……他的大脑瞬间停止运转。他拿起电话听筒，指尖马上就要碰到拨号盘时，内心传来一个声音拼命阻止了他。

（不行，快住手！总之先冷静下来。）

小岛下意识地从烟盒里拿出一根烟叼上，用打火机点燃。

刑警无休止的讯问，媒体镜头的追逐……不是我，不是我干的。凶手另有其人。尽管如此，发现人小岛和绀酒吧的女招待小雪之间的交往还是会浮出水面。不利的事态发展接连闪过脑海。

（不能待在这里。总之赶紧离开这儿，趁着还没有别人发现。）

小岛逸夫把房门打开一条缝，窥视外面的动静。

恰是晚饭后一家团聚的时刻，电视正在播放人气节目。各家各户都门扉紧闭，唯有灯光与电视声透过窗户流淌而出。走廊上一个人也没有。小岛不顾一切地逃离了公寓大楼。

到了地铁站站台，小岛终于缓过劲儿来。他松了口气，叼起一根烟，左手下意识地伸进口袋。

（不见了……）

他慌忙在内兜和其他口袋里一通翻找，都不见打火机的踪影。那是在纪念公司成立三十周年的派对上领到的打火机，上面印着公司的名字。要是警方拿它找公司员工逐一比对指纹就糟了。

（落在雪子的房间里了……）

他顿时不寒而栗。

不能把这种东西就那么留在凶杀现场。但是，要再回那栋公寓一趟，需要相当大的勇气。刚才没碰见任何人确实幸运，但再回去时可说不准。

奈何现状容不得他没完没了地犹豫。小岛小心翼翼地沿原路返回，潜入公寓。

雪子的房间仍保持着不久前他离开时的状态。打火机果然落在那儿了，就在矮脚饭桌上。

他顺手把烟灰缸里的烟头用纸巾包起来收进口袋，又用手帕将可能沾到自己指纹的地方仔仔细细地擦拭了一遍……

"原来你跟小雪是这种关系啊。真没想到，我一点儿都没察觉到。你还挺有两下了嘛。"

风山沉下脸。

绀酒吧的女招待，昵称小雪的濑川雪子，原本是风山秀树因公司业务而结识的。之后风山约小岛去酒吧，表示小岛是自己的朋友，将他介绍给雪子。不知从何时起，小雪和小岛竟走得这般近了。正因为了解小岛平时一本正经的性格，风山更是大感意外。

"我听说啊，你被老客户水野商会的社长看上，已经在和他的千金谈婚论嫁了。"

"所以我才为难啊。我跟友子小姐计划明年开春就举行婚礼，可小雪那家伙……"

"我明白了，这是那种常见的剧情——你今天去小雪的公寓跟她提分手，说着说着两人撕破脸，你不禁怒上心头，把她勒死了。"

"不对，你先听我说完，别贸然下结论啊。我到那儿的时候，她已经被杀了。"

"已经被杀了……你这是实话吧?"风山直视着小岛的眼睛问道。

"嗯，唯独这点你一定要相信我。"

"这么说来，除了你，还有其他人有杀她的动机吗?"

"这我也不知道啊。可能是入室抢劫吧。"

"你跟我说这些，是想让我做什么? 既然你真的没杀人，用不着怕成这样吧。"

"我想拜托你帮我制造不在场证明，还想请你当证人。"

见小岛态度严肃，风山陷入沉思。他一言不发地大口抽起烟来，冥思苦想。小岛的请求过于唐突且荒诞，不是随随便便就能应下的事。

过了一会儿，风山说："这样啊……你想让我帮你做不在场证明。没办法，谁叫我那时候欠了你人情呢。"

风山秀树同样风流得很，和好几个女人有过露水姻缘。

有一次，风山不慎跟一个别有用心的女人搞上了，任职于知名公司的风山沦为她的提款机。那时正是小岛从中斡旋，平息了事态。性格耿直的小岛能帮上这种忙实属意料之外，一问才知道，原来是他们公司的一个外包员工碰巧有可动用的关系。多亏小岛，风山才逃过一劫。

"嗨，那都是举手之劳，我没有要以恩人自居的意思。总之拜托了，一定要帮帮我。当然，人不是我杀的，这点请相信我。可我去过那栋公寓的事一旦暴露，就全完蛋了。警察会怀疑我，我的婚事可能也要吹了。我可不想因为那种女人被毁掉前途。"

不能仅凭小岛的这番倾诉就断定他是个自私自利之人。风山觉得他大概是受到太大冲击，顾不上注意措辞了。他平时不是这样的人。

这种情况下,风山理应劝小岛:"既然你真的没杀人,就没什么好怕的,跟警察如实交代就行。涉及个人隐私的事,警察会替你保密的。"然而风山放不下那笔人情债。

那时候的自己,不也是像这样面色苍白地向小岛求助的吗?如今立场对调,小岛有求于自己,身为朋友,讲着大道理回绝未免太卑鄙。

风山决意尽力而为。

"明白了。我还有些话想说,不过事已至此,就睁一只眼闭一只眼吧。好的,我决定了。不敢保证能办成,但我会尽最大的努力。"

"咦,这么说,你愿意帮我?真是太感谢了!"

"那么,着手制造不在场证明之前,你能不能先仔细回忆一下今晚的行动轨迹?不然好不容易准备好不在场证明,万一那段时间里你在别处跟认识的人碰过面,可就功亏一篑了。"

"就像我刚才说的那样,我和雪子约好晚上八点见面。我打算跟她好好商量一下,直到双方达成一致为止。可是,今天是休息日,我跟女朋友……跟水野友子有个约会。所以陪她在梅田看电影时,我一直心神不定。我在七点前跟她分开,从梅田站乘上阪急电车,在十三站下车,走出车站时是七点半。我在商业街的咖啡店坐了大约二十分钟打发时间,晚八点整到了雪子的公寓。"

"哦,结果一进门就发现她被杀了?"

"不,她倒在里面的六叠房间里,所以我没能马上发觉。我在外面的房间待了估计有十分钟。发现她的尸体后,我吓得魂儿都飞了,赶紧跑出公寓,到了车站站台,然后意识到把打火机落下了。想着总不能把它留在现场,所以我冒险折回房间取了回来。幸亏及时发现了。"

"这倒是挺幸运,不过你没慌里慌张地留下指纹吧?"

"虽然慌得不行,但这点绝对没有疏忽,我把碰过的地方都擦了一遍。"

"嗯,然后……"

"我魂不守舍,径直回到文之里的公寓,可还是坐立不安,就到这栋公寓门口等你回来。"

风山秀树抱着胳膊听小岛讲完,有些焦躁地说:"再讲详细点儿。大致经过我知道了,可……多细枝末节的事都行,你还能想起什么别的吗?"

"跟水野友子离开梅田电影院时将近七点。我谎称和朋友有约,没跟她一起吃晚饭就走了。去阪急电车车站的路上,我在地下街碰见一个熟人,当时正好七点整。"

"哟,谁啊?"

"一个在伊豆印刷公司工作的姓中井的男人,经常来我们公司跑业务。他调侃我说:'刚才跟你在一块儿的姑娘挺漂亮啊。'我们闲聊了几句就分开了。"

"唔,这事很重要啊。"

"可那时候离我发现尸体还有一个小时呢。"

"不,必须从这个时间点开始编故事。你跟中井的偶遇是无法抹消的事实,反过来说,这事也能成为确凿的不在场证明,供我们利用。啊,你稍微等一下。晚上十一点了,来看看新闻。"

风山打开电视。好巧不巧,电视屏幕上出现十三的松月庄公寓的景象,警车和附近居民聚集在周围。

今晚九时十分许，淀川区十三东×丁目×号，由木岛伸吾先生担任管理员的松月庄公寓里，二楼二〇五号室中的六叠房间内，该室住户濑川雪子女士（二十六岁）被发现遇害。雪子女士是南区笠屋町绀酒吧的女招待，今日请了事假，同事黑田孝子女士来到她的房间后发现尸体。雪子女士颈部缠有晾衣绳，已气绝身亡。府警搜查一科和Y警署勘查现场后认定本案为杀人案，即刻展开调查。公寓住户称雪子女士曾于今晚七时许去附近超市购物，由此判定她应是在那之后遇害，但由于刚刚开始调查，详情尚不明晰……

短短六十秒的报道过后，新闻节目便匆匆转向下一个话题。风山关掉电视，转向小岛。小岛果然受到不小的打击，叹了口气，辩解一般补充道："有件事我有点儿在意。看了刚才的新闻才想起来，我回雪子的房间取打火机，第二次离开房间时，有公寓住户看到我了。"

"欸，什么情况……"

"我跟一个洗澡回来的孩子迎头撞上，帮那孩子捡起了掉在地上的肥皂盒。当时我整个人都是蒙的，也没当回事，现在想想，那孩子的妈妈肯定记得这事。"

"这可糟了，这种事你得早点儿说啊……"风山不禁语带责备，"第二次离开，也就是八点半左右对吧？小雪七点还活着，九点十分被发现遇害——真可谓穷途末路，那位妈妈肯定会认为你就是凶手。"

"行不通吗……"

小岛还在苦恼地咕哝，风山已当机立断。

"既然如此，咱们索性编造出一套周密的不在场证明，证实晚上七点到十点你一直在别处。这样一来，即便有人指出今晚八点到八点半之间出入雪子公寓的那个人是你，即便警方让目击者辨认你的容貌，你也只要矢口否认就好。"

"会这么顺利吗？"

"喂，不是你拜托我制造不在场证明的吗？别灰心啊。"风山用圆珠笔写着笔记，表情严肃地说，"听好……十一月三日，小岛逸夫直到晚上六点五十分都跟水野友子一起待在梅田电影院，散场后拒绝与她共进晚餐而先行离开，是因为和朋友风山秀树有约。"

"唔……"

"不过……要中断愉快的约会，得有一个足够有说服力的理由啊。你是怎么跟友子小姐解释的？"

"因为跟雪子约了见面，所以看电影之前我就跟友子说好，我和别人有约在先，今天不能陪她到太晚。友子表示不介意，毕竟她也是快到中午才突然打电话喊我出来的。"

"那就好。话说回来，你找我也没什么重要的事可做。这样吧，编个借口——你之前放我两次鸽子，而这次是你主动打电话约的我，如果你再不来就实在说不过去了——就用这套说辞吧。七点在阪急电车车站附近，你偶然遇见伊豆印刷公司的中井先生，跟他闲聊了几句。这是货真价实的不在场证明。到这里为止都能听懂吧？"

"嗯……"

"接下来就是虚构的行动了。晚上七点十分，你在阪和银行门口跟我碰头，一起去吃晚饭，吃到七点四十分。半小时的晚饭时间看似太短，但谎称在店里待了很久是很危险的。在店里久坐却没给店员留下什么印象，会显得可疑。另外，尽量选客流量大、适合上班族的店比较好。'寿司政'怎么样？咱俩去过两三次，对店里情况也算了解。我们简单吃了两盘手握寿司，喝了两瓶啤酒。"

"嗯，明白了。"

"吃完饭，我们在梅田三番街闲逛了大约四十分钟，随便转了转旧书店和唱片店，晚上八点二十分到八点五十分在'花房'喝咖啡。这家店你也知道吧？"

"知道。"

"之后我陪你一起回公寓。比起出租车，还是选地铁稳妥一些。晚上九点从东梅田站坐谷町线，九点二十分到达文之里。到你的公寓开花庄……"

"大约在九点三十五分。"

"差不多。然后我到你房间里坐了坐。听完唱片的一面后，我软磨硬泡管你借来这张唱片，就回去了。这时是晚上十点整。比较平淡无聊的行程，但总之大致就是这么个经过。这样一来，我就能证明从七点到十点你一直跟我在一起。"

"嗯……"

"对了，有件事我要先跟你说清楚。如果，只是如果，你真的杀害了小雪，那么，当你的嫌疑变大，我为你做不在场证明就需要冒非常大的风险。"

"我知道。"

"遇害的是做陪客生意的女人。都说店家会对客人身份守口如瓶，实际上并非如此。南港那起案子就是这样，警察从被害人的同事那里问出了被害人的所有人际关系。"

"可我在店里从没表现得跟小雪那么亲密。"

"说到绀酒吧的客人,我也是其中之一,虽说好久没去那家店了,但难保不会以客人的身份接受警察的讯问。当然,你也一样。我们要为此做好准备,以防万一。不过还是希望早日抓到凶手,用不上这套假的不在场证明。"

风山秀树就当晚的行动和对话又编出许多细节,和小岛一起对着时间表温习了好几遍。演着演着,他们便感觉好像真做过这些事似的,一幕幕场景浮现在眼前。

然而说实话,风山内心并非没有不安。

这份不在场证明终归是赶制出来的,且依赖于没有确实的证人这一前提,若是遭到强烈怀疑,未必能有多强的说服力。无论如何,事已至此,两人只能仔细统一口径,以免露出马脚。

夜已深。小岛大概对此也心知肚明。他一副沮丧的样子,黯然离开风山的公寓。

2

同一天深夜,柴田初子打车回到寺田町站附近的春日公寓。

她躺在浴缸里,怀着异常愉悦的心情伸展四肢,注视自己的裸体。年满三十二岁依然单身,过着优雅的白领丽人生活,她的肌肤因此兼具年轻的光彩与成熟的韵味,尚具十足的魅力。

令她心情异常愉悦的,是与初遇的男人共度的片刻时光。

她满心欢喜地回味着与他的每一句对话。迄今为止,她从未在身边见到过这个类型的男人。四十岁上下,正是男人臻于成熟的年龄,由此而来的沉稳为他更添雍容气质。他那知性的形象令初子一见倾心。

接着，她开始回想自今年夏天以来，不到两个月的时间里，生活中出现的异常变化。

柴田初子于昭和二十六年①出生于香川县。她三岁丧母，小学二年级丧父，其后由舅舅抚养长大。

从家乡的短期大学②毕业后，初子就职于一家商务公司的香川分公司。她在那里遇到了生命中的第一个男人。那人是她的上司，已有家室。两人关系暴露，走投无路之下，某天夜里他们在酒店双双吞下大量安眠药。正如从前有过的无数事例那样，男人死了，她活了下来。

以这段恋情的悲惨结局为契机，初子远走他乡。来到大阪后，她换过两三家公司，低调栖居于大城市一隅，算来已有八年。眨眼间，她都三十二岁了。

她现在工作的公司规模不大，胜在可靠，能够正当评价职场女性的能力，薪资也很可观，足以支持她住在设施齐全、格调优雅的高档公寓。但初子对上一段恋情心有余悸，不敢再接触男性。那件事给她留下的创伤实在太大，她自感已丧失青春的热情。

她表面看起来过着极为安定的生活，内心深处却依然有所渴望，总觉得不会就这样结束一生。

就在最近，她随手翻阅独立杂志，得知一个名叫壬庚子的女占卜师颇有口碑。

一天，初子下班后来到红梅町的偏僻角落，走进壬庚子的占卜教室。

从某种意义上说，与壬庚子的初遇将大幅改变柴田初子的

---

① 一九五一年。
② 短期大学，两年或三年制大学，以培养职业技能为目标。

命运，但初子当然做梦都想不到会发生这种事。因此，对于女占卜师看到初子光顾教室时一闪而过的微妙表情，初子浑然不觉。

"今年下半年，你将迎来意想不到的命运转变。"壬庚子如此宣告。初子并不怎么相信，她自己也明白，接受占卜只是找个心理安慰罢了。

命运的转折点就这样不期而至。如同要证实女占卜师的预言一般，堪称异常的命运恶作剧以此种形式降临。

那一天的日期她记得清清楚楚：九月十四日星期三傍晚。

她从公司下班回家，在寺田町站下车回公寓途经的坡道上，突然有个小学生骑自行车冲过来。初子来不及躲闪，摔倒在地，左脚脚踝被剐出一道两厘米左右的伤口。

因为出血量很大，初子被抬进附近的外科医院。正好有空病房，她便立即住院，九月十八日星期日出院。若只如此，也算不上什么大事。问题发生在那之后。

九月末的星期五，下午四点左右，柴田初子在外面跑完业务回到事务所，看到桌上放着一张字条。

　　下午三点半，岸滨打电话找你。对方表示会在五点左右再次来电。
312-××××　　　　　　　　　　　　　　　坂口

看来是同事坂口民子替她接了电话并留下这张字条。她想去问问情况，但民子此刻不在座位上。

初子对岸滨这个姓氏毫无印象。

字条上说对方会在五点左右再打来，可初子有些私事，打算四点半就下班。她没多想，直接拿起电话，拨打字条上的号码。

"您好，这里是葵文化学院。"接线员说道。

"那个，我是冲村商务的柴田，请问……岸滨在吗？"

"在的，请稍等。"

不一会儿，对面换了个人接电话。

"久等了，是柴田小姐吗？我是岸滨。谢谢您特意回电。其实我有件私事想拜托您，刚才打电话过去，不巧您外出不在……"

听声音像是年轻女性，遣词沉稳客气。

"私事……是指什么？"

"素未谋面便提出这样的请求实在失礼，我可否与您见上一面，当面聊聊？"

"嗯……可是……"

"很抱歉提出如此唐突而冒昧的请求，您会起疑也很正常。"

"到底是什么事呢？"

"这个……不当面讲的话，一两句话说不清楚。"

"嗯……"

初子感到很可疑。

最近，她在自家公寓也时不时会接到推销宝石或贵金属的电话，以及各种莫名其妙的推销电话。她以为这次也是同样的情况，正要默默挂断时，忽然想起了什么。

"那个，您自称岸滨，请问是设计师岸滨凉子老师吗？"

"是的，我就是。柴田小姐，您不久前在玉井外科医院住院过一段时间吧？其实那时候我见过您，就想着有机会一定要认识您。"

"我知道了……那什么时候合适?"

初子心里涌起些许好奇,决定先见一面再说。

"看来您同意见面了。非常感谢。那就……事不宜迟,柴田小姐,您明天有空吗?"

"下午倒是没什么安排……明天只用上半天班。"

"那么明天,星期六下午两点,我会在东西酒店的大堂等您,劳烦您跑一趟。"

柴田初子挂断电话后,仍久久无法平复心情。

她自然听说过服装界超级女星岸滨凉子的大名。

位于天王寺区空堀町古色古香的秋田弥生西式裁缝学院,如今比起深厚的文化底蕴或高雅格调,更多是沾了岸滨凉子的光才能闻名于世。她成名后依旧重视与恩师的联系,今日仍在该学院担任主任讲师。外界对她此举亦存在批判的声音,不过凉子作为服装设计师的工作重心目前在时装店"岸滨凉子之店"的经营上,为此她倾注了大量心血。

去年,她与女装品牌"葵"合作在神户北野开办的店铺大受欢迎。现在,岸滨凉子之店在全国各大城市接连开张,进军海外的计划也在稳步推进。由于这层关系,凉子成为北区堂山町的葵文化学院的顾问兼特别讲师之一。

翌日,十月一日星期六,初子上完半天班,前往凉子指定的酒店。

岸滨凉子以一身低调的装束出现,带初子来到预订好的酒店房间。

初子此前在电视访谈、杂志写真等地方看到过岸滨凉子,觉得她和自己似乎有些相像。

(好像啊……)

面对面一看,这种感觉更加强烈。当然,仔细比较还是能看出区别,不到毫无二致的程度。可尽管衣着和发型不同,两个人站在一起,无论面容还是身材,都俨如双胞胎姐妹。

"看样子你也发现了。我们俩很像,对吧……"

凉子露出亲切的微笑。

"我跟玉井外科医院的总务长是熟人,前些天我有点儿事去医院找他,碰巧看见你来做定期治疗,大吃一惊。我自知失礼,奈何好奇心太强,便悄悄跟踪你到了你住的公寓。"

"哦……"

"然后我委婉地打听到你的工作单位,便打电话给你。"

"所以……你找我有什么事?"

"这个嘛……不详细解释一下,你可能会搞不清状况。请别生气。"

见初子显出不快的表情,凉子边安抚她边点了根烟。

"柴田小姐,请问你的血型是什么?"

"我是 B 型血。"

"哎呀,咱俩血型也一样。你家乡在哪里?"

"香川县。"

两人聊着聊着发现,初子七月出生,凉子次年二月出生,虽然初子比凉子大七个月,但也算是年龄相仿,而且两人的出生日期都是二十四日。她们不禁笑着直呼:"好巧。"

"连声音都很像呢。我第一次看见你时吓了一跳。"

初子其实也深有同感,总觉得以前就见过凉子。大概是因为曾在电视之类的地方看见过她,现在直接面对面交谈,亲切感倍增,初子才产生了这种错觉。

"非亲非故却长得这么像,真不可思议啊。话说回来,你到底有什么事呢？"

"柴田小姐，其实……我知道你现在在公司上班，所以只用业余时间就行，能不能对所有人保密，来当我的秘书？"

"秘书？是因为我跟你长得很像吗？"

"是啊，我想让你偶尔来扮演我的角色。"

"你的秘书就是负责给你当替身的吗？"

"请别不高兴。这个……是有缘由的。当然，这事听起来很荒唐，你要是不愿意，我也不会勉强。但是如果你答应，我会给你可观的报酬。"

"说白了，就是你实在太忙、想休息的时候，我穿上跟你一样的衣服，打理成跟你一样的发型，假扮成你。"

"正是如此。不过，长相再怎么像，也只能瞒过一时。"

"这是自然。"

"为了尽可能避免穿帮，你需要听录音研究我的说话方式。另外，你还要学习一些必要的设计知识，了解我交际圈里的人。"

"呃……"

"你一定没问题……我相信你能做得很好。"

初子略加思索，目不转睛地盯着岸滨凉子的脸。

这提议诚然过于离奇，但换个角度来看，将现实生活中谁都不曾设想的事付诸实践，的确像是顶级设计师会有的奇特主意。实际试试看，没准真行得通呢，初子心想。

毕竟凉子周围的人根本不会往替身这个方向想。所以，即使有哪里略显奇怪，估计也没人会注意到。比如说，倘若初子听不懂对方在说什么，不知道该怎么回答，只要假装头痛回避对话就好。有意思啊……利用业余时间做做这份古怪的兼职也不赖……

"我试试看。"她爽快地应道。

会答应这项提议,或许说明初子与凉子的性情也有相似之处。

"啊,谢谢你。你答应了呢。"

"有件事我想先问清楚。"

"什么事?"

"你真正的目的是什么?"

"'真正的目的'是指什么?"

"要是因为有人想要你的命,你才找我做替身,那我可不干。"

"呵呵,怎么可能……"

"从前就有这种叫影武者①的人啊。"

"这样的担心毫无必要。"

"要么就是反过来,你密谋杀人,想利用容貌酷似的我制造不在场证明。"

"哎呀,你可真是……"

岸滨凉子从沙发上起身,在屋里来回踱了两三步,继而凝视着初子,正色道:"我是怕一上来就把真实情况和盘托出,你会生气。"

"嗯?"

"你这人很谨慎啊。这也正常,无论谁听到这种奇怪的提议,都难免会生疑。我工作繁忙,有时恨不得能分身,这是事实。但看来仅凭这个理由无法说服你。"

"嗯,是这样……莫非这是什么 practical joke(恶作剧)吗?"

"太好了,你知道'practical joke'这个词。那就好说了。你猜得不错,差不多就是这样。不过,我的意图与此还是有点

---

①影武者,为蒙蔽敌人而穿上与主君同样的服装,充当主君替身的武士。

儿区别的。"

岸滨凉子拿出综合杂志《近代》的九月刊，翻到中间给初子看。

"柴田小姐，你平时读推理小说吗？"

"嗯，会读一些。对了，岸滨老师也参加过Jewel竞赛，我记得是得了二等奖吧？我拜读过那篇作品。"

"谢谢，其实就是跟这个有关。你读读这部分。"

凉子出示的这期《近代》杂志上，刊登有评论家内藤鬼吉的文章《新侦探小说论——魔术文学的极限》。其中有这样一段话：

> 继广受好评的《假面》之后，岸滨凉子又发表了涉及心理诡计的独特连作《神技》《灾日》，一展才学之广，但可以说这终究只是著名服装设计师的业余爱好。至于这次的中篇《远处的房屋》，尽管前期宣传势头很猛，却完全辜负期待。正打着扑克的女演员突然消失，于同一时刻出现在很远的地方，胸口被贯穿，这一桥段的灵感似是源于"隔空取物"这种灵异现象。我很想说这个开头足够不可思议、吊人胃口，但光是这样概括一下，稍有些阅读量的读者就能猜中诡计吧。况且，快到结尾才突兀地交代有个容貌酷似的女人在充当替身，如此谜底实在索然无味。评论侦探小说时，泄底诡计是公认的大忌，而我之所以明知故犯，是因为对这部作品用不着客气。作者安排在电视节目《宛如双子》中出场过的女性角色当替身，意在以此合理化替身情节，但实际上不会如此顺利。作者平素自我标榜为新侦探小说作家，作品却一反此志，仍拘泥于老掉牙的"双胞胎诡计"，着实令人遗憾……

"你听说过这个叫内藤鬼吉的新锐评论家吗?"凉子问道。

"听说过这个名字,也在电视上看到过一次,是个心直口快的人呢。"

"没错,他对什么都毫不留情地冷嘲热讽,有人拍手称快,他便愈发得意忘形,顺便在侦探小说评论里也刻薄一番。可他根本什么都不懂。比如,这篇评论说结尾处才交代有替身,但读者只要稍微留心,就能发现暗示替身存在的伏笔。还有,他说双胞胎诡计是老掉牙的手法,这我再清楚不过,我是有意为之。"

"嗯……"

"A和B是双胞胎,从种种情况考虑,读者都会觉得尸体是A,实际上却是B。如此营造出魔术层面抑或逻辑层面的趣味,我认为是一种崭新的思路,而读者如果对推理小说有充分了解,阅读时应该能明白作者的意图。他扬扬得意地做出这种荒谬评论,固然贻笑大方,但他毕竟作为评论家在大众媒体颇有虚名,不懂的人读了,岂不是会当真吗?"

岸滨凉子看起来相当愤慨,语气有些激动地对初子诉说着。

人各有各的视角,见解不尽相同。初子并非百分之百赞同凉子的言论,但她没有反驳,而是点了点头。

"我懂你的意思。"

听到初子这样附和,凉子语出惊人。

"欸,柴田小姐,在我写的《远处的房屋》里,主角以魔术不仅要在舞台上表演,还要实地运用为借口,实施了替身诡计。我想把这段小说情节在现实中也实践一下试试。"

初子虽内心惊愕,脸上还是露出微笑。

"对于这种评论,就算你愤而撰文反击,别人也只会觉得是死鸭子嘴硬。所以你想，不如索性在否定替身诡计的他面前实际上演一下，把他骗得团团转。是这个意思吧？"

见初子表示理解，岸滨凉子似乎稍微平静了些，有些难为情地回以微笑。

"是不是有点儿幼稚……"

"不，听起来很有趣。那计划的具体内容是什么呢？"

"我还没考虑到这步。"

"这……"

"因为要实施这项计划，必须先取得你的同意才行……你能答应真是太好了。没关系，只要你能领会我的心情，尽力协助我，一定会顺利的。"岸滨凉子亢奋地说，"来，柴田初子小姐，为我们的替身计划干杯吧。"

★

钟表指向晚上十一点。

同一天夜晚，酒吧女招待在市区内的公寓遭到绞杀，而初子对此全然不知。至少在这个时候，那还是与她毫不相干的事。

柴田初子走出浴室，穿上家居服，靠到椅子上，冰爽的可乐喝起来十分畅快。她以放松的姿势点燃香烟，闭上眼，一个月前那一天发生的事，便又清晰地浮现在脑海中。

与岸滨凉子订下那份离奇契约的次日——十月二日星期日，初子前往天王寺地铁站大楼与凉子会面。初子正置身地铁站内的人山人海，手足无措时，凉子身着轻便的喇叭裤套装，犹如鲜花绽放一般穿过人潮，笑意盈盈地走来。

"久等了。你如约来啦。昨天真是不好意思。"

"哪里哪里，我也有失礼之处。"

说实话，初子对那荒诞的计划多少有些忧虑，出门前略感踌躇。但既已约好，她便还是前来赴约。

"离这儿不远，用不着坐车，咱们走着去吧。"

岸滨凉子对初子的不安毫无察觉，带着她往前走。她们穿过情人旅馆东侧的庚申街道，来到位于松崎町一隅的巽公寓，那是一栋小巧整洁的建筑。

"就是这里……"

凉子带她来到二楼。走廊尽头的二〇一号房门口挂着写有"冈本清子·久子"的名牌。凉子从挎包里拿出钥匙，若无其事地开门进屋。

"请进。哦，那个名牌是给咱俩准备的……你我需要一个能秘密商谈、交换身份的地方，这里就是秘密基地。"凉子笑着说道。

初子忐忑地环顾室内。带餐厅和厨房的两居室，是十分常见的布局。打开窗户，民房屋顶和混凝土墙近在眼前，大街上的噪声倾涌而入。周围建筑密集，说不定这里反而没那么显眼。

"我在这边宣称我们是朝日艺能经纪公司旗下的姐妹艺人冈本清子和冈本久子，还跟管理员打过招呼，说因为我们要频繁去其他城市巡演，所以房间会经常空着。"

"太惊人了……"

初子由此领会到，这位委托人的计划是动真格的。正如眼前所见，岸滨凉子做了周密的准备。相册、录音机和录像机都被安放进来，衣柜里挂着一排排同款的衣服，假发、眼镜和鞋也一应俱全。

（好可怕的人……）

初子战栗起来。

震惊于这种为心血来潮的乐子而挥金如土的行为自是一方面，初子感到唏嘘，更多是因为岸滨凉子是与她年纪相仿的女人。相比之下，显得她甚是凄惨。

"怎么了，初子小姐？"

"没什么，就是看到置办得这么齐全……有点儿震撼。"初子爽朗地答道，甩开瞬间掠过心头的凄凉。

自觉凄惨之余，初子心里涌出新的疑问。昨天才见面订下"契约"，凉子不可能这么快就准备得如此周全。

（该不会她以前就玩过变装之类的游戏吧……）

初子想直接问她，却欲言又止，因为她们约好不刨根问底。现在初子只能老老实实地完成刚接下的这份工作。

岸滨凉子很会挑地方。这里离两人的住处和工作单位都不远，她们可以轮流现身。只要表现得够自然，她们就能彻底伪装成三流艺人姐妹出入此处，而不致遭邻里怀疑。初子白天照常在公司上班，傍晚时不时来巽公寓这边露个脸就行，不会给生活带来太大不便。初子心里涌出干劲。

就这样，定好"教室"之后，特训拉开帷幕。

首先，初子被从各种角度灌输了关于设计师岸滨凉子的一切。

"单纯模仿外表的话，化跟我一样的妆、穿上跟我一样的衣服就行。要做到神似，最关键的还是说话方式。希望你能听这些磁带多多练习。即使嗓音不同，只要模仿好语调，听起来就会很像。幸运的是，我们的嗓音本就相似，你只需要把握住我说话的特点。"

实际练习中，初子意外地开窍，把凉子的走路仪态、手势和说话方式都模仿得惟妙惟肖，还学了凉子的笔迹。

至于岸滨凉子的交际圈与身边的人，初子通过看幻灯片来了解。凉子还一股脑地告诉她这些人的性格，让她听磁带记住他们的声音。凉子的活动据点之一——秋田弥生西式裁缝学院的情形，初子则可通过观看录像带来感受。有一次，初子假扮成岸滨凉子造访学院。她去了趟办公室，跟一个事务员闲聊两句后离开。对方似乎丝毫没有起疑。

"我朋友在心斋桥有家店。下次去那里试试？要是能骗过她，你可就太棒了。"

按照凉子的提议，一天晚上，初子扮成岸滨凉子走进心斋桥的服饰店"千子的店"。

不用说，她事前详细调查了凉子的这个朋友，因此，短短十分钟左右的戏，她演得非常成功。

要在这种场合中当好替身，不仅需要模仿本人的性格，还得具备职业方面的知识。这时候，初子的良好直觉发挥了作用。她凭借与凉子不相上下的智慧随机应变，迅速作答，出色地完成了对话。

初子几乎不曾在人前卖弄学问，但她其实博览群书，拥有丰富的学识。身藏涵养，表面却一副温顺姿态的平凡女白领初子，假借岸滨凉子的人格，实现华丽变身。

3

十一月五日星期六。

这段时间，岸滨凉子为准备由"葵"主办、预定明年春天于南海酒店举行的时装秀忙得热火朝天。这天是周末，下午她很想休息一下，无奈三点与杂志记者有约。

从国电①玉造站出来往西走，便是秋田弥生西式裁缝学院。凉子与来学院采访的记者约好在此见面，于是从京都出差回来就直奔这里。此刻她刚刚与《装美》杂志的记者商讨完撰写特辑报道一事。

凉子谈完工作回到办公室，已近五点。时值周六，大部分人都走了，屋里冷冷清清。

"辛苦了。"

独自留在办公室的事务员千叶惠子给她倒了杯茶。

"谢谢……"

就在这时，岸滨凉子发现自己的桌子上放着一枚名片。看来在她离开期间，有人来找过她。

```
爱通信公司
企划部 主笔
    布施香子
大淀区中津×丁目×番×号 小田大厦4F
电话06-×××-××××（公司对外）
```

凉子忙叫住千叶惠子。

"那个，千叶小姐，这个人是？"

"对了，她下午四点左右来访，说想见您。我记得您吩咐过开会过程中不要通报客人来访，所以我跟她说您现在脱不开身。她说她可以等，就在这儿等了好久，得有半个小时吧，最后像

---

①国电，国有铁路电车，旧日本国有铁道在大都市内及其周围地区的电车线路。一九八七年四月，该名称随经营的分割和民营化而废止。

是等得不耐烦，就回去了。"

"这样啊……她是个什么样的人？"

"她自称记者，二十七八岁，很漂亮，长得挺像艺人高杉小百合。"

"这样啊。"

"那个，我是不是应该跟您通报一下的？我完全没听说这位客人要来，不知道怎么应对才好。"

"没事，没关系的。估计她是想做什么采访吧，可谁叫她没预约就直接过来了……不过也真亏她能知道我今天在这儿。"岸滨凉子以漫不经心的口吻说道。

然而她隐隐感到那女人留下的名片涉及复杂的内情，拿着香烟的指尖微微颤抖。

第二章　作案之前

1

明新商务的总公司位于地铁御堂筋线本町站附近的日商大厦四楼。

十一月七日星期一早晨，营业第二股长风山秀树如常早早到岗，在办公桌上摊开早报。开始工作前的片刻时间里，来了两位不速之客。

"打扰了，我们是警察……"

对方表示想询问关于小岛逸夫的事。

"小岛怎么了……"风山如此开口，突然意识到这种说法不妥，立刻改口道，"哦，其实昨晚小岛给我打来电话说过这事。我在电视上看到了案件的相关报道，被害女性在我常去的酒吧工作，我跟她还算面熟，所以特别震惊。"

"那我们就不用再特意解释一遍了。我们正在找那家酒吧的常客了解情况。"刑警向风山请求协助，"小岛说三号晚上一直跟您在一起，我们想确认一下他说的是否属实。"

"原来如此，我明白了。"风山点点头，谨慎地斟酌措辞，"没错。那天从傍晚到夜里，我一直跟他在一块儿。"

风山之所以对刑警老实交代"昨晚小岛给我打来电话",是考虑到刑警多半也想到了。可话说出口,风山心里泛起难以名状的不安。警方的动作未免太快了……他对此忧心忡忡。

(情况不妙。警方并非只把小岛看作案件的众多相关人员之一,而是已将他列为头号嫌疑人。)

风山的推测是对的。

案发时间是三日晚上。五日下午,刑警首先去了小岛的公司。被害人的相册里,有一张在温泉旅馆与年轻男性肩并肩的亲密照片,引起了警方的注意。警方向被害人的同事打听,得知这个男人姓小岛,酒吧的常客名单上也有他的名字。

查到这些后,十月五日星期六下午,两名刑警来到位于天王寺区堂芝町的光电社。那里是小岛逸夫供职的公司,一家做照相制版业务的小型公司。

"被害女性雪子在酒吧从事招待工作,由于职业关系,和很多人都认识,有一定交际往来。在这之中,小岛先生,我们听说您跟她的关系格外亲密。"

小岛慌忙打断。

"等等,警察先生,就算跟她走得近些,我也只是酒吧的客人之一啊。你们这都听谁说的……"

"嗯……"

"她很有亲和力,举止得体,对所有客人都表现得很热络。"

"您经常去绀酒吧吗?"

"出于业务需要,有时我会带外地的客人去,我跟她就是这么认识的……虽说我是单身,无家一身轻,但工资不高,也无法去得太频繁。你们就为这点儿事问东问西,让我很头疼啊。"

"小岛先生,您虽然这么说,可您和她一起去过有马温泉吧?"

小岛逸夫猝不及防,仓皇失措。

"我们打听到,她曾跟关系好的同事坦白说,近期要跟一个做正经工作的白领结婚……小岛先生,她的结婚对象就是您吧?"

"怎么会……她说的绝对不是我……那个,好吧,我确实出轨跟她搞过一次。"小岛似是相当受挫,蔫头耷脑地说,"我喝醉酒,开玩笑约她出去玩,结果她爽快地答应了,我反倒很意外。没想到自那以后,她总缠着我索要手提包之类的东西。吃过这次苦头,我彻底对她敬而远之了。就是这么回事……我跟她虽然不能算是毫无关系的陌生人,但杀人这种事,我想都没想过。我没有那样的动机,请相信我。"

"嗯……"

"我说头疼,是因为最近正在筹备婚事……我可不想因为这种事让婚约泡汤。"

小岛结结巴巴地拼命辩解。

"明白了。我们能理解您的这种想法,也暂且相信您说的是事实。那么,小岛先生,十一月三号晚上您在哪儿?既然您说自己是清白的,那为了证明这一点,请跟我们讲讲吧。"

"说得也是。我害怕被牵扯进去,才一个劲儿辩解,要是一开始就交代我当时在别处,就没这么多事了吧。您问的是三号,也就是前天那个休息日对吧?我当然有确切的不在场证明。"

小岛看起来略微恢复了活力。

"前天是节日,公司放假。那天下午,我和未婚妻水野友子去梅田电影院看电影,晚上七点左右在电影院门口分开,因为我约好要去见一个朋友……"

"没错。那天从傍晚到夜里,我一直跟他在一块儿。"风山秀树说。

昨晚小岛在电话里把跟刑警的对话转述给了他。事到如今两人已无路可退。

说实话,虽然那天晚上风山应小岛的请求设计出不在场证明,但尚对此事没什么参与感,仍把它视为他人之事。他以为那只是以防万一之策,不会有真正实行的一天,然而心中那一丝不安如今化作现实落到身上。已经没有回头路了……只能按剧本演戏。

"小岛先生说,具体的时间地点他可能记得不太准确,所以请您按照自己记得的讲,可以吗?"

"明明也就是三四天前的事,可真要回想,时间还真记不清了……总之我按顺序回忆一下吧。"

风山假装思索了片刻,缓缓开口:"三号是休息日,我之前就跟小岛约好这天要见面。倒也没有什么特别的事。我和他从高中起就是好朋友,最近工作都忙,住得很近却难得一见,所以我想偶尔找机会约一下。我们很关心彼此,能见面互相确认下近况就放心了。"

"原来如此……"

"我跟小岛在阪和银行门口碰头。我们约好晚上七点见,他迟到了大约十分钟,说是刚才遇见熟人耽搁了会儿。"

"然后你们去了哪儿?"

"我们沿着地下街往北溜达,路过一家寿司店,进去吃了个饭。"

"你还记得店名吗？"

"啊……叫什么来着，有点儿记不清了。再走一趟的话我肯定能想起来。"

"不，不用了。你们在那家店待了多长时间？"

"离开时是七点四十分。店里人太多，待着不踏实，所以我们没坐多久就走了。然后我们在梅田三番街闲逛，随便转了几家店，逛累了就进一家叫'花房'的店喝了杯咖啡，在那儿待到九点左右……不对，等等。"

风山仿佛在仔细回想一般，徐徐吞云吐雾，做思考状。

"应该还要早些。我们回程坐的是地铁谷町线，从东梅田站站台上车的时候是九点。"

"那离开咖啡店是在……"

"八点五十分左右吧。"

"你们在店里待了多久？"

"问得真够细的。"风山嘲讽道，"这么一问，我倒是想起来了。走进店里，坐到桌边时，我无意中看了眼表，当时是八点二十分。这么算来，我们在咖啡店坐了约莫半小时。"

"哦，之后你们坐地铁……"

"在文之里站下车，到小岛的公寓时已经过了九点半。我们听了会儿唱片，不知不觉就十点了，我借走那张唱片就回去了。也就是说，那天晚上从七点十分到十点，他一直跟我在一块儿。"

风山佯装若无其事地演着戏，心中的不安却挥之不去。

（看刑警调查小岛行动的这副架势，小岛说自己没杀人，这话能不能信也不好说了。万一他真是凶手，我会陷入怎样的处境？）

风山下意识地吐出一口烟。

"这样啊。我们明白了。感谢您的配合。"

听到刑警这句话,风山松了口气。

"没什么,应该的。"

"风山先生,您好像很喜欢听唱片啊。是喜欢听古典音乐?不对,您喜欢的应该是现代爵士乐吧?"一直在旁边做记录的年轻刑警突然面露微笑地问道。他是辖区警署的神乐巡查长。

"嗯,算是吧……"

"您借了哪张唱片回去?"

"这个……"

风山重新看向刑警。对方表情柔和,眼睛却死死盯着风山。

"警察先生,这跟案子没关系吧?"

"方便的话,还请您告诉我们。"

"说来有点儿不好意思,其实是浪花调①,前代玉川胜太郎②的《石松道中记》。"

"哟,您还爱听这个……"

"已故的祖父痴迷浪花调,甚至说过'等我死了,就给我放胜太郎的唱片来代替诵经'这种话。看到小岛居然有玉川胜太郎的密纹唱片专辑,我特别意外。我们认识这么多年,从来没聊过关于浪花调的话题,那天才发现原来他也喜欢这个。"

"原来如此。"

"不过,警察先生,同样是《石松代参》,还是虎造的版本更受欢迎。'微风吹拂,无常之风/这竟成父母兄弟/此生诀别'固然好,胜太郎的'一口未饮兮水口/草津枕上安眠/大

---

① 浪花调,日本的一种大众曲艺。三味线伴奏,由一个演员以通俗易懂的曲调说唱故事。
② 前代玉川胜太郎,指第二代玉川胜太郎,本名石渡金久,代表曲目《天保水浒传》。

津八丁梦已逝……（正冈容[①]作）'这段道中记[②]更是妙不可言。"

"哦，原来如此。"

"我说想用磁带录下来，软磨硬泡地把它借走了。"

两名刑警对视一眼，点了点头，像是在说"先问到这儿吧"。较年轻的刑警合上笔记本，再度对风山露出微笑。

★

星期一的同一时间，柴田初子坐在办公桌前，准备着要提交给政府相关机构的申请文件。表面看，这只是与平日毫无二致的白领日常工作。

这天早晨，她像平常一样随着早高峰的人潮一起涌出环线天满站检票口，踏过柏油马路，走进浪花町的日高大厦。初子乘电梯时，跟进来两三个男同事。

"早上好。"

"哟，柴田小姐总是来得这么早啊。"

初子默默微笑。

她年过三十，不似二十多岁的女白领那般光鲜亮丽。她梳着普普通通的发型，仅化淡妆，戴了一副低度数的银框眼镜，穿着一身朴素的藏青色西服，脚踩低跟鞋，肩背挎包，沉默无言地上班、下班，这副模样令人难以想象她"变身"后的华丽姿容。她在四楼走出电梯，这层的冲村商务是初子任职的公司。在旁人眼里，这的确只是一成不变的日常景象，但从上个月起，初子的内在于无形中慢慢发生着变化。

[①]正冈容，日本作家，曲艺文化研究者。
[②]道中记，穿插地名、掺杂双关语来描写登场人物路上所见情景的段落。

初子因充当岸滨凉子的替身，前些天有过一次惊险的经历。

"初子小姐，你去见岸滨一面怎么样？差不多能行了吧。"那时，凉子这样说道。

"欸，要把我介绍给你先生吗？"

"不是啦。我是说让你假扮成我去见岸滨。"

"不会吧……这怎么瞒得过？"

"我没有对岸滨提过你的事，所以，只跟他待一小会儿的话，你肯定没问题的。我觉得他看不出来。"

"可是……"

初子不知所措。

当凉子的替身，主要目的不是在现实中上演"两人共饰一角"的诡计，骗评论家内藤鬼吉一把吗？

替身的逼真程度超出预想，凉子似是因此而对这类玩笑乐在其中。即便如此，竟然让她去见凉子的丈夫岸滨龙二，初子觉得这恶作剧有点儿过头了。

初子也对凉子的丈夫岸滨龙二略有了解。

此前她与岸滨夫妇素昧平生，而今由于这段离奇的经历，她多少接触到岸滨凉子的私生活，过去的记忆不由分说地一点点复苏。

初子依稀回想起几年前周刊杂志上的图片报道。

在巴黎的时装比赛摘得桂冠的新锐设计师田所凉子，与岸滨龙二于塞纳河畔戏剧般地邂逅。

龙二是吉野的山林大户、春日兴产社长岸滨仁平的公子。

因事故失去双亲，素来孤苦伶仃、寂寂无闻的凉子，一举收获名誉与灰姑娘式的奇迹爱情。他们的豪华婚宴上各界名流齐聚一堂，新婚旅行幸福洋溢。

对当时的初子而言，那是宛如发生在另一个世界的梦幻故事，与她所处的境遇悬殊，所以她对那则图片报道没什么特别的感慨。

然而现在，初子正站在这个故事的延长线上，且是出于未曾预料的缘由。

四十岁的岸滨龙二偶尔与北街的老板娘或新出道的艺人寻欢作乐，在接连不断的绯闻中过着优雅的单身生活。其时年仅二十八岁的田所凉子之所以接受他的求婚，或许有自己的考量。

岸滨龙二继承了应得的遗产，却没继承到祖祖辈辈的勤劳，在事业方面既无才干，亦缺乏热情。他毕业于东京的一流私立学校，头脑倒是不错，可惜是个彻头彻尾的兴趣至上者，有马虎随便的一面。

目前他持有岸滨商会这一徒具形式的公司，经营光学器械类产品，但这不过是为了向周围人摆出在干正事的姿态，并未真正投入工作。曾荣极一时的春日兴产，到他这一代已难以为继，而他自己则坐拥丰厚资产，隐于如今小有名气的岸滨凉子身后悠然生活。他对年轻貌美的妻子铺张浪费的行为十分宽容。

柴田初子还没见过凉子的这位丈夫，只在照片上看过。凉子一时兴起，不顾初子的犹豫推进计划。她似乎对这个点子颇为中意，摊开位于住吉区万代的自家住宅的示意图，细致地讲解起来。

"这个星期六，我跟堇俱乐部的木村和高井约好十点半在第一大厦见面。"

"嗯……"

"那么十点十五分，我喊着'要迟到了'，装出慌张的样子出门。我开车去，你在路上找个地方等我。对了，播磨町十字路口的三荣大厦就挺合适。"

凉子在图上圈出三荣大厦的图标。

"初子小姐，你在大厦的南门这边等我。我装作有事要办，把车停在大厦东边，从东门进去。你稍微过一会儿从南门出来，坐进我的车。"

"换我来开你的车吗？"

"没错。然后，初子小姐，你开车去我家。"

"演一出你开车出门又中途返回的戏吗？这倒是没什么……可是，见到你先生，我没法保持镇静。"

"没问题的。还像之前那样发挥就好。"凉子劝道，极力消除初子的犹豫。

"我把这个大信封放在八叠房间的这个位置。估计岸滨那时会待在这个房间。你见到他，说一句'走得太急，有东西忘拿了'，然后拿上大信封离开就行。"

"嗯……"

"我就一直在三荣大厦等你。你开车过来后，我悄悄坐上车，再找个地方让你下车，我自己去第一大厦。这样可以吗？"

"好的……"

"放轻松，这次算是小试牛刀。一开始就先到这个程度吧。之前的测试全都大获成功，你的演技也不容小觑呢。希望你这次也能游刃有余。"

这人到底在想什么啊？初子内心嘀咕。但她也只能配合凉子，因为契约如此，柴田初子甚至是向公司请假来参加这项"试验"的。她们都想不到，那次经历将伴随前所未有的兴奋。

那一天的情景记忆犹新。

十月二十二日星期六，初子按计划在播磨町十字路口的三荣大厦等待。当然，她们提前商量好了出门时的着装。很快，凉子把车停下，彻底化身岸滨凉子的初子坐进凉子那辆崭新的丰田飞狮子，开到位于万代的岸滨家门前。

初子在秘密基地看过岸滨龙二的照片和录像，但亲眼见到他还是头一回。他待在一间采光很好的屋子里，穿着睡袍靠在藤椅上，正在读早报。

"老公，我有东西忘拿了。"初子说。

岸滨移开报纸，看向初子，两人的视线第一次相遇。初子对岸滨龙二的第一印象意外地不错。

听说龙二和凉子一样属龙，那他比凉子大一轮，算来有四十三岁了。可那刮净胡子、棱角分明的脸庞，仍然显得分外年轻。

"怎么了，这么慌里慌张的？"

"忘拿东西了。"

初子以醒目的动作拿起大信封。

"到播磨町了才发现。我得把这个交给木村小姐，所以赶紧回来取。这下要迟到好久了……得打个电话才行。"

依照事先设计好的细节，初子拿起电话听筒，打给此刻应该在第一大厦的木村小姐。当然了，初子并不认识这个女人。

"啊，木村小姐……我是岸滨。我稍微晚点儿过去……不，我现在刚要出门。呵，呵呵呵，我忘拿东西，回家来取了。不好意思，你们先聊吧。一会儿见……"

初子挂断电话，正要走出房间。

"啊,你稍微等一下……"岸滨叫住了她,"把那个公文包递给我。一提忘拿东西我就想起来了,你要去见木村女士的话,那正好。前段时间拍的照片,店里的香取放在我这儿了,你顺便带给她吧。"

"好……"

岸滨龙二把报纸放到旁边的桌子上,从公文包里拿出一个信封,交到初子手里。

剧本上没写这个……

"替我向她问好。"

"好的……那我走了。"

"唔。"

岸滨从藤椅上起身,缓缓走近初子。

"老公,还有什么事吗……"

"你今天很有活力。凉子,你好漂亮。"

岸滨龙二靠过来,吻上初子的嘴唇。初子骤然感到一阵奇妙的战栗。

"我走了,拜托你看家。"

突遭偷袭的初子立刻恢复镇定,冲岸滨嫣然一笑,走出家门。

2

还不到下午五点——公司规定的下班时间,风山秀树就迫不及待地收拾起东西。自从发生那件事以来,他完全无心工作。

他自己又不是凶手,本来不必如此在意,可刑警都找到公司来了,这令他产生了沉重的心理负担。他自认为当时应对得很自然，但刑警出于职业直觉，也许隐隐察觉到他在说谎。总之，早点儿抓到真凶就好了……

他琢磨着这些，来到地铁站附近。秋日白昼短暂，此时已暮色四合，下班的职员一个个从缓步走着的风山身边超过，向前走去。

"风山先生。"

有人低声叫住他。他回过头去，见一个身穿西服、不怎么起眼的年轻男人慢吞吞地走过来，是前几天来公司的两个刑警之一。

"哎呀，风山先生，您这是下班了？"似乎姓神乐的这位刑警微笑了下问道，"其实我有些事想问您，刚去过你们公司，听说您刚离开，就赶紧追了过来。幸好赶上了。咱们去那边坐一会儿喝杯茶如何？"

"不了……我赶时间。"

"不会耽误您太久的，就聊一会儿，拜托了。"

跟口头禅似的，刑警轻描淡写地说着"一会儿"，但事情显然没有这么简单。风山不情愿地跟着刑警走进附近的咖啡店。

凳子上坐着三位女客，所幸角落里有张二人桌空着。在这里谈话，不用担心被人听到。

"您找我到底有什么事？如果是那件事，前些天我已经把知道的全都说了……"服务员刚放下他们点的混合咖啡走开，风山便焦躁地开口问道。

"很抱歉又来打扰，关于那件事，有些新的情况想问问您。您认识高冈吗？"

"高冈？他是谁啊……"

"一个叫高冈雄次的人。"

"初中时班上有个朋友姓高冈，是说他吗？"

"对，没错，就是他。"

"高冈怎么了？"

"其实呢，他现在就职于阪急电车，在十三站上班。"

"那又怎么了？"

"他说，十一月三号，也就是案发那天晚上，八点半过后，在十三站的站台看到了小岛先生。"

"怎么可能？警察先生，别瞎说了。那天晚上，就像我之前说过的那样，我一直和小岛在一起。是哪里弄错了吧，他是不是认错人了？"

"可能是吧。"

刑警平静地啜饮一口咖啡。

"作为例行搜查，我们把那附近的车站都走访了一遍。"

"我理解你们的辛苦，但这种做法让我很不舒服。你们是专门去打听我俩的吧？否则高冈不可能说出这样的话。"风山语气激动地责难道。

他不是在演戏。这个姓神乐的刑警年纪跟他差不多，却异常沉稳，还时不时露出亲昵的微笑，惹人生厌。

刑警泰然自若，温和地反击："风山先生，虽然您这么说，可其实还有一件事。"

"什么？"

"有松月庄住户提供了证词。还是那天晚上八点半左右，据一位主妇称，有个年轻男人从濑川雪子小姐的房间出来，恰好遇上她带孩子从澡堂回来。那人和她的孩子撞了个满怀，打翻了孩子的脸盆。他手忙脚乱地把东西捡起来，匆匆离开公寓。根据主妇的形容，那人的年龄与容貌都与小岛先生很接近。"

该来的终究躲不掉,风山心想。

(商量不在场证明时,小岛也表达了对此事的不安。不过没关系,要做出若无其事的表情……)

"您还在怀疑小岛吗?只说是年轻男人,又不能确定是他。"

"是啊,小岛先生有确切的不在场证明。"

"嗯……"

"要说我们为什么会格外关注这些事,那是因为被害人的遗物相册里有很多她和小岛先生的合影,照片上的两人看起来很开心。我觉得他们不只是泛泛之交。"

"不,那是……"

"是的,我明白。死人是不会说话的,他只要断然否认,我们也无可奈何。但这些事毕竟确实发生过,所以我自知冒昧,但为谨慎起见还是来找您询问。"

"唔……"

(这种事直接问小岛本人不就行了吗?不,敌人在向我这个帮他做不在场证明的证人发动进攻,观察我的反应。)

风山佯装平静,端起咖啡杯啜饮,同时大脑高速运转,思考该如何应对这巧妙的间接进攻。这种情况下沉默为好,千万别不小心说出什么多余的话。

他正琢磨着,刑警却出人意料地果断收起攻势,作势起身。

"哎呀,风山先生,在你赶路时打扰实在抱歉。啊,我结账吧。"

神乐警官拿起账单,走向收银台。

和刑警在地铁站前分别后,风山仍无法平静。

(那个刑警意在使我动摇。而我伪造出那种不在场证明,已经无路可退。总之,得把刚才的事告诉小岛,让他有个心理准备……)

他正想用地铁站的公用电话拨给小岛，又犹豫起来。他忽然感觉刚才那个神乐警官说不定正在什么地方窥视。

（那个年长的巡查部长看着面善些，他今天没一起来啊。不，他肯定就躲在附近，现在正向年轻刑警询问情况。还是别在这种地方打电话为妙，回公寓再打吧。）

地铁里，有个男人躲在车厢尽头，似是想避免引起乘客注意。窗户玻璃映出他的脸，风山又是一阵心悸。那是鬓角斑白的面善的巡查部长。风山怒上心头。

（为什么都跟到这里了？）

他打算质问一句，瞪了那人一眼。许是感觉到他的视线，男人朝这边看过来。

原来是个穿着破旧外套、上了些年纪的上班族，不是警察。地铁停靠到天王寺站站台，那人便弓着背，隐没在下车的人潮之中。

★

同一时刻，柴田初子独自留在西式裁缝学院的办公室。只剩一个事务员还在，屋里空荡荡的。不用作为讲师授课，所以假扮岸滨凉子可谓小菜一碟。凉子拜托她放学后五点到七点替她待在这里。

初子在寂静的办公室里摊开设计书打发时间。以这种形式担任替身，令她萌生了复杂而曲折的心思。初子的回忆要追溯到上个月月底的周末发生的事。

"初子小姐，这个星期六，我想让你替我在万代的家里住一晚。你前些天去过，知道我家里的情况。不用担心，岸滨星期五要去东京出差，星期一才回来。"岸滨凉子请求初子，星期六一晚就好，在用人面前充当替身。

那么凉子本人是要趁丈夫外出在外过夜了。关于这件事，凉子没有辩解，初子也没有过多探问。说到底，契约本就规定初子要在任何情况下都不问理由地担任替身。不过，大多数时候凉子会做出解释。

这次凉子是要用初子给自己做不在场证明，掩盖夜不归宿的事实。初子并未怀疑凉子是否要去幽会。岸滨凉子这位奇人，估计是又冒出了什么大胆的想法。

对于拜托初子做外宿的不在场证明一事，凉子并未显出心虚之态，初子也不置一词。

岸滨家里有个高中刚毕业的女佣，叫池内君代。只要让她认为周六晚上凉子在家就行。

女佣毕竟和凉子生活在同一屋檐下，初子害怕在她面前演戏会被看穿。凉子则表示没问题，说自己只会吩咐君代做事，跟她关系没那么近。君代是最近才雇来的，个性纯朴，绝对想不到女主人竟然会换人。听凉子这么说，初子决定大胆一试。

当天，初子乔装成凉子，下午四点左右按响岸滨家的门铃。后门打开，身穿围裙的君代小跑着来到玄关迎接她。

"欢迎回家。您累了吧？夫人，您今天回来得很早呢。"

"嗯，因为先生不在家……所以我把预约全都推了。"

对初子的表演，女佣君代似乎丝毫未起疑心。

上个星期刚发生过那种事，这是初子第二次来到岸滨家。上次没有看遍全部房间，但她知道整体布局。

然而，与以往在其他地方担任替身不同，这次她要在别人家里冒充本人度过一晚，难免心里打鼓。更何况，坐在凉子的起居室里,初子就会控制不住地回想起之前经受的冲击。

迄今为止,担任替身期间发生的事,她都会一一报告给凉子。这是为了统一口径,避免凉子本人之后露出马脚。唯独对那起突发事件,初子闭口不提。

那个吻有什么特殊意义吗?抑或只是岸滨夫妇的日常习惯?她总不能直接去问凉子,所以疑念至今仍未打消。

电话铃响了,君代讲电话的声音不时传来。不一会儿,纸拉门打开,君代过来了。初子以为她是来喊自己去接电话的。

"是谁的电话?"

"是我家打来的。家母的病又发作了……"

初子差点儿脱口而出问是什么病,忽然一个激灵。她没听凉子提过这事,也许凉子没能考虑到这种细节。初子随口敷衍道:"唉,这可真够呛啊。"

"那个,夫人,非常抱歉在这种时候提这样的请求,可以允许我回一趟家吗?"

"嗯,快去吧,没关系。"

"我去去就回。晚上十点半就回来。"

"多保重……路上小心。我会锁好门窗的,不用担心。"

池内君代慌慌张张地出门了。听说她家在东小阪,若她母亲病情严重,她今天也有可能没法回来。结果只剩初子一人独守偌大的岸滨家。

初子静不下心来。才晚上七点半,空无一人的宅邸寂若死灰,甚至有些恐怖。

她受不了无所事事地干坐着,在房子里到处转悠着开灯,又打开电视,调大音乐节目的音量。

突然,门铃响了。

初子吓了一跳，一瞬间以为自己出现了幻觉。她关掉电视，一动不动。门铃声又一次清晰地响起，似是有人来访。也许是君代半路返回了。

"请问是哪位？"初子通过对讲机问道。

"哦，凉子啊，是我。"

是岸滨……

初子的思绪霎时间一片混乱。

岸滨改变计划提前回来了。怎么办才好？

初子按捺住内心的动摇，很快恢复镇定。

"老公……我这就给你开门。"

来到玄关，便见岸滨龙二拎着行李包站在门口。

"你回来啦。"

"嗯……"

"怎么了，老公，你不是预计周一才回来吗？"初子流畅地应对着，连自己都感到不可思议。

"计划突然有变，我回来取些资料，一会儿九点还要再出去，坐末班光号列车①去冈山。我洗个澡，吃点儿东西再走。"

"哎呀，真够折腾的。我这就帮你准备。刚才君代说母亲身体出了点儿问题，回家去了。"

"哦，是吗，家里就你一个人？"

"嗯，不过君代说晚上十点半就会回来。"

晚上九点刚过，岸滨龙二重整行装，拎着行李包走出家门。

"家里就拜托你了。"

---

①光号列车，对运行于东海道新干线、山阳新干线的特别急行列车的爱称。

"好，路上小心。"

送走岸滨龙二后，池内君代回来了。

这天晚上，初子精神亢奋，辗转难眠。

把她抛在家里的岸滨凉子本人，现在身在何处？她是不是无聊的好奇心作祟，无意中牵扯过深了？此后会发生什么事，完全无法预料。

好了，她早该退出这个不合常理的游戏。而意识到这一点时，她发现自己已然置身于不曾设想的处境。

（事已至此，只能顺其自然……）

初子在凉子的卧室里深深叹息一声。

3

傍晚，阿倍野地下街的轻食茶室"小憩"里挤满了下班的白领和年轻情侣。大干昌雄和一个年轻职员混在这群客人中，坐在角落的桌边。

"我以前就拜读过您发表在局报上的随笔，科长，您真是相当喜欢电影啊，下班后还特意来这种地方看老电影。"

"电影迷都这样。"

"您要看哪部？"

"比利·怀尔德执导的《丽人劫》。这部作品口碑很好，可惜我错过了首轮放映……时隔四年，总算又能在大银幕上看到，我激动坏了。"

"真令人叹服。我很想陪您去，不过明天是星期六，休息日，钓友约我去钓鱼，所以……"

"没事,没事,我一直都是一个人看电影的。你们要去哪儿钓鱼?"

"去岸和田。这会儿正是竹荚鱼活跃的时节。"

"哟,听着真不错。路上小心啊。哎呀,都六点半了。最后一场马上开始,我先失陪了。抱歉占用你的时间,津川。"

"不会,多谢款待。"

大干昌雄走出轻食茶室,目送津川走向国电站台,随后慢悠悠地来到阿倍野地下剧场的售票处。

④ 16:30—18:40

⑤ 18:50—21:00

现在快到晚上六点四十分,第四场眼看就要散场。

大干买好电影票,沿着电影院狭小的楼梯逐级而下。

他打开门,发现不大的影厅竟几乎满座。电影已到结尾处,威廉·霍尔登悄然离开伯爵夫人的公馆。以这最后一幕为背景,字幕自下而上缓缓滚动。不用说,这部电影大干之前看过两遍了。

(之后被问到星期五晚上在做什么,我可以回答在看电影。我有证人,还有票根,虽说这只是薄弱的证据。"不,这无法构成不在场证明。中途离场轻而易举,电影内容也只要提前看过就答得上来。"就算被这样反问也没关系,对方同样证明不了我没来看电影。我只要坚称在看电影就行。)

影厅亮起灯,厅内一阵嘈杂,半数观众离席走向门口。大干戴上墨镜,随着人流离开刚进入的电影院。

大干昌雄径直走下阿倍野地下街的中央台阶,向地铁的自动售票机中投币。

晚上七点十分稍过,大干昌雄在地铁中央线深江桥站下车,来到路面上。

秋夜愈发灯火璀璨,夜风透着些微凉意。大干摘下墨镜,沿着转角处有家银行的宽马路慢步向北走去。

过几个路口后左转,小公园的树丛映入眼帘。水银灯的光芒照耀着夜晚的公园。继续向前走,路左转角处有家装潢幽雅的小咖啡店,与街道的安静氛围十分相称。大干看看手表,指针指向晚上七点二十分。他打开咖啡店的门,慢吞吞地走进去。浓郁的咖啡香扑鼻而来。

店内干净整洁,令人舒适。客人不多。一个年轻男人坐在吧台最边上,和店里工作的女孩说着话。

大干坐到吧台的椅子上,点了杯摩卡,然后取出香烟,拿起手边的咖啡店广告火柴点燃。

"老板,您这家店挺不错啊。"

"谢谢。这位客人,您是第一次来呢。"五十岁上下、文质彬彬的老板笑着回答。

"我要去朋友家做客,可死活找不到路,在这边乱转半天了。"

"您在找民宅吗?"

"这附近……有一家姓加藤的,您知道在哪儿吗?"

"加藤?没听说过,我来这边也没多久……他有没有在经营什么店铺?"

"没有。他是一个叫加藤茂夫的公务员。大致路线我在电话里听他讲过,无奈我是个路痴。您看这个。"

大干说着拿出笔记,上面潦草地画着他声称从电话里听来的路线。

"让我看一下。"老板接过笔记,读道,"嗯,地铁,深江……新庄大和川线,过银行向北,遇有停车场的路口向西转,在小公园西边的十字路口向北走,在小学旁边……嗯,看样子是在这一片儿。"

"是啊,所以我在那所学校附近找了好久,但怎么也找不到。"

"老板,那是所初中。"吧台最边上的年轻男人插话道。他似乎在注意听两人的对话。不,店里很安静,所以自然而然能听见。男人留着一头短发,身穿红色衬衫,外表看上去有点儿吓人。

大干微微点头致意道:"哦,那可能是我听错了。对了,我有他的名片,上面写着住址。"

大干拿出夹在笔记本里的加藤茂夫的名片,递给身旁的老板。

"东成区,深江南一丁目四番×号……哎呀,客人,这误会可大了。您完全弄错了。您瞧瞧手上的火柴盒,这儿是城东区。"

大干看向手里的广告火柴。

```
泉 咖啡馆
城东区永田4丁目6番×号
电话 967-××××
```

"啊,还真是。糟糕,怎么会这样……"

"你是在深江桥地铁站下车的吧?"年轻客人再次插话。

"嗯,是的。"

"要去这个地址的话,得坐千日前线在新深江站下车才行。"

看来年轻客人虽乍看一脸凶相,但其实有副热心肠。他管店主要来一张便条,唰唰画出示意图,给大干讲解起来。

"在这里。"

"原来要从这边再往南啊,还离得好远呢。这下闹了个大乌龙。我该怎么过去呢?"

"还是得回到那条宽马路……坐公交车倒是也行,不过打车马上就能到。"

"原来如此,多谢您的讲解。"

大干看看手表。

"唔,现在七点半了,得给他打个电话……老板,电话稍微借用一下。"

大干用店里的公用电话拨号。

"喂,是加藤家吧。我是大干。约好晚上七点见,抱歉迟到这么久。"

"约好?那个,我……"

"我走错路了。"

"喂,喂,您是哪位?"

"总之我这就赶过去,大概晚上八点到。待会儿见……"

大干像故意讲给店里的人听一样大声说完,挂断电话。

接电话的确实是个姓加藤的人,估计以为是打错的电话吧。而且大干光顾着把自己要说的话说完就匆匆挂断电话,一副完全没发现打错了的样子,对方一定正苦笑着感慨这人真够粗心大意的。

他多半不会把这通电话和不在场证明联系起来。

大干道声谢,走出泉咖啡馆。

到目前为止,计划一切顺利。他沿原路返回,静静走下深江桥地铁站的台阶。

最终场结束,观众从电影院蜂拥而出。大干混入人流,没走几步,叫住前面的女人。

"您落东西了。这个是您的吧?"

大干昌雄把手里的新书开本[①]的书递上前。女人回过头。她一身朴素装束,俨然大龄女白领。

"不,这不是我的。"

"是吗?我还以为肯定是您的。哎呀,抱歉打扰了……那我把这本书交给电影院的工作人员吧。"

"我先走了。"女人打算离开。

"一起喝杯咖啡怎么样?"

"我赶时间。"

她显出防备之态,走上台阶离开。大干感到自己挑错了人。

要是她愿意跟大干去咖啡店就再好不过了。他举手投足始终温文尔雅,将围绕刚看完的电影与她畅谈一番,给她一张名片。如此一来,大干就可以获得这样一份不在场证明:这天晚上,大干与她在同一家电影院看电影,就坐在她的身后。这就是他规划的步骤。不行,不能再磨磨蹭蹭下去。

大干果断将前面相隔四五个人的红外套女人锁定为目标,正要追上她的时候……

"这不是大干吗?"

突然有人喊自己的名字。他回头看去。

"还真是你。我就说看着挺像……是我。"

[①]采用新开本(约173mm×106mm)的书籍的总称。

"哦，是木村啊，好久不见。居然在这里遇见你。"

"咱俩高中毕业后就没再见过，这都多少年啦。不过你脸上还有当年的影子，所以虽然彼此都变了很多，但我还是一眼就认出你了。大干，你还像以前一样爱看电影呢。我也刚看完电影出来。"

大干昌雄闻言如释重负，这等巧遇简直求之不得，不费吹灰之力便找到了不在场证明的证人。

"去附近找家店喝上一杯怎么样？"

"我完全不会喝酒，不过好久没见了，还挺想跟你聊聊天的。找家咖啡店如何？"

地下街的店晚上九点就关门了，他们便去往地铁站附近的一家咖啡店。高中时两人都是电影研究社成员。木村说自己就职于北滨的证券公司。以互相确认近况的名义，两人郑重其事地交换了名片。

"不二证券股份有限公司，营业股长，木村光晴"。

这枚名片对现在的大干而言，比什么都宝贵。

★

星期六傍晚，风山秀树漫步在天神桥筋，来到榆树咖啡店门前。

刚刚五点半。

他跟布施香子约好六点整见，打算在这边再消磨会儿时间。

风山之所以要见香子，别无其他，是因为他为包庇朋友小岛而向刑警做了伪证。

那天晚上他其实跟香子在一起。尽管顺应情势做了伪证，但前几天再度遭刑警盘问不休，风山开始略感不安。小岛果然有可能是凶手。刑警凭职业直觉识破真相,故而来敲打身为证人的风山秀树。话虽如此,事到如今他已无法回头。于是他来见香子,打算坦承此事,拜托她就算哪天实情暴露也保持沉默。

南森町地铁站附近的这条商业街,只有周六晚上还算热闹,人流量似乎比平时多些。

大喇叭大声播放着乐曲,弹珠店一派盛况,但风山都毫无兴趣。他走进咖啡店斜对面的书店。这家店客人也很多,正适合站着看书。谁知他刚拿起书翻开,就突生变故。

风山把刚抽出来的商务书放回书架,慌忙来到街上。

从这家书店能将咖啡店门口的景象一览无遗。就在刚才,门打开,他的余光捕捉到一抹熟悉的色彩从那里经过。

约好傍晚六点在榆树咖啡店见面的布施香子跟一个长发女人在一块儿,正要到什么地方去。

他觉得与香子同行的女人有些眼熟,她前些天也来见过香子。看来香子在来见风山之前与她有约,刚才一直在那家店里。

(话说回来,这两个人是打算去哪儿呢……)

风山起初以为香子只是要把她送到门外。然而,两人肩并肩走了出来。而且,她们朝着与不远处的地铁站相反的方向走去,可见也不是要送人到车站。

是有什么话不方便在咖啡店里说,要换个地方吗?他之所以忽然冒出这个念头,是因为前些天在店里看见她们时,感觉两人之间的气氛不同寻常。

不过……他转念一想,是香子自己提出六点在榆树见的,她肯定不会走太远。不知道她们有什么事,总之肯定很快就能解决。

其实前些天跟香子去南街吃饭时,风山装作不经意地打探了那个女人的事，香子只是笑而不答。所以，此时他还不知道壬庚子这个名字，但他对这个具有奇妙气质与魅力的女人生出几分兴趣。

眼看两人拐过路口的商店，向东走去。

看着她们的背影，风山秀树好奇心骤起，决定跟上去。

如他所想，两人没走太远。她们向北转了一次弯，不到五分钟便到达了目的地——一栋带车库的写字楼风格的二层建筑。两人走了进去。

风山稍隔片刻，来到房前。

那两人走进的是一扇磨砂玻璃单开门，现在大门紧闭，拉着厚厚的帘子，看不到屋里的情形。大门左侧是车库，卷帘门也被拉下。

时值傍晚五点四十分，天已彻底黑透。门廊灯淡淡的光芒映出门牌上的文字。

　　命运推算　壬庚子　占卜教室

第三章 头 颅

1

砧顺之介在福岛区上福岛新建的千代田公寓八楼拥有一套带厨房的四室两厅，但目前尚未以个人名义开设私家侦探事务所。

近年来，"密室杀人""无面尸"之类魔术般的不可能犯罪就连在推理小说的世界中也几乎销声匿迹，现实中的案件更加轮不到"名侦探"出场。因此，砧眼下过着无业游民的生活。不过他善于理财，所以经济宽裕，除偶尔出门旅行以外，还耽于读书，并埋头进行着尚未公开主题的创作，将其视为毕生事业。

话虽如此，砧也并非完全放弃了私家侦探的工作。东区京桥的人仓大厦里，有一家由退休警察组建的私家侦探社"关西特别调查事务所"，砧算是客座成员，拥有特别会员兼顾问的资格。有时特别调查事务所对一些私人疑难事件束手无策，砧便应其委托而行动。

世道的确变了，然而人类身上原始的嗜血冲动从未止息。即使在现代社会，也会时而出现超乎想象的诡异案件。宝石商装箱杀人案、女艺人消失案都曾在报纸上轰动一时，就在现实中的搜查官对其一筹莫展、如堕五里雾中之际，砧仅凭报纸上的报道展开推理，发挥出安乐椅侦探的本领，此事在相关人士间流传甚广。

归根结底，调查并检举犯罪是警察机构的工作，不该由私家侦探插手，但不可否认的是，砧通过相熟的警官传达的提示成了破案的重要线索。魔术杀人的浪漫间或苏生，"名侦探神话"的幽微灯火亦不时闪耀强烈的光芒。

猛烈的西风吹得阳台玻璃咔嗒咔嗒响。星期六的午后，砧在温度适宜的室内畅饮着咖啡，眺望今年第一场季风呼啸过后的街景。

桌上放着三天前的晚报。

为了某项调查而搜寻日前的相关报道时，他偶然留意到资讯栏目。砧微笑着拿起咖啡杯，再次看向那篇资讯。

◇演讲与电影

十二日下午五点至晚上八点半，南映会馆八楼南映文化厅（地铁谷町线四天王寺前站）演讲《美与个性的表现》，设计师岸滨凉子女士。

纪录片《鬼冢遗迹周边》，八百日元，电话：06-641-××××（关西兴趣社团）。

（十二日就是今天。现在出发还来得及。要不过去看看……）

砧回想起前几天晚上在桃龙阁见到她时，她那魅惑的眼眸与妖媚的微笑。他刮净胡子，冲了个热水澡，用口哨吹着《火之吻》的旋律，郑重地挑选西服和领带。

伶人町南映会馆八楼的南映文化厅会场人头攒动。

砧进入会场时，正赶上主办人致辞环节结束，主持人说道："下面有请讲师岸滨凉子女士登场。"

在热烈的掌声中，她登上讲台，深绿色长裙与她十分相称。砧坐在中间的座位欣赏着她的演讲。

虽是司空见惯的主题，但台上之人把控全场，以流畅的言谈与适时的玩笑牢牢抓住听众的注意力。砧对其知性与智慧背后蕴藏的妖冶浮想联翩，深深迷恋上她新奇的魅力。他自知这样不妥。观众的掌声让砧猛地回过神来。

她的演讲时长为四十分钟，从下午五点十分到五点五十分。在六点电影开始前，她便回到了休息室。

砧顺之介去休息室瞧了瞧，见她正收拾东西准备离开。看见砧，她先是吃了一惊，而后立刻回以笑容。

"我听了你的演讲。"

"真伤脑筋，三浦老师有事不能来，突然叫我顶上。我完全没准备，只能说些不痛不痒的话糊弄过去……没想到你居然会来听……真难为情。"

"没这回事，我听得挺开心的。尤其是分布于西班牙、意大利等西欧国家的爬山虎红叶与七五三样式美的关联等内容，都是很有你个人风格的独特论证，我深感佩服。"

"不，让你见笑了。你肯定觉得那都是些胡言乱语吧。"

"我这会儿要去松坂屋，一起吃顿饭如何？"

"谢谢。承蒙好意，但我六点半有约，实在遗憾。"

"这样啊，那就有机会再说吧。"

"我正好会路过京阪的天满桥，可以开车送你一程。"

"那就恭敬不如从命了。"

砧顺之介坐到她旁边的副驾驶座，闻到淡淡的化妆品香气。

适才入夜，华灯竞相闪耀炫目的光辉，轿车沿着灯火辉煌的谷町筋向北行驶。

"白天变短了啊。"

"确实……"

"前几天见面时，咱们还聊了聊诘将棋呢。"

"那个啊，可别提了。看来我当时也醉得不轻。"

"不是，不是，其实我是想说，记得以前在将棋杂志的近期资讯页面瞥见过，好像有个什么杂志刊登过你和飞騨桂子小姐的对谈吧？"

"啊。"

"我非常想拜读一下那篇对谈。"

"那是……"

她忽然闭口不言，默默开车。

所幸路上不堵。六点十七分，砧到达京阪天满桥百货商场所在的路口。

"那我就在此告辞了。替我向你先生问好。"

砧顺之介走下车。她含笑点头致意，然后跟随车流而去。砧目送她的车远去，片刻后转身走入商场地下。

她驾车驶过天满桥，过东天满十字路口向北，在第一个路口左转，开进滨餐厅的专用停车场。此时是六点二十五分，停车场的照明灯将周围照得格外明亮。

就在这时，一个女人靠近停下的车，从外面向驾驶座上的她打了个手势。

岸滨凉子在爱车丰田飞狮子里与另一个女人并肩而坐，商量事宜。两人仅交谈了不到五分钟。

开完"会议"的两个女人分别下了车。凉子径直走进滨餐厅的自动门，恰好于六点半进入店内。

由服务员领到预约席位，她便看到须田绿和木川妙子已围坐在尾形桃子身旁。

"抱歉来晚了。"凉子为迟到而道歉。

"凉子，抱歉让你百忙之中特意抽空过来。"聚会主角尾形桃子微笑答道。

凉子与这三人是大学同学。尾形桃子的丈夫在电器厂商工作，即将调去东京总公司，她也要跟着离开大阪，于是举办了告别派对。

仿佛就等岸滨凉子出现一样，菜肴迅速上齐。

"那么，祝尾形桃子身体健康，干杯！"

组织者妙子起头，大家将杯中啤酒一饮而尽。

旧友久违地相聚，彼此关系亲密无间，宴席在融洽的氛围中开始。

然而，素来以风趣的谈吐主导话题的凉子，心情却振奋不起来。坐在对面的须田绿似是注意到凉子心事重重的表情，问道："怎么了，凉子？今天没精打采的。"

"没什么，难得大家聚到一起，抱歉……我有事过会儿就得走，让大家扫兴很过意不去。"

"不必多虑。不过，安排得这么满，真不错呀。"须田绿揶揄般说道。

鉴于关系亲密，凉子只是笑笑，转而以诚恳的语气对桃子说：“尾形，真是对不起。之后我一定去机场送你。”

"没关系啦，凉子。让你百忙之中特意抽空过来，该我道歉才是。"桃子又说了一遍，凉子沉默颔首。

凉子的心事无人知晓。她真正挂心的，根本不是对于在同学的送别会上中途离场的顾虑。今晚的宴席，她原本打算待到结束，不料刚才在车中发生的事导致她只得变更计划。

结果，她仅在派对上待了不到半小时。

晚上七点，岸滨凉子声称与人有约，告别其余三人走出滨餐厅。

在门口处，一对刚进店的男女和凉子擦肩而过。"是设计师岸滨凉子欸。"她隐约听见他们这样嘀咕。

★

沿中崎町地铁站南侧大街向东走一段，转角处有家店，挂着"万事服务社"的招牌。这是人们常说的"便民服务店"，代办各种事务，接受送货、搬家、扫除、维修等小杂活儿委托。此种生意近来逐渐扎根于都市，可见委托人之多超乎想象。

"万事服务社"亦是这类店铺之一。冈田惣吉去年从运输公司退休后，雇用远房亲戚——一个叫酒田二郎的年轻男人开了这家小店，最近忙得不可开交。

星期六晚七点，岸滨凉子离开滨餐厅，恰在同一时刻，一个女人造访这家"万事服务社"。

此时社长冈田受妇女俱乐部委托出差去参与商讨忘年会事宜，店里只剩酒田二郎一人守在电话旁。

进店的女人年纪在三十岁上下，身穿黑色外套，长发，戴一副黑色大墨镜，打扮入时。女人从包里拿出一个小纸包放到柜台上。她戴着时髦的白手套。

"这个，拜托了。"

二郎一看，是个跟抽纸盒差不多大小的长方体，高十厘米，宽十三厘米，长二十五厘米，牛皮纸包装棱角分明。

"想劳烦您晚上八点前送到西田边。"

"晚上八点啊……送到西田边的哪里？"

"沿西田边地铁站的宽马路往北走一点儿，在钟表店那个转角向西拐。现在是七点，应该来得及。"

"我想想……从中崎町出发，十六分钟能到天王寺，换乘后五分钟能到那边……刚好来得及。具体收货地址是？"

"你直接写在包装上吧，用那根记号笔就行。"

"我来写吗？"

"拜托了。听好，阿倍野区……阪南×丁目……×号……岸滨商会收。"

"这样写就行？我这就开发票，麻烦您说下姓名和住址。"

"哎呀，不用这么正式。"

委托人扬扬涂着浓艳口红的迷人唇角，嫣然一笑。

"我急着赶新干线，匆忙之下忘了把这件东西送过去，正发愁呢，刚巧看见这家店。既然是代办各种杂务的店，不妨随意一些。"

"啊……可是……"

"手续费一次三千日元对吧。因为是不情之请，我再给些小费。"

女人将一张五千日元纸币放到桌上。

"那就拜托你了，请务必送到。"

"好的……"

"那边有一个年轻店员，万一他不在的话是送不进去的，你过去前最好打个电话。"

女人口述电话号码，二郎记在白板上。她又从包里拿出一本《漫画周刊》。

"这是新一期，我留着也没用，你要是有兴趣就随便看看吧。"

酒田二郎因这位性急女顾客的委托而有些不知所措，还茫然沉浸于她不可思议的魅力时，魔女已不见踪影。

大干昌雄算好时间，于晚上七点半走进公用电话亭。

昏暗的高架桥下，往来行人很少。

电车刚经过，不用担心通话过程中被对方听到可疑的动静。他转动拨号盘，电话立即接通了。

"我是加藤……"对方以熟悉的声音答道。

"是加藤吧，我是大干。约好晚上七点见，迟到这么久真是抱歉。"

"没事，没事，这边大家刚聚齐。"

"我坐地铁下错站了，在深江桥站下了车，现在正从永田町的咖啡店打给你。"

"那你是弄错了，大干，来我家得在新深江站下车。"

"总之我这就赶过去，估计晚上八点到，你们先聊吧。"

"好，路上小心……"

大干松了口气，把听筒放回去。加藤绝不会想到朋友大干竟然心怀鬼胎，是从另一个地方拨去的电话。

大干昌雄打完电话，留意着周围情形走出电话亭，所幸没有人在等着打电话。大干直奔附近的地铁中央线弁天町站，走进检票口。

他在阿波座换乘千日前线，去往新深江。算上换乘时间，大约要花二十五分钟。一切尽在计划之中。晚上八点五分稍过，大干昌雄按响加藤茂夫家的门铃。

★

岸滨龙二昨晚喝了不少酒，怎料半夜醒来辗转反侧，吃过安眠药才终于入睡。

早上一睁眼，已经九点了。

脑仁很疼。星期日商会休息，但岸滨有项工作必须赶紧办完。

他和妻子凉子是分房睡的。他去凉子的房间看了一眼，没人。厨房餐厅传来说话声，他过去一看，她和女佣正坐在桌边。

"老公，你醒啦……昨晚你醉得不轻。"

"现在头还在一跳一跳地疼。"

"再休息一会儿吧？"

"唔，事务所那边有点儿工作要做，我得出门了。"

"辛苦了，老公，要不要喝杯橙汁？"

岸滨龙二迎上她的视线，点点头。

万代的岸滨家稍远处即是西田边地铁站，岸滨商会就在从西田边站往西北方向五分钟路程的地方。这天是休息日，事务所冷冷清清。住宿员工村尾仰靠在接待沙发上展开早报，边读边大口吃着厚切吐司，手边还放着盛有速溶咖啡的马克杯。

看见岸滨，村尾慌忙站起身。

"啊，社长，早上好……今天过来是有什么事吗？"

"广田商务发来咨询需求，我得及时回复。不费事，一会儿就能弄完。"

"这样啊。看您脸色好像不大好……"

"昨晚喝多了。"

"社长，不介意速溶的话，我给您冲杯咖啡吧？"

"啊，不用麻烦了。昨晚没发生什么古怪的事吧？"

"嗯……说起来，昨晚收到这么个东西。"

村尾从储物柜上拿出一个小纸包，放到岸滨面前。

"怎么回事？"

"昨晚八点左右，唔……一个什么服务社的人送过来的。"

"这是什么啊？"

牛皮纸包装上用蓝色记号笔写着这里的地址和收件人，但没写寄件人信息。

"是谁送过来的呢……你打开看看。"

"社长，这不会是爆炸物吧？"村尾认真地问。

"怎么可能……给我，我来打开。"

"不用，没关系。我打开吧。"

村尾小心翼翼地撕开包装，里面是随处可见的"玫瑰软纸巾"抽纸盒。

盒子顶部有小刀裁切的痕迹，看样子是打开过一次又复原，用透明胶带重新粘好的。

"什么东西？"

村尾撕掉胶带，从盒里拿出一个用塑料袋子装着的东西。

"社长！这是！"

"呃……"

"令人惊叹！这是用来玩黑色幽默的小道具吗？做工不错啊。"见岸滨龙二依旧沉默不语，村尾似是不敢明确承认事实，用快活的语气打着哈哈,"只做手指的工艺品经常能看到,这种还真是第一次见。"

"唔……"

"社长,该……该不会……"

"你好好看清楚。这不是仿制品,是真的。"

那是一只年轻女人的右手。柔软的手指苍白得近乎透明,形状好看的指甲上涂着亮闪闪的红色指甲油。这只手自手腕下方五厘米处被切断,断口处暗红色的血已凝固。在主人还活着、血液还在循环的时候,这只手的形态该有多么优美啊。然而,觉得它苍白得近乎透明,只是一瞬的错觉,现在摆在眼前的,仅仅是一个完全变成土黄色的怪诞之物罢了。

2

从辖区 A 警署赶来的几名办案人员正拍照记录商会事务所的房间布局和搁置于原处的物品,麻利地推进着工作。

水户巡查部长在接待桌前与岸滨龙二相对而坐,慢条斯理地开始问话。"岸滨先生,您为什么会收到这种东西?"

"不知道,我完全没头绪。"

"但是,这上面明确写着是寄到您的公司。您在工作中遇到了什么麻烦吗?"

"没这回事。我只是冷不防收到这种东西,不知如何是好才报警的。"岸滨龙二的表情略显烦躁。

"这只手的主人说不定已经死了。若真如此,这就远不仅是性质恶劣的恶作剧那么简单了。姑且不谈这个,请您讲讲收到它时的情况吧。"

"昨晚我出门了。这家事务所晚上六点关门，关门后只有住宿员工村尾一个人在。员工还有另外三个人，但事情是在他们回去后发生的。收件的是村尾，直接问他比较好。啊，村尾，你过来一下。"

就水户巡查部长所见，这个姓村尾的青年是一名挺稳重的店员。

"村尾欣一先生是吧……您一直住在这里？"

"嗯，是的。"

"您在这里工作很久了吗？"

"快两年了。"

"这盒子是怎么送到这里的？"

"昨晚七点多，我接到一个电话，说要送来一个小包裹，大概晚上八点到，让我先别出门。"

"哦，接到了电话……是谁打来的？"

"那家店的名字……"村尾支支吾吾起来，"我忘记了……好像说是什么服务社。星期六我一般晚上七点半左右出门吃饭，但因为接到了那通电话，就先留在这里等着。晚上八点果然有个年轻男人过来，放下包裹就走了。"

水户巡查部长面露疑惑。"看来不是正式的邮政包裹啊……"

"警察先生，那么晚，邮政的人早下班了。"

"不，我以为寄件人是先通过邮政寄到那家服务社的。"

"最近快递服务兴起，还有能代办很多事务的便民服务店，所以我也没太在意，直接收下了。"

"盖签收章了吗？"

"这个嘛……没有，是我大意了，对方放下包裹就直接走人了。"

"嗯……"

"对不起。我也万万没想到会发生这种事……送货人说的什么服务社的名字,我也没太留意,记不清了。"

"唔……"

换个角度想,也许是凶手或同伙直接把那东西送上门的。水户巡查部长认为存在这种可能性。若是如此,自称服务社就不会被怀疑了……

"但是,村尾先生,哪怕只有一小会儿,您也和那个送货的男人简单打过交道吧?"

"是的……"

"他有什么特征?"

"戴一副黑框眼镜,长发,留着胡子……穿着茶色夹克衫。只剩这点儿印象了……个头……跟我差不多……一米七左右吧。"

"要是再见到他,您能认出来吗?"

"现在看见应该能认出来。"

"是吗?先不说这个了……村尾先生……您收到盒子后是怎么处理的?"

"直到今早都一直放在那边的储物柜上。"

"收到它后,您离开过事务所吗?"

"出去过。"

"出过门啊。"

"刚才也说了,星期六晚上我可以出门玩。昨晚为了收包裹稍微耽搁了会儿,我是晚上八点半出的门。我去西田边的寿司店喝了一杯,回到这里时是晚上十点半——不,将近十一点。"

"您回来时,事务所有什么异常吗?"

"没什么特别的。门钥匙我和社长各有一把,如您所见,门锁很结实……我按平时的习惯又确认了一遍门窗都已锁好，就到二楼睡下了，直到今早都没发生反常的事。"

"我明白了。"

是单纯找碴儿，还是怀恨在心？水户巡查部长预感此事牵扯到杀人，会发展成不得了的案件。但眼下收件方表示毫无头绪，他暂且也只能静观后续事态发展。

当务之急是确认被从手腕处切断右手的被害人的情况。不，被害人不可能还活着，鉴定结果十之八九会是死后被切断的。首先要找到尸体。同时，要尽快找出受委托派送那个纸盒的业务员。不过，假如像水户巡查部长推测的那样，是凶手或其同伙伪装成服务社的人，那就没辙了。所幸这是多余的担忧。

当晚八点，A警署接到电话。

"我是北区中崎町'万事服务社'的冈田，刚才看了五点五十五分的新闻聚焦节目。派送那个装有断手的包裹的人是敝社的店员，姓酒田。我们过去倒是也可以，不过我想还是劳驾你们过来一趟，看看我们这边的情况更好……"

接到这则通报，最感到如释重负的正是水户巡查部长。服务社果然是实际存在的。刻不容缓，他当即带领年轻刑警仓丘赶往中崎町。

酒田二郎的样貌的确如岸滨商会的村尾所形容——长发，戴一副黑框眼镜。

"我那天负责看店，晚上七点整，有个三十岁上下的漂亮女人过来，拜托我送那东西。当时店里只有我一个人。她说急着赶新干线，连发票都来不及要，放下东西就走了，走之前留下一张五千日元钞票。包裹上的收件信息是我按她的要求写上去的。"

"是您写的？"

"是的。"

"岸滨商会的人说，接到电话称晚上八点有货要送上门，那通电话也是您打的？"

"她跟我说务必在晚上八点前送到，没人在的话送不进去，让我过去前先打个电话。"

"麻烦您尽可能详细地回忆一下那个女人的特征。"

"她刘海遮住额头，戴一副较大的黑色墨镜，长发，嘴唇下面贴着一颗假痣，身穿黑色外套，戴着白手套……警察先生，还是直接画出来对我来说比较轻松。"

酒田二郎随手从账台的书挡里抽出速写本，看样子经常使用。他手握4B铅笔，灵巧地在纸上唰唰画着。见刑警目不转睛地盯着自己，他显出几分得意之色。"那女人大致长这样。"

"哟，画得真不错。"

"警察先生，这家伙爱好连环画，做完工作就一个劲儿地画。"社长乐呵呵地夸耀道。

"哎呀，这可帮大忙了。酒田先生，您还注意到什么别的细节吗？"

"我想想。对了，她留下一本周刊，说是自己用不着。"

酒田抽出一本《漫画周刊》（11/16期）。

"她戴着手套，所以这上面恐怕都是我的指纹。"

"还请让我们代为保管这本周刊供参考用。"

"尽管拿去。还有，警察先生，那个盒子上估计也沾满了我的指纹。如果要做比对，我会全力配合。"

★

星期一中午，一到公司的午休时间，风山秀树就迫不及待地出门，径直走过常去的轻食店，乘上地铁四桥线。

布施香子到底出什么事了？自从星期六分别后，他就没再见过香子——而且是极其不情愿的分别。不，"分别"这种说法并不准确。那时他只看见了香子的背影。

香子给他的名片上写着她在中津那边的大厦里有家事务所，但她笑称那是骗人的，其实只是安排了个女孩在那儿帮忙接电话。他试着拨给那里，对方说她不在。

她在名片背面写了住址。

"西成区潮路二丁目×番×号，光公寓十号室"。风山想，总之先去一趟探探情况……

他坐在地铁的座位上，回想起那天的事。

前一晚，风山对香子提出"有事想说，希望务必见上一面"。香子回答："那就十二号星期六晚上六点，在南森町的榆树咖啡店见吧。"那正是他们之前偶遇的那家店。

那天他来得早了些，便在商业街消磨时间，在书店里看书时往街上一瞧，发现香子和另一个眼熟的女人从咖啡店里出来。

两人并肩走向某个地方。风山莫名燃起好奇心，悄悄尾随。两人走了大约五分钟，进入一栋房屋。那房子外面的门牌上写着"命运推算，壬庚子，占卜教室"。

无奈之下，他又回到商业街。六点时他走进榆树咖啡店，香子还没来。风山在咖啡店坐了十五分钟左右，左等右等也不见香子过来，就又离开咖啡店，去占卜教室看看情况。

那时是六点二十分，一个年轻女人伫立于壬庚子的占卜教室门口。风山看见她后,她立刻迈步离开。

不知她是刚从教室里出来,还是来拜访占卜教室,见大门紧闭只好返回。

姑且不论是哪种情况,总之她从南边拐过壬庚子的教室向东走去。他总觉得这女人有什么隐情,出于天生的冲动与好奇心尾随了她一段路程。

走了一会儿,只见路南转角处有一家叫"滨"的餐厅,那女人走进设在餐厅旁边的专用停车场。

如此这般,风山四处徘徊良久,时间飞速流逝,他再次回到咖啡店时已近晚上七点。搞不好自己离开后香子来过,他想,然而店里不见她的身影。他向服务员询问,得知她好久之前跟同伴一起出去后就没再回来。

意想不到的是,就在这时,有别的座位的女人向他搭话。原来是学生时代有交往的女性朋友之一。那天晚上,风山顺水推舟,与她在樱之宫酒店共度春宵。

所以,他全然不知布施香子自那以后情况如何,也没接到她的电话。假如登门拜访,说不定她会若无其事地现身,风山心想。

风山秀树心事重重,以至于完全没有察觉,从走出公司的那一刻起,就有一个男人在身后悄悄跟踪他——是之前那位神乐警官。地铁到达岸里站,乘客纷纷下车,刑警也从别的出口悄然走出,小心谨慎地跟在风山身后。

风山穿过国道,向着西成区政府西侧走,根据名片上的地址,经过一番周折终于找到了光公寓。这栋公寓是文化住宅样式①，十号室在二楼。

他站在门口，按了几次门铃。无人应答。报纸就那么塞在信箱里。

踟蹰间，十一号室的门打开，隔壁的夫人探出头来。

"我来找布施小姐，不过她好像不在家。"

风山爽朗地说，冲夫人露出微笑。见他衣冠楚楚、仪表堂堂，夫人似是放下心来，趿拉着拖鞋来到走廊上。她身穿鲜红色的毛衣，抬手整了整刚做好发型的头发。

"布施小姐一直不在家吗？"

"也不知怎么回事，自从她星期六傍晚出门后，就没见她回过家。看样子到现在都没回来。"

"是出差吗？"

"我什么都没听说。您是哪位？"

"我是她朋友。"

"等她回来我告诉您一声吧。您叫什么名字？"

"不用了。我改日再来，先告辞了。"

既已得知香子也不在家里，就没必要耗在这儿了。风山果断打道回府。

小心地跟踪了他一路的神乐警官躲在暗处目送他离开，稍隔片刻，走上公寓的楼梯。

★

地铁谷町线从都岛开往文之里的列车进站了。星期一上午九点五十三分，在终点站文之里站，乘客全部下车后，乘务员

---

①文化住宅，指日本大正时代中期以后流行的，融合了西洋生活风格的大众住宅。

高月开始检查待返回的空车。

他清理着乘客读过就丢的体育报纸和周刊杂志,来到第二节车厢,孤零零放在车厢中部行李架上的茶色手提包映入眼帘,是很常见的波士顿帆布包。

把包从行李架上拿下来时,高月能感觉到沉甸甸的分量。

高月以为是单纯的失物,打算照此处理。车内失物会送到始发站所在町管理科的失物招领处。

他随手把波士顿包放到乘务员休息室的桌上。

"咦?"

好像不对劲。

包的拉链没拉严。

"喂,森田,这东西有点儿奇怪。"

"怎么了?"

高月一咬牙,将拉链一开到底。

"呃……"

那东西包在塑料袋里。

隔着透明的塑料膜,能看见一颗刚被切断不久的人头,毛发凌乱。昨天刚曝出那样的新闻,闹得满城风雨,他因此明白眼前之物并非人体模型。

"这……这是……"

两名乘务员面面相觑,张口结舌。

"我先去汇报一下。"

乘务员森田惊慌失措地出去喊隔壁屋的领导。

留在休息室的高月从那可怖的包上移开视线,脑中一瞬闪过别的念头。媒体团团围住他这个发现者,递来话筒……横竖要上电视的话,还是希望能像之前那家伙一样,因为解救从站台跌落的幼童，以英雄的形象登场啊。

俄而电话铃此起彼伏，众人的脚步声杂乱无章，屋内的氛围陷入凝重。

3

波士顿包里发现的女人头颅之惨状难以形容。断口之新鲜自是骇人之至，面部更是惨遭严重损毁，彻底识别不出相貌。

仅凭碎尸的右手和面部损毁的头颅，警方依然无法确认死者身份。唯一的进展是，二者血型都是 B 型，基本可断定属于同一具尸体。因此，为慎重起见，岸滨龙二被要求来辨认这颗头颅。但他只看了一眼就别过脸，连连否认，称这种状态的头颅根本无法辨识，而且身边没有能对上号的女人。

断手是在阿倍野区阪南町发现的，弃置头颅的地点是同属阿倍野区的文之里。在死者身份不明的状况下，警方姑且以分尸遗弃案立案，于所属辖区 A 警署设置搜查本部，由府警搜查一科的须潟赞四郎警部担任主任搜查官，坐镇指挥调查。

搜查本部成立翌日，十五日星期二。这天警方收到市民提供的两条有力线索。

在天六阪急大楼里一家商店工作的木户礼子提供的线索是其中之一。

"跟我在电视新闻上看到的那张画像上的女人一模一样。"她激动地说。

公开播放酒田二郎所绘肖像之举迅速收获成效。

"十二号晚上将近七点，有个提着波士顿包的女人来过。她说想用那边的投币式寄物柜，拿出一张一千日元钞票要跟我换零钱。"这位女店员是重要目击证人，她边比画边说，"当时还有其他客人，我忙得腾不开手。她可能是过意不去，就拿起这本《漫画周刊》说要买。"

"嗯……"

"我找给她零钱，她用找零的硬币打开投币式寄物柜，把波士顿包放了进去。"

"然后她又做了什么？"

"我知道的就这些。之后我再往寄物柜那边看过去时，她已经不见了。警察先生，她就是画像上的那个女人，肯定没错。"

受托派送断手的"万事服务社"距离天六（天神桥六丁目）只有徒步十分钟左右的路程。因此，那个神秘女人可能在去服务社之前来过此处，将波士顿包放进寄物柜，这一假设在时间上说得通。实际上，警方并未对外公布《漫画周刊》的事。结合此项事实来看，这条线索值得信任。

紧接着收到的另一条线索，是高殿町的出租车个体户久下良吉提供的。

据他称，昨天，即十四日早上，他在都岛搭载的女乘客，也跟画像上的女人很像。

近来戴那种式样的假发和时尚墨镜的女人很多，她的打扮算不上特别显眼，所以司机久下当时没人在意。

她在都岛上车，到天六中途下车，从大楼内的寄物柜里取出波士顿包后，又回到出租车上，让司机开往梅田，在梅田花月剧场附近下车。

久下的证词到此为止。但从之后发生的事可倒推出，神秘女人曾拎着那个包大摇大摆地经过北街的曾根崎警署，走下通往地铁的台阶。这起猎奇杀人案的凶手巧妙地穿梭于都市的心理空间，就此销声匿迹。

"被害人身份不明，所以动机完全不能确定。话说，仓丘警官，这凶手玩的套路可够花哨的。"

来 A 警署搜查本部支援的搜查一科资深成员牧田三郎戴着一副黑色方框眼镜，与其形象很相称。最近，他显露出中年人的儒雅与威严。至今仍频频被错认成很久以前流行的刑侦电视剧中的人气演员，他对此唯有苦笑。

年轻刑警仓丘达夫巡查是 A 警署的元老级成员，曾与牧田巡查部长结成搭档，一心尊敬、信赖着这位刑警前辈。

"没办法，只能静待凶手再次行动。不过，根据我的直觉，收到那东西的岸滨商会绝对有隐情。"

"但岸滨龙二声称毫无头绪。虽说光靠直觉是很危险的，不过我也认为得盯紧岸滨商会。"

"岸滨先生的夫人是设计师岸滨凉子吧。我不懂时尚界的事，但无法断言动机与此无关。"

然而，这些想法终归是臆测。要说基本能确定的事，是凭目前已明朗的事情推断出的如下嫌疑人作案路径：

1. 从之后的处理状况推测，杀人行为发生在（尚未发现尸体主体，所以不能下定论）十二日星期六晚六时许。作案现场不明。

2. 凶手杀人后，切下死者的右手和头颅，分别放入纸盒和提包。晚七时许，凶手先将波士顿包存入天六的寄物柜，再委托中崎町的"万事服务社"将小包裹送至岸滨商会。（翌日十三日星期日上午十点，右手在小包裹中被发现。）

3．十四日星期一上午八时五十分许，女性凶手（或同伙）从都岛乘坐个体出租车到天六，从寄物柜中取出波士顿包，在梅田下车。

4．她乘地铁谷町线，把波士顿包放到行李架上。

"不觉得有点儿奇怪吗，牧田警官？"仓丘直率地提出疑问。
"你是指什么？"
"神秘女人为什么要把藏到寄物柜里的提包又取出来？"
"嗯……"
"就那么在寄物柜里放着，迟早有一天会被发现的吧。如果她取出来是打算换个地方藏，倒还能理解，可她郑重其事地把它放到了地铁里。"

牧田巡查部长深深点头。

"仓丘警官，你说到点儿上了。杀人分尸一般是出于极端的憎恶或怨恨，给人以疯狂的感觉，但此案显然是蓄谋犯罪。换地方放包的原因目前还无从判断，也许突破口就在这里。"

"也可能是我想得太复杂了。没准她是想把包放到别的地方去，但地铁里发生的某件事导致她不便带着包出去，只好就那么放在那里。这种情况也是有可能的。"

"嗯，嗯……的确如此。不过我还是倾向于认为她是按照计划把包放在那里的。我尊重你的第六感。"

★

须潟警部制定的当前方针是全力寻找尸体。很幸运，牧田、仓丘二人奔赴现场追查两条民间线索之际，一个美貌的女人来到搜查本部，要求会见警部。

"我是岸滨龙二的妻子。"

她递过写有"岸滨凉子"字样的名片。须泻惊讶地重新看向她。

"哦,您就是设计师岸滨凉子啊。"

或许是考虑到场合,她的着装非常普通,却掩盖不住富于气质的美貌。须泻警部一眼便感受到她姿色之下蕴藏的学识与智慧。

碰上警部的视线,她有些无所适从地垂下头。

"这事真是给各位添麻烦了。"

"哎呀,您也吓得够呛吧。如您所知,昨天又发现了头颅,我们紧急找您先生过来辨认了一下。"

"我先生说损毁那么严重根本认不出来,身边也完全没有能对上号的人。但那个断手不可能是无缘无故送过来的吧。"

"嗯……"

"我工作方面的交际圈很广,也许跟这个有关系……警方莫非是这么想的?"

"这个嘛,夫人……"须泻笑着回答她的疑问,"我不会刻意否认。假如像普通案子那样,知道被害人是谁,就能在一定程度上锁定动机和相关人员的范围。可就像您说的,现在连死者身份都还查不出,那么便不能排除这种可能性。"

警部注视着这位敏锐聪颖的美丽来客,继续说道:"夫人,您既然这么猜测,可见对被害人的身份多少有点儿头绪吧?"

"不,不是被害人,是关于报纸和电视上公开过画像的那个拿着包到处走的女人。"

"哦……"

今早刚收到有关那个神秘女人的线索,没想到又来一条。

不过，这回带来线索的不是局外人，而是与案件或有关联之人。须潟预感这必定是一条有力的线索。

"您看这个。"她从包里拿出一张照片，"照片右边是我，中间是一个叫壬庚子的女占卜师，左边是临床心理咨询师清水典江。"

"原来如此，您是想给我看中间这个女人吧。确实跟通缉画像上的女人很像。"

"是吧，所以我有点儿在意……啊，还有，左边的清水小姐虽然也在合照上，但她与此事无关，要是因为提供了这张照片而给她造成麻烦的话，我会很内疚……"

"明白，这点您不用担心。嗯，这个人是占卜师吗？名字是念……Jin？"

"是这么写：天干的'壬'和'庚'……壬庚子，读音是'Jinkoushi'。"

"您和她是什么关系？"

"是已故的四柱推命学大师，京都的壬甲子（Jinkoushi）老师把她介绍给我的。他们两人名字的读音一样，不过大师的名字写作'壬甲子'。"

"真够复杂的。用天干地支取的名字啊。"

"没错，是跟职业紧密相关的名字。由大师牵线，我认识了照片上的这个女人。她真名叫细田多美子，在北区红梅町经营一间占卜教室，场地是我受壬甲子大师之托帮忙安排的。我们之间的联系仅限于此。"

"嗯……"

"她年纪跟我差不多，人如其职，有些神秘兮兮的，我也不太清楚她是什么来历、家住哪里。"

"看来她是把红梅町的那间占卜教室当作事务所,营业时从别处过来?"

"是的。目前的营业时间是每星期二和星期五晚上六点到九点。而今天正好是星期二。"

"原来如此。"

"我很为难,犹豫要不要告诉警方,不知如何是好。我的意思是,我们收到了那个小包裹,要说头绪,就只能想到这个女人了。倒不是认定她就是凶手,希望是我想多了……另外,还有一件事令我在意。我跟先生商量过后,觉得告诉警方比较好,所以前来拜访。"

"是吗……"

"万一是我认错人了,我跟警察口无遮拦地讲这些,传到壬庚子小姐耳朵里会不太好收场,所以请你们务必保密。"她似是于心有愧般压低声音。

"您刚才说还有一件事令您在意,是什么事呢?"

"那个星期六,壬庚子给我打来电话,说今晚想见面。我按时赴约,她却没来。"

"哦……请详细讲讲。"

女事务员用托盘端来待客用茶杯,给她递茶。

她道过谢,啜饮一口,停顿片刻后继续说道:"那天我要去南映文化厅演讲,之后本来打算参加朋友的送别会。傍晚出门前,我接到壬庚子的电话,以要参加送别会为由拒绝了。可她说发生了天大的事,一定要见我一面。我有些挂心,就只在送别会待了一小会儿,然后去了她说的地方。"

警部等着她继续说下去。

"心斋桥有家服饰店叫'千子的店',是我熟人开的,她指定在那里见面。我们约好晚上七点半见,我匆匆忙忙赶到时是七点四十分,店家说刚才有个自称姓壬的女人打来电话。"

"嗯……"

"她拜托店家转达:'我有急事去不了了,主动提出见面又爽约很抱歉。'我只好回去。那之后我就没见过她……总之发生过这样的事。"

"这样啊……大体情况我明白了。"须潟警部深深点头,不慌不忙地反问,"不过,岸滨女士,如您所说,那间占卜教室今晚会营业。您没想过先自己打电话确认一下吗?"

"我不知道该怎么形容,我很害怕,总有种不祥的预感。那通电话也让我担心。我先生说,那还是先告诉警方比较好,哪怕白跑一趟也不要紧……"

恰在此时,牧田、仓丘二人结束在天六寄物柜现场的问询工作,回到搜查本部。

听须潟警部转述她的证词后,牧田巡查部长出乎意料地露出和蔼的表情。

"感谢您来告知此事。我们会考虑一切可能性。所以,夫人,即使您是把画像上的女人错认成了那个叫壬庚子的人,没准也会引出新的线索。这是一份珍贵的情报。"

巡查部长略加思索,说道:"那么,警部,今天傍晚就不露痕迹地去探探占卜教室的情况吧。"

★

晚上六点五分稍过,两名刑警造访红梅町,来到壬庚子的占卜教室。

天色已暗。

"是这里吧。"

借着门灯的光亮，仓丘警官眼尖地找到教室的招牌，按响门铃。

过了一会儿，门从里面打开，一个年轻女性站在门口。屋里的灯光从她背后照过来，她逆光站着，看起来只是一个黑色剪影。

"晚上好……打扰了。"

"呃……"

"那个……这里是壬庚子小姐的教室吧？"仓丘柔声问道。

"唔……"

"占卜教室是这里对吧？"

女人一声不吭，指着屋里浑身颤抖。

见她吓成这样，仓丘意识到有异常情况发生。

"振作一点儿。发生什么事了？"

"被……被杀了……"女人终于喘息着开口。

"咦，被杀？！牧田警官，拜托你照看下她。"仓丘警官丢下这么一句，风风火火地冲进屋里。

仅仅过了一两分钟，他便折返，冲牧田巡查部长点头示意，然后温柔地对颤抖的女人说道："我们是警察，不用担心。您受到了很大惊吓吧，但还请您跟我一起在这儿再待一会儿。"

女人点点头。

仓丘达夫是 A 警署数一数二的帅哥，身材匀称修长，非常适合穿西服。他身手亦不凡，曾在警署内部的柔道淘汰赛中夺得第三名。听着仓丘警官柔和的声音，年轻女性稍微平静了些。

"您冷不冷？"

"不……已经没事了。"

其间，牧田在屋里打电话的声音断断续续传来。

很快，牧田巡查部长回到门口，对仓丘说："太残忍了。"

然后他瞥了眼手表，向呆站着的女人柔声询问："小姐，您叫什么名字？"

"我叫贺川嘉。"

"您是哪里人？"

这位女性家住吹田市区，在西天满的公司上班。

"我预约了命运推算，"她一点点从头讲起，"约的是今天晚上六点。我下班后过来，看到大门紧闭，只有门灯亮着。门一推就开了，我走进屋里，打开门口处的电灯开关，然后……"

警车的鸣笛声由远而近。

暮秋时节，傍晚的商业街灯火辉煌。距其不远的住宅区一角，一众警车呼啸而至，媒体车辆紧跟其后。平静的黄昏霎时间杀气腾腾。

第四章 两具尸体

1

辖区 T 警署的木下警部补迅速赶到现场，看见相识的牧田巡查部长，向他搭话："现场在我们辖区，这下没法袖手旁观啦。"

"辛苦了。估计要跟你们共同搜查了。"

出事的是一栋二层建筑，位于红梅町宁静的住宅区，在南北向街道上朝东而建。这里原是山一涂料店的事务所和仓库，后来变成空房，岸滨凉子便以个人名义通过扇町的吴谷不动产将它租借下来。

进门右侧的西式房间原本是事务所，壬庚子将其用作推算室，为贴合占卜教室的氛围做了改装，在地板上铺了米色绒毯。

左侧的大片空间原本是仓库，现在作为车库使用。推算室再往里，有餐厅、厨房、卫生间和浴室，那边走廊处的楼梯可通往二楼的和式房间。

这间命运推算室里横陈着一具被切下头颅和右手的女尸，鲜血染红了地毯。这凄惨的光景令办案人员都不禁倒吸一口凉气，但他们立即恢复专业精神，神色自若地麻利行动起来。

虽然此处没有发现用于切割的凶器，但根据血迹等状况可推知，此处无疑就是杀人现场，并非所谓的伪造现场。科学搜查的结果后来也证实了这一点。

桌子底下有一个女士提包，上面附着血迹。另外，在车库角落发现一只款式常见的耳环。

尸体于翌日十六日上午十点在阪大医院进行解剖。经鉴定，头颅、手和肢体属于同一名女性。

推测死亡时间则被慎重地限制在一个较宽的范围内——十二日星期六下午五点到晚上九点之间。然而，已知当晚七点前后，神秘女人把波士顿包放到寄物柜，又将纸盒托付给服务社，因此根据时间和地理位置推断，作案时间应是晚上六点左右。

搜查体系就此确立：搜查本部仍设在Ａ警署，由Ｔ警署协助展开共同调查。

此案从在不同的地方冒出断手和头颅开始，到最后发现无头尸，猎奇色彩浓厚，是在电视综合节目和报纸社会版面大肆炒作的绝佳素材。

媒体执着地向搜查本部索求评论，须潟警部不得已在记者发布会讲出部分见解。现阶段，他谨慎地只对媒体机构正式公布了如下内容：

杀人现场是北区红梅町×号的占卜教室。从衣着等特征推测死者是壬庚子本人，但尚不能确定。

据推测，作案时间为十二日晚上六点左右。凶手杀人后立刻切下死者的头颅和手，分别包好，晚上七点左右带到天六站内和中崎町。

作案动机尚不明确。

仅此而已，不过是将现有的零散报道总结了一遍。面对记者们的不满与追问，须潟警部巧妙地避重就轻，随即抽身离开。

从目击者证词来看，随身携带头颅和断手包裹的说不定就是警方推测的被害人壬庚子本人。由于存在这一疑点，警方还无法断定死者身份。此外，关于现场发现的耳环和提包，警方暂未公开提及。

提包上附着的血液是B型，与被害人血型一致。由此可以推测，凶手作案时，这个提包就在旁边，凶手分尸时溅出的血液恰巧沾到了包上。不过，包上检出的指纹不是被害人的。包里装有粉饼、口红、纸巾等女性常用物品，对折钱包里的钞票间随意夹着一张纸片。

> 布施香子女士　三千六百日元　备注
> 浮球阀更换费　十一月十日
> 西成区千本通××　山内设备工业
> 电话（总机）06-658-××××

★

一个敬业的电视台记者对第一发现人——二十五岁的女白领贺川嘉纠缠不休，一直追到她工作的大宝制药。

"贺川小姐，那天晚上您是第一次去壬庚子的占卜教室吗？"

"是……不对，是第二次。"

"上次去是什么时候?"

"好像是上星期二。"

"那就是十一月八号?"

"是的。"

"您是有什么烦恼吗?"

"听说占卜教室口碑很好,我只是出于好奇去看看。"

"这样啊。教室当时来了多少人?"

"特别多。老师说时间不够给所有人做推算,让我们在卡片上写下出生年月日和出生时间……很少有人知道自己具体是几点出生的吧。她说不知道也能推算,不过有出生证明的话就去查一下,下星期二晚上六点再过来。"

"原来如此……那位叫壬庚子的占卜师是个什么样的人呢?"

"这个嘛……电视上放了前不久出现在'万事服务社'的那个神秘女人的画像。她就是画像上那个样子……"

"跟那张画像一模一样吗?"

"嗯,可以这么说……"

贺川嘉的这句话让记者乐开了花。

既然壬庚子和画像上的女人很像,那切下头颅、毁坏面部,岂不是为了误导对死者身份的判定吗?壬庚子自己就是凶手吧……感觉能用这个大胆的推测写篇报道,记者想。

还有一项事实令媒体欣喜,那就是发生命案的房子是以岸滨凉子的名义租借的。

岸滨商会收到右手的时候,还不清楚那是谁的手,所以岸滨龙二始终坚称毫无头绪。但现在警方怀疑死者是壬庚子,再加上发生命案的那栋房子是他的夫人岸滨凉子租借的,他再声称与此案毫无关系就说不通了。况且岸滨凉子是当代首屈一指的设计师，颇具新闻价值。

她及时躲避媒体的攻击，在经营的时装店和任教的服饰学院都没露面。媒体蜂拥至万代的岸滨家，只见大门紧闭，她彻底拒绝会面。

丈夫岸滨龙二起初通过对讲机应答，最后忍无可忍出现在记者面前。迎接他的是铺天盖地的闪光灯。

"我想向岸滨凉子女士了解一下这起案件的情况。"

"内人受到太大冲击病倒了，请先让她安静休养。"

"占卜师壬庚子和您夫人凉子女士是什么关系？"

"这个我也不清楚具体情况。"

"但是，听说发生命案的那栋房子是岸滨凉子女士以个人名义从吴谷不动产租借下来，给壬庚子作为占卜教室使用的。您身为她丈夫，竟然不知道这件事吗？"

"如各位所知，内人有自己的工作，即使是夫妻，我们也不会事事都互相过问。"

"我听说您在工作方面遇到了些麻烦？"

"没有那回事。"

"可您收到那个小包裹，肯定是有缘由的吧？"

"总之我什么都不知道。够了吧。请你们回去。"

"那个，岸滨先生……"

从岸滨龙二嘴里没撬出什么关键情报，但拍下的素材用来剪辑电视画面完全够用了。恐怕在明天的《新闻茶水间》节目上就会看到占卜教室、发现人女白领的发言、西式裁缝学院、岸滨家、天六站的寄物柜、万事服务社、文之里地铁站（面见发现人的请求遭到市政府方面的拒绝，乘务员高月梦寐以求的电视出镜终成泡影)、神秘女人的画像,还有主任搜查官的发言等内容。《分尸案报道特辑第一期》则在报道中融入记者的大胆臆测,想必能充分激起主妇们的好奇心。

★

"布施香子小姐……哦,她确实委托我们店修过抽水马桶。"
"她是个什么样的人?"
"她很漂亮呢。她还是单身,不过得有三十岁了吧。说是在做类似自由记者的工作。"
"她家住哪里?"
"潮路的光公寓。从西成区政府对面……"
留着螺旋烫短发的山内设备工作人员撕下一张店里的笔记用纸,用圆珠笔画出示意图。两名刑警道谢后离开。

"真是意外啊,牧田警官,没想到这么顺利。这人画得好细致啊。之前那张画像也是……是受了漫画的影响吗?"
"我女儿今年高二,成天对着电视看动画,我快头疼死了。"
搜查员循着地图,轻松抵达潮路二丁目的光公寓。
"是这里吧。"
沿着二楼的走廊一家家找,有一家的名牌上写着"布施香子"。仓丘警官按响门铃。无人应答。
"看样子不在家。"
"嗯……"
隔壁十一号室的门打开,穿着花哨毛衣的女人探出头来。
"布施小姐不在家。"
"啊,夫人,我们是警察……请问布施小姐大概什么时候回来?"

"哎呀,是警察啊。"

十一号室的夫人先是注视儒雅的中年男子牧田巡查部长,继而打量起年轻的仓丘警官,像是在品评他的仪容。她用涂着红色指甲油的脚尖钩起拖鞋,来到走廊上。

"我邻居星期六傍晚出门后,好像就没再回来过。"

"也就是……十二号傍晚啊。到今天都过去四天了。"

两名刑警对视一眼。

他们对此有所预料。

沾有死者血迹的提包被搁置在现场,应是物主的女人久出未归,这两件事怎么看都不可能毫无关联。警方推测的作案时间正是十二日晚上六点左右。

"布施小姐是做什么工作的?"

"不太清楚……听说是类似自由记者的工作。警察先生,布施小姐出什么事了吗?"

"不,没什么,只是有些事想问她。"

"可不久前也有个男人来找过她。"

"男人……什么时候来的?"

"十四号。是个二十七八岁的帅小伙,给人印象挺好。"

"哦,关于布施小姐,他有没有提到过什么?"

"没有,我说她从星期六傍晚就一直不在家,他一听立马就走了。"

"这样啊。"

"但是,警察先生,那个男人走后,有另一个人过来问了好多关于他的事。我以为那人肯定是警察呢。"

牧田面露疑惑。

"咦，有过这种事？那人都问了什么？"

"'刚才那个男人是第一次来吗'之类的。我说了句'我什么都不知道'就回屋了，关门前见他正把布施小姐的名牌信息抄到笔记本上。"

"我知道了，非常感谢。"

从现场发现的一枚纸片，追溯到了布施香子这名充满未知的女性。而且她似乎身处异常状况，一直不在家，有男人比刑警先找上门打探……牧田巡查部长感到其中必有蹊跷。

"欸，警察先生，布施小姐出什么事了吗？她到底怎么了？"

"没什么，夫人。"

"可我有点儿担心。"

"请问这栋公寓的管理员在哪儿？"

"武田先生在一楼东边。听说他以前在枚方署交通科工作，退休后来了这儿。"

"感谢您提供的信息……"

两名刑警下楼去找管理员武田。武田是个六十五岁左右的老头儿，一副顽固面相，不过在两人亮明身份后，他露出怀念的神情，愉快地回应问话。

"我们正在追查一个案子，在现场发现了疑似属于布施香子小姐的物品，所以想向她本人问问情况。"

"哦……"

"刚才听她的邻居片山小姐说，布施小姐从十二号起就没回过家。您作为管理员有什么头绪吗？"

"我没听说她要出差啊。"

"我们很担心她……"

"唔……"

听说这栋公寓的管理员保管着万能钥匙，牧田单刀直入："我们想调查一下布施小姐的房间。"

"有搜查令吗？"

"啊，那个，就像刚才说的，我们本来只是想找她问问情况，所以没准备周全。过来一打听，得知她整整四天都不在家，我们觉得非常蹊跷。那我们准备好手续再来。"

牧田巡查部长作势起身，被管理员拦下。

"莫非您是怀疑布施小姐陈尸家中了？"

"但愿并非如此。"

"管理员的重要职责是留意建筑的异常现象。有时我会接到住户从外面打来的求助电话，进屋帮他们查看燃气总阀门或关掉忘关的电视，这些都没问题。可如果布施小姐这几天只是回老家了，我带你们擅自闯进去，之后不好解释。"

"说得也是。"

"不过还是有点儿放心不下。我以管理的名义去布施小姐家里看看吧。"

武田管理员拿着钥匙走上二楼，两名刑警跟随其后。

武田打开布施香子住的十号室的门。信箱里塞满报纸。管理员守在门口，牧田便迅速在房间里检查了一遍，确认屋中无人。室内齐齐整整，没发现任何异常。

2

当天晚上，A警署的搜查会议开到很晚。在讨论案情时，须潟警部又复述了一遍要点。

"昨天，在警方并未要求的情况下，岸滨凉子女士主动来访，称通缉画像上的女人和自己认识的占卜师壬庚子很像。我们的人去现场查看，偶然碰见来占卜教室后发现尸体的女白领。当时我根本没料到竟然会发现尸体，所以完全没问那个叫壬庚子的女人的来历。另外，那栋房子是岸滨凉子受相识的占卜师所托，为其徒弟壬庚子开办教室行的方便，关于这一点也尚未详细询问。从凶手切下尸体的手后送到岸滨商会这一点来看，其中或有复杂内情。首先，有必要深入调查岸滨凉子和壬庚子的关系。"

主任搜查官须潟警部掷地有声地讲完这席话，环视众人。搜查员对这些早已了如指掌，只当是铺垫，默默点头。

接着，在警部的催促下，牧田巡查部长开始汇报。

"今天，我和仓丘警官以现场遗留提包中发现的马桶维修收据为线索寻找物主，查到住在西成区潮路光公寓十号室的布施香子这名女性。但她从十二号傍晚起就一直不在家，正好是发生分尸案那天。"

"嗯……"

"管理员武田先生是个退休警察，承蒙他的好意，我得以进入布施小姐家中查看，屋里空无一人。如果单纯是出差在外之类的情况倒还好，但考虑到遗留在现场的提包，其安危令人担忧，眼下分秒必争。"

"嗯……"

"于是，由武田管理员提出对失踪人员的搜索申请，本部即刻派人低调赶往现场，因为需要先核对指纹。果不其然，从梳子和鞋刷上检测出的指纹与现场遗留提包上的一致。据此可知，失踪的布施香子与分尸案存在某种关联。"

牧田简要归纳完情况，须潟警部做出补充。

"既然提到指纹,我就顺便说一下,从岸滨凉子昨天提供的照片上检测出a、b两种指纹,都是蹄状纹。杀人现场的提包上检测出的指纹c是涡状纹。正如牧田警官所说,指纹c与布施香子公寓中的指纹一致。而从照片上检测出的两种指纹里,指纹a与分尸案死者的指纹一致,指纹b则与从岸滨凉子在警署触碰过的茶杯上检测出的指纹一致。能听明白吗?"

"嗯……"

"也就是说,那张照片是壬庚子用自动快门拍摄的。把印出的照片递给凉子时,壬庚子的指纹a沾到了照片上。凉子接过照片时,其指纹b沾了上去。而我们查看照片时都谨慎地只拿边缘,所以指纹没有沾上去……"

搜查员们自然都看过这张照片,但须泻警部怕说不清楚,起身用粉笔在黑板上画起照片的简图。他画出三个人形,按提供者所述信息分别标上名字。

接着,他分别在右下方和左上方标出指纹a和指纹b的附着位置,又在简图旁边加上注释。[1]

指纹a:与无头尸的指纹一致。
指纹b:与茶杯上的指纹一致。
指纹c:从香子的提包上检出。

"这么说来,分尸案的死者果然是壬庚子。那凶手就是把提包遗落在现场后失踪的布施香子喽?"

仓丘警官边性急地抛出结论,边观望众人脸色。

---

[1] 原书插图中指纹标注位置为右上方和左上方,为与文字一致且符合逻辑,改为右下方和左上方。

当然，他是明知故问。邻座的水户巡查部长接过话头。

"作为一种假设，就按仓丘警官说的，假设布施香子是凶手。除了名字和住址以外，我们对这个女人一无所知。这点姑且不论，假定香子杀害了壬庚子，为了伪装成自己遇害，她损毁尸体面部，乔装成被害人，携带切下的手和头颅招摇过市后销声匿迹。这种假设说得通。"

"可是，水户警官，这样就跟指纹矛盾了。"

"你是指什么，仓丘警官？"

"已经查明尸体的指纹是指纹 a 了。"

"嗯……主任刚才是这么说的。"

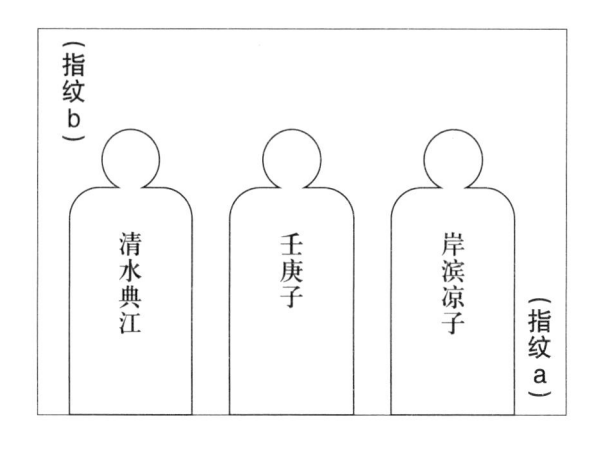

```
(指纹 b)  清水典江  壬庚子  岸滨凉子  (指纹 a)
```

"而我们把提包上的指纹 c 和布施香子居住的光公寓中的指纹做了比对，这样一来，我们迟早会发现指纹 c 属于布施香子。指纹 a 和指纹 c 明显不属于同一人，即使伪装成香子遇害，也很快就会暴露。虽然是我自己提出'香子凶手论'的，可想到这点，我又觉得有点儿不对劲。"

"原来如此……"水户巡查部长思索片刻,继续说道,"不过仓丘警官,这个也能解释。香子作案后,慌乱之下把提包遗落在现场,我们才能够查明指纹 c 属于香子。假如现场没有那个提包,我们也束手无策,甚至都无从得知布施香子与此案有关。"

"哦……也有道理。可是——"

"你对这个解释不满意吗?那就想得再简单一点儿,换个思路……布施香子杀害壬庚子,而后隐匿行踪。弃置头颅和手时,为了避免别人看见自己的脸,同时迷惑警方,她乔装成壬庚子四处走动。遗落那个提包是她的失误……这么想比较自然。嗯,这样更合理。"

"那她为什么要分尸?行凶后直接走人不就行了。"

"为何要做这么麻烦的事……的确,这是个疑点。也许是积怨深重。无论如何,突破口应该就在这里。"

"稍微等等。"听着二人的对话,牧田巡查部长说道,"单论假设,还有一种思路:那具尸体有可能不是壬庚子,而是布施香子……"

众人诧异地凝视牧田的脸,静待后文。

"凶手损毁面部就是出于这个原因。"

"牧田警官,这说不通。指纹 a 是壬庚子的,而指纹 c 属于布施香子,所以在这起案子里,凶手和死者交换身份的假设不成立。"水户巡查部长笑眯眯地否定了牧田的说法。

"这我知道。我也讲过提包上的指纹 c 和香子公寓里的指纹一致。但严格来说,那只是物与物上的指纹一致,我们并没有比对过香子本人的指纹。反过来想,没准那具尸体的指纹 a 才是香子的,香子也曾有机会接触那张照片,所以照片上附着有指纹 a。"

"你也越来越像主任了啊。"水户似是对一科须潟警部的推理癖早有耳闻,以此调侃了牧田一句。两人关系很亲密。

水户巡查部长继续说道:"事先把旁人的指纹 c 沾到梳子等物品上,将其放到香子的房间里。这种套路我听说过哟。作为可能性无法否定,可实际情况究竟如何呢?"

须潟警部打起圆场:"好啦,好啦,差不多得了……指纹的事,等查到那位名为布施香子的女性的下落,自然会有结果。不过,暂时不要公开她的名字。目前的任务有二:一是从岸滨夫妇那里问出更详细的情报,二是寻找布施香子的行踪。我主张以此为方针展开调查。那张通缉画像上的女人也要继续查,这点不必多说。"

★

翌日十七日(星期四)上午十点,须潟警部带领 A 警署的水户巡查部长造访万代的岸滨家,求见岸滨夫妇。

两名搜查员被迎进宽敞的客厅。见搜查主任亲自登门,岸滨龙二稍显为难地说:"我不太清楚具体情况,我去把内人叫起来吧。"

"夫人怎么了?"

"唉,她受到些打击,昨天说身体不舒服,休息了一天。毕竟媒体把我家围得水泄不通。"

不一会儿,岸滨龙二搀扶着她来到客厅。她只化了淡妆,在警部看来憔悴不堪。

"哎呀,夫人,您感觉还好吗?是我们强人所难了。"

"不要紧,我已经没事了。发生了那种事,昨晚没睡好而已。"

她露出虚弱的微笑。

"那就好。感谢您前天特意来警署一趟。"

"没什么,我觉得把那件事告诉警方比较好,就去了警署,结果恰巧在当天发现了尸体,我很震惊。"

女佣君代端来红茶。待她离开后,须潟警部坐正身体,以干脆利落的语气正式开始询问。

"那么夫人,我就开门见山了。我们认为此案与您二位有些关联,故而登门拜访。关于岸滨商会收到的小包裹,你们之前声称与其无关、对此毫无头绪,这也是自然的,因为当时还不知道那是谁的手。但现在发现了无头尸,被害人疑似名叫壬庚子的占卜师,而且她用作占卜教室的那栋房子是以岸滨凉子女士的名义租借的,我们认为其中有些内情,想就此再询问一下。"

"要说我们的关系,有倒是有,但不是很亲密。"她轻蹙蛾眉说道。

感受到警部凌厉的视线,她悄然垂下头,字斟句酌地缓缓继续说道:"前天我也提起过,京都有一位名叫壬甲子的四柱推命学大师。我自从在电视台见过大师后,就与他交往甚密。大师于五月去世,临终嘱托我说:'我有个叫壬庚子的徒弟,她颇具才能,也有独立门户的魄力,希望你能多帮帮她。'我就去见了她,一下子成了她的粉丝。"

"嗯……"

"怎么说呢,总之是个很了不起的人。"

她轻叹一声,向警部投去寻求共鸣的眼神。

"没有天生的灵感,是做不来占卜师这行的。四柱推命学虽然是遵循一定的法则来做推算,但细节方面还是有赖于推算者的直觉。我初见她时,她还默默无闻,却能让人充分感受到那种神秘的力量。我答应当她的赞助人。她想在心斋桥附近开一间教室，苦于尚无名气，我就去跟认识的房地产商咨询，打听到那栋房子，觉得位置合适，便租下来做了改装。"

"红梅町那一带的房子，押金和租金都不是小数目吧。"

听须潟警部这么说，她回以微笑。

"那个房地产商跟我很熟，给出的价格是我的零用钱足以负担的程度。"

"这样啊。先不谈这些了，我记得您说过，那位壬庚子小姐的真名好像是叫细田多美子？"

"她自己是这么说的，是不是真名我不确定。"

"她的住处和来历您都不太清楚是吧？"

"我只知道她住在京都那边，不了解详细情况。再说大师本来也是拜托我什么都别问，只要默默关照她。"

"嗯？"

须潟警部不解地与水户巡查部长对视一眼。

"占卜教室是什么时候开张的？"

"今年三月。"

"可要是一直在那里经营教室的话，会牵扯到纳税等很多事务吧，这些您也打算以您的名义处理吗？"

"她原本在物色心斋桥那边的地方，那栋房子算是临时场地，包括合同在内，所有手续都是用我的名义办的。不过一直这样下去我也吃不消，眼看教室的生意稳定下来，我正想把房子过户到细田小姐名下呢。"

"原来如此……岸滨先生知道这件事吗？"警部向丈夫龙二问道。

"不知道，我们不会过问对方工作上的事。"许是想起了记者毫不客气的揶揄，他略显焦躁地回答。

"您前几天也是这么说的。算了，看来您二位的生活方式跟我们不太一样……我这话可能有些不中听，夫人，您的业余活动倘若一切顺利，并不会对任何人产生危害，可如今发生这种案子，您可没法把自己彻底择出来。"

"嗯，这个……我当然明白。"她老实答道。

然而，不知是不是与警部周旋激发了她潜在的气力，她方才尚显憔悴的脸颊微微泛起红潮，眼神也流露出无所畏惧的光辉。

须潟警部盯着她，问出核心问题。

"那栋房子的事我大致了解了。换个问题，名叫壬庚子的女占卜师以那样的方式遭到杀害，关于她的人际关系以及凶手的作案动机，您有没有头绪？"

"不，除了她每星期二和星期五晚上六点到九点会去占卜教室以外，我对她的生活一无所知。之前我随口问过几次，但她好像不太想提，我猜她是有难言之隐，就没再刨根问底，觉得交情久了自然会知道。所以，如果动机和我不了解的那部分生活有关，我根本不可能知道。"

"话虽如此，可她遇害后，那个小包裹送到了您这个赞助人的丈夫店里，这实在令人在意。壬庚子小姐开办占卜教室时，有没有遇到过什么麻烦？"

"没听她说过。"

"那你们夫妻二人有没有遭到什么人记恨呢？"

"应该没有。但我毕竟是做设计师这个职业的，发生这种事，形象难免受损。"

"是啊，哪里都有钩心斗角。"

"可很难想象有人会为此做到杀人这个地步。话说回来，警部先生，刚才一直是我在回答您的问题，其实我也有件事怎么都想不通。"

"什么事？"

"前天我之所以去警署，是因为那个神秘女人很像壬庚子，我猜可能跟案子有关系。没想到在占卜教室发现那具尸体后，警方立刻认定被害人是壬庚子。那样一具面部根本无法辨认的尸体，能断言就是壬庚子吗？"

"您怀疑那具无头尸是别人？"

她点头道："警部先生，前天我也跟您说过，那个星期六晚上，壬庚子打电话到过千子的店，是在七点半之后。"

"您那时候没直接听到她的声音吧。"

"嗯，是在我赶到店里之前，店里的人听到的。"

"能断定是本人吗？"

"不，这个……"

须潟警部沉默地思索片刻，过了一会儿，对于她的疑问给出明确的回答。"夫人，那我就告诉您吧。成为决定性证据的，其实就是您提供的那张照片。"

"那张三人合影？"

"没错。是这样……"

须潟警部向她解释起从照片上采集的她的指纹和无头尸的指纹的事。她理解能力果然很强，很快就大致听懂。听到茶杯被用来采集指纹，她苦笑了一下，并没有抱怨，而是又问出一个正常人都会有的疑问。

"那跟壬庚子很像的神秘女人又是谁呢？"

"我们也在追查此事。自称姓壬、给千子的店打电话的可能也是这个女人。"

"只有知道我和壬庚子有来往的人，才能办到这件事。"

"您想到谁了吗？"

"没……不过我还是觉得难以置信，她竟然就这么死了。警部先生，根据尸体的指纹和照片上的指纹一致而断定死者是壬庚子……道理上虽然说得通……"

"那么，夫人，那张照片上除您以外的指纹是谁的？如果不是壬庚子的，那就是有其他人看过那张照片喽？"

"这我不太清楚。就算有其他人碰过，只要拿照片的边缘，就不会沾上指纹。那是前一阵子的事了，当时我万万想不到这种细节会成为关键。"

"尸体身穿占卜师的装束，指纹一致也是非常自然的。"

她做出反驳："从常理来看的确如此，可我严重怀疑这是伪装。又是派送断手，又是把头颅放到地铁，这种举动不同寻常。所以，我认为给千子的店打电话的是壬庚子本人。她说想见我，恐怕是有复杂的缘由。"

"我明白了。这些事就交给警方吧……对了，夫人，您认识一个叫布施香子的女人吗？"

须潟警部找准时机抛出此问回击，观察她的反应。

"Fuse Kyouko[①]……不，我不认识。这个人怎么了？"

她一脸认真地否定了。

"您真的完全不认识她？"

"是的。"

"是吗？嗯，那就没事了。"

警部点点头，瞥了一眼身旁的水户巡查部长。老练的巡查部长收到暗示，交替看向岸滨龙二和依偎在他身边的美貌女子，

---

① "布施香子"的读音。原文以片假名标注，效果类似中文的拼音标注。

缓缓开口:"这只是形式上的询问,仅作为参考——我想问一下十二号星期六晚上,两位人在哪里、在做什么。"

★

客厅装潢奢华而有格调,此刻主客四人的对话氛围却绝对称不上和谐。听到水户巡查部长的问题,岸滨龙二抬起头,露出略带讥讽的微笑。

"问不在场证明啊。倒是合情合理。虽然并不情愿,但我们毕竟以这种形式卷进案子里了。说实话,我压根儿弄不清到底发生了什么,不知道怎么办才好。内人也能说的都说了,其他事也答不上来。不过,至少把我们在案发当晚的行动讲清楚比较好。我一定知无不言。"

"实在对不住。"

水户巡查部长翻开笔记本。

"那天下午两点起,我一直待在西长堀关协大厦四楼的长堀俱乐部,晚上六点和一个姓井上的会员一起离开。我们从阿波座坐地铁到难波,我有事要去枚冈,就在那儿跟他分开了。然后我从近铁①难波站乘奈良线的普通列车到枚冈站下车,那时好像刚过晚上七点。我在枚冈办完事坐上电车,是在晚上八点半。回程是在日本桥下的车。接着,我到常去的七尾酒吧从晚上九点坐到十一点,最后打车回家。"

岸滨龙二或许是料想到警察会问这样的问题,提前准备好了答案。他就像朗读日程表一样侃侃而谈。

"您去枚冈有什么事?"

---

①近铁,近畿日本铁道的简称,大型民营铁道之一,由大阪线、山田线、奈良线、南大阪线和名古屋线等组成。

"拜访朋友。"

"您的朋友叫什么名字?"

"他叫住田勉,在西大寺的大里设计事务所工作。之前我们在俱乐部碰见时,我从他那儿借了本画集,这回是打算上门还书,顺便跟他一块儿喝一杯。"

"住田勉先生住在枚冈的什么地方?"

"东大阪市新町×号。他说在箱殿公交车站附近,不过我是第一次去,找了一会儿。"

"那您在住田先生家待到了几点?"

"不,那个,警察先生,我没见着他。"

"啊?"

"他不在家。第二天我给他打电话,听到的是录音,说他们夫妻正在外旅行。我不知道这事。总之,我看他家里没人,就断念回去了。忘了具体是在哪儿,我路过一家咖啡店,进去坐了会儿,回到枚冈站时是晚上八点半左右。"

水户巡查部长皱起眉头。

"这么说来,您在枚冈待了大约一个半小时,但没有任何人能证明这一点。"

"这也没办法。不如说这种情况才更常见吧?"

"不,我绝对不是怀疑您在说谎。"

"正常人平时不会一举一动都考虑不在场证明的。早知如此,我就再准备周密些了,比如在枚冈站前的药店买瓶维生素,把收据留好……"岸滨龙二说完笑了笑。

"您说得在理。可惜没遇上能留下证据的契机啊。那您回来后,去了那家叫七尾的酒吧……"

"是的,这段时间我有确切的证人。对了,说到证人,晚上六点半左右，我在难波乘上电车前遇见了一个熟人。这事也告诉您吧。"

"是谁？"

"荣和短大的一位副教授，姓工藤。我们偶然在车站的咖啡摊遇上，闲聊了一小会儿。"

"好，我知道了。感谢您的配合。接下来，我想了解一下夫人这边的情况。"

"好的。"她顺从地点点头，"那天下午五点，我去伶人町的南映文化厅出席关西兴趣社团举办的例行演讲会，以'美与个性的表现'为题做了实际时长四十分钟左右的演讲，六点离开会馆。我要去东天满的滨餐厅参加六点半的聚会，所以演讲结束后立刻开车出发。私家侦探砧顺之介先生那天也来了会场，他说要去京阪的天满桥，跟我正好顺路，我就开车捎他过去了。"

"您认识砧顺之介？"不期然听到砧的名字，须潟警部从旁插话道，"这样啊……我跟他是老朋友了。啊，不好意思打断您……您继续说。"

"砧先生在天满下车。从东天满，也就是原来的空心町十字路口再往北一个路口向西拐，有一家滨餐厅。哎呀……"

她顿住片刻，看向询问者。水户扣上笔记本。

"怎么了？"

"好奇怪啊，太巧了。"她轻轻叹口气，向水户巡查部长喃喃感慨道。

"巧是指什么？发生了什么特别的事吗？"

"真的只是巧合，滨餐厅离壬庚子的占卜教室还不到五分钟路程。从那家餐厅再往西走一点儿，到红梅町路口向北拐，就是壬庚子小姐的占卜教室。怎么办啊，明明在讲不在场证明，结果发现自己就在离案发现场最近的地方……"

"原来如此，还真是。不过您放心，哪怕就在隔壁屋，只要有不在场证明就没关系。您在那家餐厅待到几点？"

"我只待了半个小时，从晚上六点半到七点。我以前的同学尾形桃子的丈夫要调到东京的总公司，她也要跟过去，临行举办了告别派对。"

"嗯……"

"参加聚会的还有须田绿和木川妙子，加上我一共四个人。难得一聚，我并不想中途离开。但之前也说过，我出门前接到壬庚子的电话，她说想跟我在千子的店见面。"

"原来如此……"

"我勉强找了个借口，从送别会中途抽身。"

"然后你去往她指定的店。那时是几点？"

水户之前在警署已经听她讲过，为确认又问了一遍。

"我们约的是晚上七点半，不巧出租车堵在路上，我到店里时都晚上七点四十分了。要是坐地铁去应该能赶上……聚会上我稍微喝了点儿酒，倒是没醉，但不便开车，所以是打车过去的。谁知到了店里，店家说就在刚才，有个姓壬的人打来电话给我留言说来不了了。"

"壬庚子找您是要谈什么事？"

"这个我完全不清楚。再说，是她非要约我见面，又自顾自取消。我想也许有什么隐情，没想到会闹出这么大的事。"

"看来有很复杂的内情啊。壬庚子也对那家叫千子的店的服饰店很熟悉吗？"

"她应该从没去过那家店。我猜她是考虑到我跟店主很熟，为了方便我而指定了那家店。实际情况如何就不知道了。"

"您之后都做了什么？"

"我的车还停在滨餐厅的停车场，我就回去取车，到那里已经晚上八点半，大家大概都去续摊了。而且我也不想再跟她们碰面，就开车径直回家了，到家时刚过九点，女佣应该还记得时间。我先生在我之后打车回来，到家已经十一点多……"

3

就在须泻警部与水户巡查部长一起造访住吉区万代岸滨家的十一月十七日，几乎同一时刻，上午十一点左右。

被丢弃在港区矶路×丁目大宝建设建材存放处一角的轻型厢式车，经人辨认出是木田工务店用车，该车于一周前锁好停在西成区旭一丁目路上后被盗。车中发现一具死亡约五天的女性尸体。

现场位于国道四十三号沿线的阪神高速公路西大阪线弁天町匝道西侧，北边就是东西向地铁中央线的弁天町高架车站。

这天，大宝建设的现场监管员杉田一则发现一辆眼生的轻型厢式车。

车里有具横死的女尸，引发巨大骚动。杉田称，十二日星期六下午五点检查时尚无异状，其后直到今天，他由于工作安排没再出入过这个建材存放处，所以发现得晚了。

现场距离其所属辖区的M警署不到五百米。该警署得到本厅搜查一科的支援，立即着手调查。

尸体于下午四点在市大附属医院进行解剖。经鉴定，死者先是头部遭钝器殴打致昏迷，而后被以细绳绞杀。推测死亡时间为十二日下午四点到晚上八点之间。

死者的一边耳垂上缺了只耳环。显而易见，她是在别处遇害后，被搬运到建材存放处随车丢弃的。

府警才因分尸案在 A 警署设立搜查本部，转眼又出现一名死者。警方开始核对失踪女性的信息。至于死者戴的单只耳环，经辨认，与壬庚子遇害现场掉落的那只是一对。不，比起这些，更重大的发现是，尸体的指纹和从那个提包以及布施香子公寓中的物品上采集到的指纹一致。

光公寓的武田管理员前来辨别尸体身份，确认死者为布施香子。

★

晚上十一点，《十一点杂谈》节目准时开始，由播音员小田主持，人气记者野泽雅夫和推理作家横光耕史展开对谈。

"还有，横光先生……这个名叫布施香子的女性从十二日起下落不明，在失窃的轻型厢式车中被找到时已成尸体。而且，据说她遇害的地方就是占卜师遇害案的现场，凶手是从那里把她搬运过去的。感觉这案子会越闹越大啊。"

"是啊。先是发现断手和头颅，然后找到躯体，被害人疑似占卜师壬庚子……之所以说疑似，是因为头颅面部受损，无法辨认是不是她本人。奇怪的是，根据目击者的证词，携带头颅和断手招摇过市的女人酷似壬庚子。由此可见，死者说不定另有其人。"

"恰在同时，布施香子失踪，只是警方对她失踪一事暂时秘而不宣。未及公开，便发现了她的尸体。横光先生，这简直像是在实践您很爱在作品里写的'无面尸'诡计。"

"是吗……换言之,警方暂不公开消息,没准也有怀疑分尸案死者并非壬庚子,而是布施香子的因素。"

"听说搜查员内部也有这种声音。不料昨天发现了布施香子本人的尸体,看来那具无头尸果然是壬庚子。"

"不,不能这么急着下结论。现在只能确定无头尸不是布施香子,还不能排除是其他人的可能性。凶手为何切下头颅后还要损毁面部,我觉得关键就在于此。"

"不过现实终究不是推理小说,凶手也有可能不是为了伪装,而单纯是对被害人怀有强烈的憎恶,出于报复心理做出这样的举动。"

柴田初子喝着加冰苏格兰威士忌,凝神盯着电视屏幕。两位嘉宾起初还比较注意措辞,会加些"虽然这么说有点儿对不起死者"之类的铺垫,但说着说着开始来劲,省去敬称做出各种大胆臆测,令小田播音员捏了一把汗。

初子难以消化卷进案件后这几天焦躁不安的情绪。自从与岸滨凉子订下当她替身的离奇契约,她常常想,自己是不是牵扯过深了。

柴田初子想起初遇壬庚子时的情景。来到占卜教室,看见壬庚子的瞬间,她便感受到一种微妙的震撼。她将这种震撼归因于壬庚子周身散发的占卜师特有的灵气。然而壬庚子连自己的命运都未能预知,尸体变成那副惨状……

初子向盛着冰块的杯中又续满威士忌。

壬庚子遇害一事姑且不论,素昧平生的布施香子同样在占卜教室遭到杀害,这让初子大为震惊。这个名叫布施香子的女人和壬庚子究竟是什么关系？

电视上映出岸滨龙二的宅邸，接着是岸滨凉子在某处席间微笑的照片。自那以后，岸滨龙二彻底拒绝采访，媒体努力想用摄像机直接捕捉身处话题旋涡中心的凉子的身影，但没有一家电视台如愿。

对谈还在继续。

"岸滨凉子女士对此事完全不予置评，我们的采访请求也遭到拒绝。"

"这也难怪，听说她受到打击病倒了。"

"昨天她好像在家里接受了警察的问询。"

"再怎么说，岸滨凉子都是此案的主角。她毕竟当过遇害占卜师的赞助人，没法彻底撇清关系。警方必然追究了这一点，我们也希望她能做出正式的解释。"

初子注视着电视，尝试对案件今后的发展做出种种推测。

警方对岸滨凉子和初子的替身契约并不知情，但万一他们得知初子的存在，届时初子将遭到怀疑，百口莫辩。如果她辩解说是单纯的玩笑，肯定没人能接受。大家怕是会觉得岸滨凉子为实施犯罪计划而雇用了初子。

事到如今，初子已不可能跟岸滨凉子商量对策。在两人的关系暴露、遭人说三道四之前，"柴田初子"主动隐匿踪迹，或许是更为明智的做法。

借口回老家结婚向公司提出辞职，搬出公寓吧。明天就行动起来……

柴田初子思索着这些，为了舒缓紧绷的神经，喝下双份[①]加冰威士忌。许是酒精作祟外加情绪亢奋，她眼角泛红，眼睛发直，美丽紧致的面容甚至显出异常的凶相。

隔壁响起电话铃声。

★

时间已过晚上十一点。

同天夜里，砧顺之介刚刚把须潟警部从千代田公寓八楼的家中送走，表情略显疲惫地仰靠在沙发上。

桌上剩有一个装奶酪的小碟和两个威士忌酒杯，烟灰缸里是警部所嗜香烟的烟头，彰显着来客的痕迹。

"那位岸滨凉子女士竟然是你的熟人……"

"不，我跟她丈夫龙二以前就有来往，但跟她是前些天才经龙二介绍正式认识的，关系没那么近。"

"她真是个美人……'才貌双全'这个词用来形容她恰如其分。"

在交心的朋友面前，警部放下工作包袱，稍稍吐露真心。

"她好像也爱好将棋。我们约好等案子告破、风波平息后，一起切磋一盘。"

"越说越不成体统。要是岸滨龙二被杀，头一个就得调查你。"

须潟警部打车回去后，方才活力盎然的空间一下子空虚得难以言喻。

砧沉思默想了一阵子，从容地起身按下电话按键。

"您好，我是岸滨。"岸滨龙二以沉稳的声音应答。

[①]"单"与"双"为威士忌容量计量单位，前者约为三十毫升，后者约为六十毫升。

"我是砧。抱歉这么晚打扰你。这事可真够呛……刚才警部也来找我确认你夫人的不在场证明了。我很担心她,忍不住打电话问问。"

"谢谢。她受到很大打击,今天还接受了警部的问询,之后就一直老老实实在家歇着。不过她现在精神不错。我这就让凉子来接电话。"

过了一会儿,听筒里传来她那熟悉的声音。

"我是凉子。砧先生,谢谢你打电话过来。"

"夫人,你还好吗?真是飞来横祸啊。你放心,须潟警部是我的朋友,而且我那天碰巧坐过你的车,所以你的不在场证明成立。话说回来,这种事本来就不成问题。"

"嗯,谢谢。"

"那我不多打扰了。听你的声音这么有精神,我就放心了。晚安。"

"啊,喂,喂,砧先生,那时你在车里说过吧。"

"嗯?说过什么?"

"说想读我和飞骅桂子小姐对谈的那篇文章。我手头没有,后来就去拜访了飞骅桂子小姐。"

"哦!"

"那期杂志她有一本,我借来了,下次见面时带给你。"

"让你费心了。其实读不到也没关系的。"

"那么,晚安。谢谢你。"

挂断电话后,砧顺之介仿佛留恋她那在耳畔回响的余音一般,手握听筒久久不放。

他打开窗,沐浴夜晚的冷空气。从高高的窗户眺望夜半街市,只见灯火次第熄灭,都市逐渐呈现出一派深夜景象。

第五章　不在场证明

1

翌日下午，砧顺之介终于得见清水典江。

她是任职于邻县医科大学的临床心理咨询师，今年二十七岁，独身。见面地点选在对她来说比较方便的地方——河内小阪站前的西点店"圆号"二楼的安静咖啡屋。

"您找我有什么事？岸滨女士什么都没跟我解释。"初次面对砧，清水典江略显紧张地问道。

"是关于岸滨女士前段时间提供给警方的照片……"

"嗯……"

"照片上，您在壬庚子左边。就此我有些事想问您。"

"什么事？"

"你们是什么时候拍的那张照片？"

清水典江面露一丝疑惑，最终放弃追问理由，从包里拿出一本红色封面的笔记本，答道："十月二十五号。"

"那时您是第一次见岸滨凉子女士吗？"

"是的，当时壬庚子小姐介绍我俩认识，然后我们三人合影留念。不过我其实在那之前就知道她。"

"您跟她不是第一次见？"

"我的意思是，在正式经介绍认识之前，我看见过她一次。"

"这样啊。这是什么时候的事？"

"嗯……她在清水谷的西田大厦二楼有一间叫'RK设计研究所'的个人工作室，我伯父恰巧是那栋大厦的管理员。"

"是吗，那您是在西田大厦看见她的吗，那是什么时候？"

"那是九月十七号。大竹伯父嗜好将棋，我过去陪他下棋。那天我第一次看见壬庚子小姐和凉子女士。"

"哦，原来您还下将棋啊。虽说最近女性将棋迷人数有所增加，但终归还是少见。"

"大学时，将棋社有个很帅气的男生。我明明不懂将棋，但在旁边观战日子久了，他们就让我当社团经理……我就这么糊里糊涂地学会了。"清水典江腼腆地笑笑。

她握着咖啡杯的纤纤玉手让砧不禁看呆了。形状好看的指甲上涂着闪亮光润的红色指甲油。

"可否请您详细讲讲第一次看见壬庚子和岸滨凉子女士时的情景？"

★

"明天是星期六，我傍晚之后都有空。典江，要不要过来玩会儿啊？你都好久没来了。"

"好，伯父，我到时过去。"

清水典江下班后买了些伯父喜欢的和式点心，来到位于清水谷的西田大厦。

伯父大竹守男从政府机关退休后，就在这栋大厦当管理员。星期六，大厦里的公司都早早关门，他便约侄女来下棋。

大竹自称业余三级①,棋力却并没自诩的那么强,棋臭瘾大。而且他酷爱长考②,去棋馆总是招人嫌。这段时间,他和侄女典江正好棋逢对手,而典江也能够容忍大竹的长考苦思。

西田大厦一共四层,每层有两家租借此处的事务所。管理员办公室就在大门旁边,伯父说因为建筑不大,所以在这里下着将棋也完全能够监视人员出入情况。

"典江,今天我可不会手下留情。"

伯父兴致勃勃地拿出陈旧的四寸棋盘。只有棋子是崭新的,水无濑岛的黄杨雕特等棋子,是他从政府机关退休之际同事给他的临别赠礼。他哗啦哗啦地把棋子倒在棋盘上。棋盒翻过来便成了棋台③。

对局于傍晚五点四十分开始。

典江先行。

▲7六步　△3四步　▲6六步　△3五步

▲7八银　△3二飞　▲6七银

两人轻松地快速行棋至此,一个戴墨镜的女人出现在门口。

典江起身接待,对方拿出一张名片。

```
四柱推命学  占卜教室
       壬庚子
大阪市北区红梅町 × 号
电话 06-×××-××××
```

---

①将棋的业余级位是比业余段位低一等的棋力标准,最高级别为业余　级。
②长考,棋类术语,指在走下一步棋之前长时间思考。
③棋台,用来盛放持子。

"我想见岸滨凉子女士。"

△6二玉

大竹一边向前移动玉将,一边抬眼打量来访的女人。
"您找岸滨女士?她今天还没来事务所。"
"可我们约好了六点见。我还有点儿事,那我过会儿再来。"
戴着墨镜的壬庚子转头离开大厦。

▲7七角　△7二玉　▲8八飞　△4二银
▲8六步　△5二金左①　▲8五步　△3六步
▲同步　△同飞　▲3七步　△3四飞
▲9六步　△1四步　▲1六步　△8二银
▲9五步　△6二金直　▲2八银　△3三桂
▲4八金　△1三角　▲5八金左　△4四步
▲4九玉　△4三银　▲6五步　△5四银
▲5六银　△4五步　▲8四步　△同步
▲同飞　△2四步　▲8八飞　△8三步
▲3八玉　△2五步　▲6六角

清水典江几乎是不假思索地行棋,伯父则每步棋都要慢条斯理地斟酌一番。节奏不合,她有些急躁起来,想当然地将角向前移动到6六那格后,突然反应过来。

---
①将棋棋谱中"左""右""直"等字样的作用是,在该位置附近有两枚或以上相同棋子时,区分是将哪一枚棋子移动到了该位置。

（3六步，同步，6五银，同银，3六飞——要是他这么下，我可不太好办。）

她正琢磨着，门口出现一个女人。那是她第一次看见岸滨凉子。伯父向对方搭话："啊，岸滨女士，大约十五分钟之前，有位叫壬庚子的小姐来找过你。她说过会儿再来，就离开了。"

"是吗？谢谢您。现在是五点五十五分，还好赶上了。壬庚子小姐过来的话，麻烦让她到二楼找我。"

初见岸滨凉子，典江深觉其飒爽华贵。凉子沿着管理员办公室前面的楼梯走上二楼，高跟鞋踩得嗒嗒响。

伯父立马将视线移回棋盘，端起茶杯咕咚喝了口茶。或许是因方才的应对分了神，他没有走出典江担心的那一手，而是……

△4六步

他选择把步靠过来。

▲同步　△同角　▲4七步　△2四角
▲7七桂　△1五步

伯父在走出端攻①的同时看了眼表。

"六点了，我去锁上后门。"

他说着起身。

要出入这栋大厦，只能通过大门或后门这两处。和大门这边一样，后门旁边也设有通往楼上的楼梯。有些公司职员傍晚

---

①端攻，从1径或9径进攻的走法。

137

会从后门出去，但大竹顾虑到其中的安全隐患，每天六点都会去把后门锁上。他为人一丝不苟，这个习惯雷打不动。

伯父锁好门，又回到棋盘前坐下。典江将自己的步向前移动到1五那格，吃掉对手的步，放到棋台上。

▲同步　　△1六步　▲8五桂　△1五香
▲1八步　△3六步　▲9四步　△同步
▲9三步　△4五银　▲3六步　△5六银
▲同步　　△7九角成

伯父将角行升变为龙马叫吃飞车，舒一口气，点燃香烟。这时，不久前离开的壬庚子从门口进来。典江看看表，刚过六点十分。

"刚才岸滨女士来了，她正在等您。请您上二楼找她。"

壬庚子微微点头致谢，踏上楼梯向二楼走去。

典江将视线移回棋盘，稍加思索。（开始弄不懂局面了……）

近来棋书普及，电视上也会播放面向初学者的入门课程，前二三十手即使是业余爱好者也能照猫画虎地下。可一到需要自己思考的局面，便难免露怯。典江一筹莫展。

"怎么了，典江，该你下啦。"

"我知道。"

伯父心情颇佳地催促着，典江因而随手走出一步自己都觉得莫名其妙的棋。为守住飞车，她拿起持子中的银将，"啪"地落在3五那格。唯独气势不能输。

"哦……"

伯父陷入沉吟。

其后简直是一场混战，惨不忍睹的恶手、臭手接二连三，呈现出典型的菜鸡互啄光景。所幸这局棋没人看见。

▲3五银　△3七步　▲同银　△3五飞

▲同步　△4五桂　▲9八飞　△3七桂成

▲同玉　△4五银　▲9四飞　△3五马

▲9二步成　△同香　▲同飞成　△3六马

▲3八玉　△2六步　▲同步　△9一步

▲9八龙　△4六步　▲3七步　△4七步成

▲同金左　△2七银　▲4九玉　△4七马

▲同金　△3八银打[①]　▲5八步　△4七银成

▲6七玉　△4六成银　▲3三角成　△8六金

▲7九香　△5六成银　▲7八玉　△8五金

"晚上好……"

对面OK咖啡店的服务员拿着咖啡外卖从大门进来。似乎是二楼的岸滨凉子订的。她端着托盘走上楼梯，片刻后下来，此时是六点半。

典江凝神盯着棋盘。

"伯父，你把桂吃了啊。哎呀，是奔着王手飞车[②]来的。"

"你退步喽。"

▲8七步　△3二步　▲4四马　△5四银

[①]仅在棋盘上原有棋子和持子都可走到该位置的情况下，走的是持子时，要在棋谱中标记"打"。除此以外的情况下，即使走的是持子，也不标记"打"。
[②]王手飞车，在直接对王将进行将军的同时吃飞车。

▲１二角　△４三歩　▲５四馬　△同歩

▲５六角成　△３八角　▲同馬　△同銀成

▲１二角　△５五角　▲６八銀　△９六桂

▲９七銀　△２九成銀　▲９六銀　△同金

▲同龍　△８九銀　▲６七玉　△６六金

▲５八玉　△３七角成　▲８九角成　△５五桂

▲４八銀　△３六馬　▲４七歩　△１九成銀

▲３七金　△３五馬　▲５七歩　△６七香

▲５九銀　△３四馬　▲８八馬　△６八香成

▲同銀　△６七桂成　▲４九玉　△６八成桂

▲６六馬　△１七歩成　▲同歩　△同香成

▲５六桂　△１六馬　▲３八歩　△２八成香

▲５八金　△６九成桂　▲５九金　△６八銀

▲１一飛

壬庚子走下楼梯，典江这才惊觉已经晚上七点。下棋下到兴头上，时间就过得特别快。

"多有打扰，再见。"

伯父含糊地应了一声，旋即继续绞尽脑汁分析眼前混乱的局势。

"真没辙。"

他咕哝一句，从棋台上拿起步，守住１六那格被叫吃的龙马。

△１五歩　▲５八玉　△５九銀成　▲同銀

△同成桂　▲同玉　△３八成香　▲６四桂打

140

△同步　　▲同桂　　△6三玉　　▲7五桂
　　△5三玉　　▲5二桂成　△同金　　▲6三金

　　"唉，我输啦。"
　　伯父直到被将死的前一刻才认输。
　　一直耐着性子等他长考，纵是典江亦感筋疲力尽。
　　"哎呀，都晚上七点十几分了。一盘棋下这么久还是头一回。"
　　"好久没下了，太过瘾啦。晚饭想吃什么？你难得过来一趟，要不吃鳗鱼饭吧。"
　　楼梯传来脚步声和说话声，两个刚加完班的OS商务员工走了下来。
　　"再见……"
　　到了七点半，伯父说："还不见二楼的岸滨女士啊。我去看看情况。"
　　他走上二楼，没一会儿又一脸困惑地回来了。
　　"设计研究所已经关灯锁门了。岸滨女士是什么时候回去的呢……典江，你看到了吗？"
　　"没有。壬庚子小姐是七点整回去的，在那之后下楼的就只有OS商务那两个人。"
　　"这可怪了。"
　　"岸滨女士该不会从后门出去了吧？"
　　"后门？"
　　"也就是说，有可能岸滨凉子女士出于某种理由，从后门出去，然后壬庚子小姐从里边把后门锁上，再一个人从这边的大门离开。"

"她们为什么要这么做啊？再说我六点去巡视时把后门锁上了，她们出不去的。钥匙就这一把。"

"那这个方法就行不通了。"

"看来她应该就是从大门出去的，只是我们下棋太入迷，没注意。"

伯父说完笑了笑。

"伯父，壬庚子小姐的名片我就收下啦。"

典江对那个女占卜师产生了兴趣，想要去拜访一次。

★

砧感到清水典江是个活泼伶俐的姑娘，跟她说话很舒服。见她边比画边说个不停的样子，砧打趣道："您好像不仅喜欢将棋，还喜欢推理小说啊，竟然想出岸滨女士偷偷从后门出去，壬庚子小姐一个人下楼这种假设。"

"我特别喜欢迪克森·卡尔的《青铜神灯的诅咒》《坟场出租》等作品，上学时读过好多卡尔作品的原版书。"

"想来也是。"

"您能理解真是太好了。那我干脆顺便讲讲吧。其实我那天百思不得其解，就去西田大厦对面的OK咖啡店找那个服务员问了问。"

"喔，您是怀疑服务员去设计研究所送咖啡外卖的时候，岸滨凉子女士就已经不在那里了？"

"没错。但那个送外卖的姑娘说，熟客岸滨女士在屋里。她把托盘放在门口的桌子上，从壶里倒出两人份的咖啡，其间没有看到岸滨女士的身影，不过能看见风琴式纸墙对面有人影，岸滨女士正跟某人说话。"

砧原本额首聆听着典江的讲述，此时忽然问道："原来您是因为这件事才去占卜教室的啊。您对那个叫壬庚子的占卜师印象如何？"

"这个嘛……我是在下一星期的星期二去的。壬庚子小姐还记得我，很亲切地表示欢迎。她善于言谈，见多识广，我彻底成了她的粉丝。"

"原来如此……"

"那时我大大咧咧地跟壬庚子小姐讲了西田大厦发生的事。根据她的说法，事情是这样的：那天晚上七点，她和岸滨女士一起离开设计研究所。岸滨女士锁事务所的门时，她先一步下楼，出大厦后，岸滨女士很快追了上来。所以说，岸滨女士的确是和壬庚子小姐前后脚从大门出去的。"

砧顺之介颇为感慨地注视着典江，笑道："我懂您的心情。就算下棋下得再入神，居然两个人都没注意到岸滨女士从面前经过，这让您大跌眼镜。"

"差不多就是这种感觉。"

"后来拍照片那天，您见到岸滨女士，肯定想要向她本人问问这件事吧。"

"被您说中了。十月二十一号星期五，我去占卜教室，壬庚子小姐说下星期二岸滨凉子女士会来，到时介绍我俩认识。二十五号我过去后，第一次和凉子女士说上话，三个人一起拍了那张照片。当时我向岸滨女士提出这个疑问，她乍一下想不起来。这也是当然的，是我自顾自纠结此事而已。过了会儿，她终于听明白我的问题，笑着说：'那天我只比壬庚子小姐晚一分钟左右离开。出大门之前，我朝管理员办公室打招呼，但你们下将棋下得太着迷，头都没抬一下。真是相当狂热啊。'"

"果然如此。清水小姐,这下您总算想通了吧。"

"是段不错的经历。伯父长考时总是看向窗户那边,我还以为他绝对不会看漏进出的人,真没想到……太过全神贯注的话,这种事也有可能发生啊。"

"嘴上这么说,您脸上却还有一点点半信半疑的神情呢。"

听砥这么说,她露出一丝浅笑。

清水典江称还有事要办,先一步离开咖啡店。今天初次与她见面交谈便略有收获,砥心满意足。

实际上,他今天来见清水典江,也是因为受到须潟警部有意无意的提示。凉子没跟典江打声招呼就把那张照片交给警方,称她是无关人士,不想给她添麻烦,而警部也保证不会打扰典江,不便直接去询问,砥就接下了委婉打探的任务。不过即便没有这层原因,砥也确实想亲眼见见照片上跟壬庚子和凉子肩并肩的这个女人。而这次会面让他感到清水典江与此案无关。

2

在建材存放处的失窃车辆中发现布施香子尸体后的第三天,十一月十九日,A警署搜查本部收到一条线索。

自称南森町榆树咖啡店经营者木村容子的妇人提供消息称,占卜教室发生分尸杀人案的十二日傍晚,有两个女人来过店里,看着像是在电视上看到的壬庚子和布施香子。

若情况属实,这将是非常重要的线索。

曾于案发后赶赴现场的T警署搜查主任木下警部补接到须潟警部的联络,带同警署的千叶警官一起来到辖区内的榆树咖啡店。

两人坐在咖啡店角落一桌,与老板娘木村容子相对而坐,听她讲述。

"看到新闻,我大吃一惊,毕竟案发地点就在这附近。从这家店到那个占卜教室只要走五分钟左右。闹出这种事之前,我根本不知道那儿还有这么间教室。"

富态的中年老板娘一见警察便滔滔不绝。

"您在电话里说,那天傍晚,那位占卜师和一个貌似陈尸弁天町的布施香子的人一起来过店里。具体是什么时间?"

"这个啊,警察先生,其实那两个人以前也来过我们店里一次,我觉得从那次说起比较好。"

"哦,是什么时候的事?"

"十一月三号,节日那天。当时的事,店里的服务员记得很清楚。喂,小忍,你过来一下。"

名叫小忍的服务员应声过来。她像是今年春天刚从高中毕业①的年纪,看起来是个未染世故、性情温和的姑娘。她毕恭毕敬地低头致礼。

千叶警官拿出照片给小忍看。香子那张是用她生前相册里的照片翻印的。

"您看到的确实是这两个女人吗?"

"是的。"

"什么时候看到的?"

"十一月三号。"

"日期记得这么清楚啊。"

"我把那天的事记在日记里了。"

---

①日本的学校每年四月开学,毕业时间通常在三月。

"嚯。"

"十一月三号晚上六点五十分左右，布施香子小姐先进店里等了一会儿。晚上七点，那个叫壬庚子的人过来，两人不停交谈着些什么。过了将近半个小时，壬庚子小姐先离开店里。"

小忍给人感觉很靠得住，她以沉稳的语调缓缓道来。

"在那之前一会儿，有个年轻男人进店坐到两人后面那桌，边喝咖啡边暗中关注着她们的动向。壬庚子小姐一走，他就来到布施小姐这桌，熟络地跟她攀谈起来。"

"哦……"

"很快，那个男人和布施香子小姐一起离开，当时是晚上七点半。"

木下警部补和千叶不禁交换个眼色。被害人身边首度出现男人的身影……

千叶警官不动声色地继续询问："那个男人有什么特征？"

"哎呀，警察先生，那个人走进店里时，我吓了一跳，他长得简直跟光田锦司一模一样！"小忍语气激动。

"光田锦司是谁？"

小忍从盆栽旁边的架子上拿起一本《女性Nine》周刊，翻开卷首写真给两个刑警看。

"就是这个人。"

"这孩子可是加入了光田锦司的粉丝俱乐部呢。"

老板娘红润的脸上绽开笑容。

"是吗，那个男人长相酷似这位电视明星？"

"嗯，岁数要稍微再大点儿……老板娘，你看，真的一模一样。"

老板娘木村容子稍显迟疑。

"没小忍说得那么夸张,不过感觉是有点儿像,说是光田锦司的哥哥没准有人信。"

老板娘表示,所谓一模一样,多半是小忍的主观感受,顶多是气质有些相似。

"原来如此,是因为这个才记到了日记里啊。"木下警部补说完,向小忍微微一笑。

"是的。"她羞涩地答道。

此时,千叶警官话锋一转,问出关键问题:"接下来我想问问十二号的事。案发当日傍晚,那两个女人又来这家店见面了,对吧?"

"嗯,是的。"

"能详细描述一下当时的情景吗?"

"五点二十分,还是布施香子小姐先过来,在座位上等了会儿。刚好五点半,壬庚子小姐进来,两人交谈了四五分钟后,一起离开这里。那就是我最后一次看见她们了,后来两人都没再出现过。"

"也就是说……壬庚子和布施香子于五点三十五分一起离开这里后,就再也没出现?"千叶警官注视着服务员小忍,寻求确认。

"没错,是这样。对了,警察先生,当时我做梦都没想到那两个人没过多久就会遭到杀害,所以没太放在心上,其实那天还发生过这么件事——六点整,之前那个男人又来店里了。"

"咦,之前那个男人是指……哦,是说那个长得像光田锦司的男人啊。嗯,那个男人六点来到店里。然后呢?"

"然后他问我:'五点半左右,有两个女人一起离开,后来她们又回来过吗?'我意识到他问的是那两个人,回答说:'没有．'他道了声谢，开始读体育报纸。他好像跟布施香子小姐约好了在这儿见面。大约六点十五分，他说了句'真够慢的，我去看看情况'就走了。"

"嗯——"

"之后又过了好久，六点五十二分，那个男人回到店里。他果然是在找布施香子小姐，在店里四下张望，但没找到她，便想回去。"

"嗯……"

"这时，一个在店里喝着咖啡的年轻女客叫住了他。两人似乎认识。他们亲密地聊了一会儿，没过多久，女客起身和男人一起离开。那时是六点五十五分。"

千叶警官再次目不转睛地注视小忍的脸。

"谢谢，情况我充分了解了。不过，真亏您能把时间记得这么精确啊。"

"是的，因为我很在意那个像光田锦司的人。"

"老板娘，您意见如何？"

"我想想……她这么一说，我也一点点想起来了，差不多就是这么回事吧。"

"好的，这些非常有参考价值。对了，那个长得像电视明星的男人，后来也没再来过店里吧。"

"是的。"

"要是看到他过来，麻烦联系我们。"

"明白。"

不知为何，对于最后与明星脸男人同行的女客，服务员的印象不是很清晰，称她装扮极为普通，难以形容，但现在见到的话也许能认出来。

无论如何，得以确认两名被害人死前不久的行动是一大收获。此外，与布施香子有牵扯的男人浮出水面，可谓意料之外的收获。追查这个男人，或可打开局面。两名搜查员怀着些许满足感回到警署。

★

"那之后正好过了一个星期……"

大干昌雄一边在笔记本上写下工作日程，一边自言自语。

十一月十九日星期六，也就是今天，下午两点要和岸滨凉子在葵文化学院见面。日程上是这么写的，然而……

"现在是什么情况啊……"

大干叹了口气，自己反而被吓一跳，悄悄观察四周。

工作人员各自在桌前办公，没人注意到他的烦恼。

大干竭力装作若无其事，自认没表现出任何异常。但是，自从上星期六起，即那起案件发生以来，大干心里便悬着一块石头。且不提布施香子，一想到壬庚子的死，他脑子里就乱作一团。

就在这时，桌上的电话响了。

"请问是大干科长吗？我是岸滨凉子。"

"啊，是你啊……我正纳闷你那边什么情况呢。"

大干不由得紧紧握住听筒，压低声音。

"您看到新闻，想必很吃惊吧。"

"肯定吃惊啊。到底怎么回事，发生了什么？"

"我也完全搞不懂。媒体对我纠缠不休，所以我一直没去学院那边露面，精神状态也不太好。不过今天约好要跟科长见面，我想着得打个电话。"

"这样啊。那你会过来吗?"

"抱歉,我不太方便出门。"

"这也是没办法的事。请多保重。"

"等事情过去,我再给您打电话。"

"好,我等你。"

不知是否多心,总感觉她的声音很消沉。

声音如嗫嚅般细弱,口吻也与平素不同。以两人的关系,她明明可以用更活泼亲密的语气讲话,今天却很见外。于是他也以同样的方式应答。

其实他还想再跟她说会儿话,但电话是打到政府机关来的,她大约是顾虑到继续说私事不合适,挂断了电话。

这天是星期六,办公时间只到下午一点。若在平日,他会慢悠悠地吃顿午餐,绕道去逛逛书店后再回家,但那起案件让他没了这份闲心。他怀着格外沉重的心情,径直回到针中野的矢仓公寓。

大干昌雄前些年丧妻,现在独居。他回到公寓,换上家居服,正冲咖啡时,门铃响了。

门外站着两个男人。

"我们是警察,有些事想问您。"

无须对方开口,在看见来访者的瞬间,大干便心下了然。终究还是来了。他当然预料到了此种事态,也已准备好对策。大干尽量以平静的语气应道:"是吗?请进。"

他淡定地招待两人进屋。

稍微上了些年纪的办案人员自称府警本部搜查一科的牧田巡查部长,年轻的那位则是A警署的仓丘巡查。

"两位有什么事?"

"这些天报纸上闹得沸沸扬扬，相信您也有所耳闻，占卜师壬庚子和记者布施香子遇害案。"

"这样啊。果然……你们为什么会查到我这个人？"

"大干先生，您这么说，看来是有些头绪？"

"有倒是有，但我觉得不是什么大不了的事，不到需要主动向警方提供此案线索的程度。可是，你们为什么会找到我？"

"我们在布施香子的公寓里发现了这个。"

仓丘警官拿出一张拍立得照片，上面是大干昌雄和壬庚子在鸟羽的大滨庄酒店的身影。

大干当然对这张照片有印象。

案发当晚，为了取回这张照片，他翻找过布施香子的提包，但没找到。

身为勒索者，她不可能不把用于交易的物品带过来，所以他以为是同伙先一步拿走了。

可不知怎的，布施香子把它留在了光公寓。

"果然啊，那就没办法了。不过也真亏你们能仅凭这张抓拍的照片就看出是我。"

大干反客为主试探对方。仓丘警官没有回答，死死盯着大干。

大干这边的计划是，女性同伙从香子的包里抢走公寓钥匙，把她家里可能成为线索的东西都拿走。看来目的未能达到，肯定是她家里还有大干昌雄的名片这类东西，引起了办案人员的注意。

大干昌雄再次下定决心，继续拼命演戏。他暂时停下话头，故意保持沉默。

算好双方紧张情绪达到顶点的时机，大干豁出去般吐出一句:"其实,这个叫布施香子的女人用这张照片勒索过我。"

"哦?"

"她用来勒索我的把柄并无凭据,不过我姑且还是详细讲讲吧。"

大干徐徐道来。

"上个月末,二十七、二十八号,我因公出差,去爱知县的教育中心参加管理层培训。因为结束后第二天是星期六,我就打电话请假,在鸟羽的大滨庄酒店住了一晚。我很累,打算放松放松。那时,我偶然遇见壬庚子小姐。"

"嗯……"

"至于结识她的契机嘛,别看我一本正经的样子,我以前可是沉迷过手相研究呢。我对这类玄奥之事很感兴趣,也听过她的传闻,大家都说有个占卜师貌美又灵验。出于兴趣和好奇心,我去了她在红梅町开的占卜教室,就这么跟她认识了……仅此而已。我和她在酒店大堂偶遇,唉,也怪我行事轻率,再加上度假状态下有些无拘无束,我在自己的房间里跟她一起喝了会儿啤酒。当然,我们之间什么都没发生。这个叫布施香子的女人碰巧也在那酒店,用拍立得相机偷拍了我们。下一周,她把我叫到政府办公楼的咖啡屋,甩出这张照片,说就此事有话要谈。"

大干昌雄叼上一根烟,从桌上拿起打火机。他打量着两名刑警的脸,缓缓吐出烟雾,一副精英科长的做派。

"她显然怀有天大的误解。咖啡屋人多眼杂,不方便解释这些,而且马上要开会,我就中断了会面,说之后会给她打电话,把她赶走了。不说到这个份儿上,她根本不肯离开。"

"嗯……"

"我跟壬庚子讲了这事,她听完勃然大怒,表示要亲自交涉。正好我工作繁忙,没空纠结这种无聊的问题,就把这事交给她,没再管。后来她告诉我,她跟布施香子在咖啡店见了一面。当时无论她怎么否认,香子都一笑置之,反过来仗着这张照片坐地起价要求交易,简直不可理喻。壬庚子说她目瞪口呆,终止了谈话,再后来的事我就不清楚了。"

他说到这里略一停顿,牧田巡查部长便插话道:"其实在案发当晚,壬庚子和布施香子在南森町的咖啡店又见过一面。"

"是吗?这我就不知道了。"

"您以前就认识自由记者布施香子吗?"

"不,不认识。她说以前因为某事采访过我一次,但我记不太清了。"

"这样啊。"

"唉,所以呢,要说此事与我无关,听起来有些不负责任,可本来就是布施香子单方面捏造丑闻诬陷我,关键人物壬庚子小姐也死了,我现在一头雾水,不知所措。"

"但是,发生过这种事的话,还是希望您能知会我们一声。"牧田露出严肃的表情告诫道。

"我明白的,只是稍微有点儿犹豫。我拿不准主动提供线索的话,事态会怎样发展。"

"我们发现这张照片,才查到了您。若非如此,您是打算沉默到底吗?"

"是的,因为我怕别人用下流的眼光看待我和壬庚子的关系。说老实话,我不想因为无聊琐事造成不好的影响。"

考虑到给办案人员留下的印象,大干展现出诚惶诚恐的态度。

"大干先生,那您怎么看这个案子?"

"怎么看……如果是指我和壬庚子的事,就算我们之间有男女关系,反正我俩都是单身,小题大做地主张这点也没什么意义。"

"壬庚子和布施香子在交涉过程中,情绪激动起了争执,最终酿成杀人案——您觉得有没有这个可能?"牧田巡查部长一针见血地追问。

大干只得随便搪塞过去,避重就轻。

"我想不太可能。但眼下案件的确发生了,肯定是出了什么变故,可我完全摸不着头脑。分尸这种事,正常人压根儿干不出来。"

"您也认识岸滨凉子女士吧?"

"认识,我跟她丈夫岸滨社长关系也不错。"

"你们是什么关系?"

"什么关系……这要怎么形容啊……我们是几年前在一家公司的创立纪念派对上经人介绍认识的。"

"大干先生,案发时间是十二号晚上,当时您人在哪里,在做些什么?"仓丘警官以随意的语气插嘴问道。

大干对此有所预料,并未慌张,故意对仓丘摆出不悦的表情。

"我为什么要交代不在场证明?不如说我应该算受害的一方吧。"

"您大概也不愿意看到这次的案件发生,但无论是壬庚子,还是布施香子、岸滨凉子女士,都跟您存在联系,所以我们有必要例行询问一下。可以请您配合吗?"

大干昌雄衔着喜力香烟,刻意地缓缓吞云吐雾,沉默片刻。

随后，他从容地做出沉稳的表情，说道："好吧，那我就讲讲。十二号晚上，我去深江到朋友家里玩来着。"

"您朋友住哪里？"

"看名片就知道了。就是这个人，叫加藤茂夫。他和我同期进入政府机关，现已调往水道事业协会工作。前些天，他从泰国出差回来，于是我们四五个同事到他家小聚，看电影，开派对。"

"这样啊。"

"哦，对了，那天晚上我还迷了会儿路。我在守口市民会馆待到六点。大家约好晚上七点见，我赶紧坐地铁出发，没想到下错站了。应该在新深江下车的，结果我在深江桥下车了。"大干苦笑一下，"我是第一次去这个朋友的新居，但问过他家的大概位置，而且以为在市内不至于迷路。"

"哦……"

"还有，明明下错了站，附近居然有跟目的地相似的建筑，害我在那一带瞎转悠半天。进路边咖啡店一问，人家说我完全弄错了，我又连忙折返。"

"嗯……"

"所以……我到他家时已经晚上八点了。我加入聚会，跟大家一起喝酒喝到十点左右。回到这栋公寓时是晚上十一点。"

仓丘警官点点头。

"你们尽管找我这几个朋友确认，这样我也能踏实点儿。"

大干强装镇定——绝不能让这两个刑警看出自己内心的动摇。

再怎么说，他也是调整局现任科长。许是顾忌他的身份，两名刑警没再深入追究，干脆地打道回府。但他觉得事情不会就这样结束。料及警方将展开的激烈反扑，他感到心神不宁。

大干昌雄焦躁地把喜力香烟的烟头使劲按在烟灰缸里捻灭。

实际上，他伪造出的不在场证明并没有那么牢固。按照他原本的计划，弃完尸就算大功告成。表面上看，他和死者毫无关联，他根本没想过自己会被列入嫌疑人名单，伪造不在场证明不过是求个心理安慰罢了。

不料事态有变。

真正面临警方调查之际，这个脆弱的不在场证明究竟能有多强的防御力？两名刑警离开前仔细询问了那晚他进的咖啡店的位置等，看起来就很多疑，势必很快便会识破他的伪装。

大干昌雄久久甩不掉内心的不安。

3

十一月十九日星期六晚上，设置于A警署的搜查本部召开三方会议，T警署和M警署的负责人也一并出席。

案发后刚好过去一周，愈演愈烈的连环杀人案及其猎奇案情越发引起世人瞩目。对须潟警部而言，艰难困苦的日子仿佛看不到尽头。

警部召集众人开会。这是讨论迄今为止的案情，并确定今后调查方针的首次联合会议。

"壬庚子和布施香子两人显然是在同一现场，即北区红梅町的占卜教室相继遇害。现在来推测一下凶手的作案顺序……"

为了捋清思路，须潟警部将目前已明朗的各项事实按时间顺序排列，加以说明。

1．首先，凶手于前一天在西成区旭一丁目的路上盗走木田工务店的轻型厢式车，藏到壬庚子那间占卜教室的车库里。

2．十二日傍晚，凶手杀害布施香子，开车将她的尸体运到港区矶路×丁目的大宝建设建材存放处，随即弃车逃走，尸体留置车内。

3．接着，凶手杀害壬庚子，切下她的头颅和右手，将装有头颅的波士顿包藏进天六站的寄物柜，装有右手的盒子则委托服务社送到岸滨商会。

4．十四日早晨，女性凶手（或同伙）从寄物柜取出波士顿包，放到地铁车厢内。

"搜索布施香子的公寓后发现，她表面上的职业姑且算是自由记者，背地里却是个勒索惯犯。可以认为杀人动机与此有关。从她家中找到一张拍立得照片，上面是壬庚子和一个男人。对照香子在笔记里提到的几个名字后得知，这个男人是调整局计划部调整科科长大干昌雄。"

"哟，是公务员啊。"

"我听在市政府工作的堂兄讲过大干这个人的传闻。他毕业于×大，年轻有为，是同期员工中的佼佼者。大家都说，不出意外的话，他未来局长的位子稳了。"

"虽说是地方公务员，也是不折不扣的精英。"

"据说他在官署里也颇有权势。"

大干昌雄这个名字在与会者间掀起一阵窃窃私语。

看到大家的反应，须泻警部点点头，继续说道："尽可能想象一下，布施香子抓到大干和壬庚子的把柄，以此敲诈勒索，被大干杀害，这种情况有可能成立。因此，今天牧田警官和仓丘警官去见了当事人大干科长……"

"一科之牧田"在业内小有名气,老练的巡查部长沐浴在众人的视线中。在须潟警部的催促下,他开始汇报今天问询时的情况。

"大干承认香子用那张照片勒索过他,但否认与壬庚子有更深的关系,称只是朋友。他说他跟壬庚子都是单身,即便存在男女关系,也算不上丑闻,所以根本没把勒索当回事。然而,据木下警官说,壬庚子和香子于遇害前不久在榆树咖啡店见过面,这事很令人在意。我们照例向大干询问了不在场证明,他的回答听起来没什么问题。不过当然,他的说法尚需验证,还不能断言他是完全清白的。"

T警署的千叶警官发表意见:"部长这番话让人感觉大干嫌疑很重啊。也就是说,大干在占卜教室和壬庚子两人合力杀害香子,用赃车运走尸体。然后,大干昌雄嫌同伙壬庚子碍事,将其杀害,行凶后分尸……虽然是相当简单粗暴的推断,倒也不无可能……不过啊,有一点我想不太明白。"

"什么意思……"

"携带部分尸体招摇过市的,是容貌酷似壬庚子的女人。但是,指纹鉴定结果显示,无头尸正是壬庚子本人。这很奇怪吧。你莫非是认为还有另一名女性同伙乔装成壬庚子四处乱晃?"

"不,千叶警官,这中间是有个过程的。"A警署的水户巡查部长解释道,"一开始,我们都觉得那具无头尸肯定是壬庚子。这是非常自然的看法。随着调查进行,我们又短暂地怀疑过无头尸会不会是失踪的布施香子。谁知后来又发现香子的尸体,那么无头尸只能是壬庚子了。"

"哦……"

"但严格来说，无头尸的指纹只是跟壬庚子留在照片上的指纹一致，至于照片上的指纹真的是壬庚子的，还是未知的第三人的，目前尚不清楚。因此可以有两种假设。"水户继续说道，"一种是，无头尸是未知的第三人，弃置头颅和断手的是壬庚子本人；另一种是，尸体是壬庚子本人，携带头颅和断手包裹招摇过市的是未知的第三人……正如你刚才所说，千叶警官。我们现在也正顺着这个思路调查。"

"这我明白。我的意思是，未知的第三人有什么必要特意乔装成壬庚子的样子？"

听千叶警官如此反问，水户笑眯眯地回答："大概是故意顶着壬庚子的样子抛头露面吧。这个想法可能有些牵强，但也许这是凶手使用的诡计，意在让大家误以为壬庚子还活着，尸体不是壬庚子。"

"好复杂啊。说来说去，无头尸果然是壬庚子？"仓丘警官性急地加入这场混乱的争论，"我看此案的角度稍有不同，之前跟牧田警官也说过，我一直对此耿耿于怀。你们想啊，凶手把头颅藏进寄物柜后，就那么放着不管不是更省事吗？反正到存储期限后自然会有人发现。还特意取出来放到地铁车厢里，岂不是很奇怪？"

"这么做是为了顶着壬庚子的样子被人目击吧。"

"是吗……我还是想不通。"

一直默默聆听众人讨论的须澙警部做个手势，示意大家就此打住，继而露出严肃的表情陈述今后的调查方针。

"到目前为止，壬庚子、布施香子遇害案中，已浮出水面的相关人员有岸滨龙二、岸滨凉子、大干昌雄三人。三人都有不在场证明，但为慎重起见还须确认。另外还有一人，即壬庚子和香子在榆树咖啡店见面时出现的青年,据说长得像光田锦司。曾造访香子公寓的人也极有可能是他。务必找出这个男人。此外,再留心调查一下壬庚子的过往经历。她的真名似乎是细田多美子,但也指望不上这条信息能有多大用处。我总觉得某种隐蔽的动机就藏在她的过往经历里。"

第六章 杀意的联结点

1

水户巡查部长为打探壬庚子即细田多美子的过往，开始奔波调查她的老师占卜师壬甲子。

据说壬甲子曾出演 A 电视台的晨间节目，但如今电视台里已无人知晓这号人物。

壬甲子原籍在京都，真名细田龟吉，生于明治三十五年[①] 四月十一日，今年五月去世，享年八十一岁。

大约二十年前，壬甲子处于事业巅峰期，是京都一带颇负盛名的占卜师。可不知怎的，随着壬甲子去世，再无人谈论其生前事迹。

细田龟吉晚年无依无靠，身边既无弟子亦无亲眷，独自幽居于一栋普普通通的房子里。到现在过去了半年，就连那栋房子也已住进别人。水户巡查部长一路探问，终于从壬甲子昔日邻居口中打听到，壬甲子的一个徒弟现于大阪做占卜生意。

真是踏破铁鞋无觅处，得来全不费工夫，他不禁苦笑，答

[①] 一九〇二年。

案远在天边近在眼前。水户返回大阪,来到南街一栋杂居楼的四层,找到门口挂着四柱推命招牌的占卜师今井象仙。

"您是想问壬甲子老师的事吗?他好像在今年五月去世了。"

时值下午,正逢空闲,屋里一个客人也没有。今井象仙鬓角斑白,戴着眼镜,他眨了眨狭长的双眼。

"说我是他的徒弟有点儿夸张了。老师生意最红火的那阵子,我恰好借住在他家里,在老师做推算时打打下手,为期三个月左右,记得是昭和三十五六年①的事吧。"

"他有很多徒弟吧?"

"不,我没听说过他还有其他徒弟。他似乎从来没考虑过收徒。唉,名人往往孤傲不群。"

水户有些明白壬甲子死后,其事业成就亦遭人遗忘的原因了。

"您认识一个叫壬庚子的人吗?就是她。"

水户巡查部长拿出壬庚子的照片,是用之前警方收到的那张照片翻印的。

今井象仙端详起照片。

"是现在闹得沸沸扬扬的案子啊。被杀的就是这个人吗?"

"是这样的,我正在调查这个女人的来历……她名叫细田多美子。这事您估计在报纸上也看到过,壬甲子先生称她是自己的徒弟,拜托设计师岸滨凉子资助她。"

占卜师深深点头。

"警察先生,您一提这事,我总算想起来了。在报纸上看到壬庚子这个名字时,我就觉得像是冒牌货。"

---

①一九六〇年,一九六一年。

"哦？此话怎讲？"

"因为，壬甲子的'甲'训读①读作'kinoe'，壬庚子的'庚'训读读作'kanoe'，而这两个名字音读②都读作'Jinkoushi'。"

"原来如此。"

"有些在各城市巡演的演员会使用与著名演员相似的名字以混淆视听，我还以为她玩的也是这种把戏……可是……"

今井象仙面露困惑，再度细瞧壬庚子的照片。

"您想到什么了吗？"

"壬甲子老师虽是单身，艳福可不浅。我借住在他家的那段时间里，常听说他跟某某旅馆老板娘的风流韵事。这个女人不在壬甲子老师的户籍上，弄不好是私生女……也许她是因此才改了一个字作为名字，自称姓壬……警察先生，她多大年纪？"

"三十岁上下。"

"那她母亲怀她那年，老师五十岁。老师当年有个年轻情人，怀孕生下了她……有这个可能。"

"嗯，有道理。"

见水户认真地点了点头，今井象仙慌忙摆手道："不，不，这都是我的臆测……"

这时门开了，门口站着一对年轻情侣。

水户站起身。

"看样子耽误您做生意了。感谢您的协助。"

得知壬甲子的真名是细田龟吉后，水户自己也隐约猜想过他和细田多美子会不会是父女关系。象仙声明纯属臆测却仍直言不讳，便也不难理解。

---
①训读，以日本固有发音读汉字。
②音读，以近似于在汉语中的发音读汉字。

水户巡查部长意识到此行其实并无太大收获。

他依然对壬庚子的人际关系一无所知。

她每星期有两天在占卜教室露面，除此之外的时间里，过着连赞助人岸滨凉子都不了解的隐秘生活。凶手杀害壬庚子的动机，的确就藏在这隐秘的部分里。水户倍感焦急。

出了杂居楼，只见午后阳光转暗，瑟瑟寒风掠过十一月末的繁华街区。走到十字路口，拉面的香味扑鼻而来。水户巡查部长接下来还要调查岸滨夫妇的不在场证明。

★

与此同时，牧田和仓丘正为实地调查大干昌雄的不在场证明而奔波。

两人先来到守口市民会馆，确认他当天的确在此逗留至晚上六点，然后从守口地铁站乘上谷町线。

当时，大干是这样说的："我离开市民会馆是在六点五分刚过的时候。到地铁站台时，六点十分那班地铁刚开走。要是提前知道发车时间，我加把劲应该能赶上那趟车，结果耽搁了会儿没坐成。六点十七分，我坐上后一班地铁，六点五十分到达深江桥。大家约好晚上七点在加藤家里见，我还以为正好能赶上。"

从守口站到谷町四丁目站要花二十四分钟，换乘中央线，到深江桥站需要六分钟，换乘时间按五分钟算，全程共需约三十五分钟，到深江桥刚好是六点五十二分左右，与大干的说辞一致。

出了深江桥站来到路面上，沿新庄大和川线的宽马路向北走，的确能看到 S 银行深江桥支行。

往北走三百米左右，向西拐便是永田公园。再往西走，十字路口处有一所初中。按大干的说法，他误以为要找的人家就在这附近，大晚上的满街找了半小时，晚上七点二十分进入公园旁边的泉咖啡馆。

两名刑警走进那家咖啡馆，向老板出示大干昌雄的照片。

"上星期六，这个人来过店里吗？"

"嗯……这位是什么人？"

"他说那天他走错路了，来您店里问过路。"

似乎因为大干不是常客，老板反而对他印象更深，立马想起来了。

"哦，是那个人啊，他确实来过。他应该在新深江地铁站下车的，结果搞错在深江桥下车了，说是在这一片儿找了半天呢。"

见老板有所反应，两名刑警对视一眼。仓丘又确认了一遍："这个人确实来过对吧？"

"嗯，来过。"

"大约几点来的？"

"他发现自己走错路，从这里给对方家里打电话，是在晚上七点半。所以他待在我们店的时间，应该是晚上七点二十分到七点半之间。"

"是吗？那么，您确定是上星期六的事吗？"仓丘警官再度追问。

看来那个时间段大干昌雄的确在这家店。然而日期是否准确呢？仓丘一上来就脱口说出"上星期六"这个日期，此乃问询之大忌，也不知老板有没有留意到此等细节……他是想到这点，才又追问一句。

不出所料，这个面善的证人陷入思索。

"您还记得吗？"

"上星期六……"老板看向墙上的挂历，侧头沉吟，"是十一月十二号。嗯……日期我记不太清了。"

"嗯……"

"毕竟我最近为町内会①的干部会议忙得不可开交……"

"听说当时店里有个年轻男客注意到他走错路，给他讲解了路线。"

仓丘给出提示。提示发挥了效果，老板面露微笑。

"您说的是长井先生，他是朝日运输公司的长途司机。对，对，我差点儿忘了。他当时在店里，是他给那个人指路的。他每星期五、星期六休息，所以不是上星期五就是上星期六。"

"只有在星期五和星期六才能见到长井先生吗？"

"是啊。太可惜了，昨天是星期六……昨天他还来店里大聊市长选举的事呢。"

"那能麻烦您告诉我朝日运输公司的地址吗？"

这时，咖啡馆的门开了，两位男客结伴进来。一人留短发，高领毛衣外面套了件格纹西装上衣；另一人则是皮夹克配墨镜的装扮。穿西装上衣的男人熟络地跟老板"哟"地打了声招呼，看着像是常客。

"他就是长井先生。"老板向刑警低语，然后对男人说，"今天不用工作吗？"

"临时歇业，偶尔也得休息休息才行……我去投过票啦。"

"来得正好，长井先生。"

---

①町内会，在町（日本地方自治团体单位，介于市与村之间）内成立的地域居民的自治组织。

老板把刑警的话转述给长井。仓丘凑到他身边寻求协助。长井虽一副玩世不恭的样子，但似乎本性正直。他爽快地点点头，细看刑警出示的大干的照片。

"没错，就是这个人。嗯，他晚上七点半左右过来的，不过……那是星期六的事吗，不是星期五？"

"咦，那就是十一号星期五的事？"

长井稍显疑惑，见仓丘反应激烈，慌忙否认道："您这么一问，我也不太确定了。时间我还记得，他在这儿从晚上七点二十分待到七点半……对了，警察先生，他从这家店给对方家里打过电话后才过去的，那就是星期六没错了。"

"有道理。非常感谢。"

即便大干来过这家咖啡馆是事实，日期也未得确证。牧田和仓丘决定先问到这里，正欲离开，长井似是想到什么，突然叫住他们。他从桌边走过来，对仓丘说："警察先生，不好意思，能给我留张名片吗？"

"啊，好的，我是 A 警署的仓丘。"

"我的工作日志记得很详细，只要看看工作日的记录，连带着休息日的事应该也能清楚地回想起来。可惜现在没带在手边。"

"是吗？要是想起什么，麻烦您再联系我。"

两名刑警走出泉咖啡馆。虽说坐公交去新深江也行，但为慎重起见，他们还是乘上地铁中央线，再依次换乘谷町线和千日前线，在新深江站下车。

此站位于府道稍往西处，得走一会儿才能来到大道上。

走上新庄大和川线，路口西北角是 K 互济银行深江支行。往北走大约三百米，向西拐便是西深江公园。公园西边的十字路口再往北有一所小学。

原来是有相差无几的标志物，难怪大干昌雄下错站也浑然不觉，在夜晚的街道上四处乱转。

"深江南一丁目×番×号是在这个方向。牧田警官，就是那儿吧？"

小学附近一栋新建的住宅映入眼帘。今天是星期日，希望屋主在家，两名刑警暗自祈祷着走上前去，看到写着"加藤茂夫"的崭新名牌。大门蓦地打开，两人迎面碰上屋主。

"您是加藤茂夫先生吧。我们是警署的人，有些事想问您。"

"哦，什么事？"

加藤穿着外套，一副外出装扮。冷不防见两个警察登门，他露出一丝怀疑的神色。

"抱歉在您要出门时打扰。我们应该事先打个电话的……放心，不会耽误您太多时间的。"

"有什么事请直说吧。"

"您认识大干昌雄吗？"

"大干是和我同期进入政府机关的朋友，他怎么了？"

"十一月十二号晚上，西区发生一起交通事故，当事人提到大干是目击者。但大干说那人认错人了，十二号自己在一个姓加藤的朋友家里，所以我们来确认一下。"

"是吗？"

加藤茂夫愈显狐疑。

"您说的是十一月十二号对吧？"他反问道。

"是的。"

"我不清楚您说的交通事故是什么情况，总之跟他没关系。十二号星期六晚上，大干在我家。另外四个同期的朋友也在。我前些天刚从泰国出差回来，叫上几个玩得好的朋友来家里开了纪念派对。"

"这样啊……大概在几点呢？"

"大家从晚上七点一直喝酒玩闹到晚上十点……不对，等等。他迟到了。"

"大干先生聚会迟到了？果然是因为交通事故耽搁了吧。"

加藤茂夫很认真地否定道："不是的。他说是坐地铁下错站了，半道上……是在晚上七点半，他给我打了个电话。结果他到我家时都过晚上八点了。大家笑了他半天。"

"原来如此。感谢您的配合。"

仓丘警官将从大干那里听来的同席朋友的名字又向加藤茂夫确认了一遍。如此一来，大干昌雄当晚的不在场证明貌似成立了。然而仓丘打心底觉得有哪里不对劲。

2

辞别占卜师今井象仙时已过下午两点。被拉面的香味吸引，水户巡查部长吃了顿稍晚的午餐。还不待喘口气，水户便投入下一步行动。他和工藤副教授约好下午三点见。

星期日的南街闹市人山人海。水户巡查部长独自默默穿行于人群。按说应该两人一组行动，不过水户这天不当班，于是牺牲休息日单独行动。他要处理前些天随须潟警部拜访岸滨家后的遗留问题。

岸滨夫妇讲述的不在场证明，从常理来看全盘接受也未尝不可，但这两人以那种形式与此案扯上关系，其供词不能照单全收，有必要进行核实。须潟警部把这个任务交给了他。

水户这般尽职尽责的人，身负此重任，在家里是绝对坐不住的。

他的笔记本上写有岸滨龙二的行动时间表。

> 十四点　在长堀俱乐部（关协大厦四楼）。
> 十八点　和会员井上五郎一起离开俱乐部，从阿波座坐地铁到难波。
> 十八点十五分　在难波与井上分别。
> 十八点三十分　在近铁难波站的咖啡摊偶遇工藤副教授。
> 十八点四十分左右　乘上奈良线的普通列车。
> 十九点十分左右　在枚冈站下车，到东大阪市新町×号拜访住田勉，对方不在家。
> 二十点三十分左右　从枚冈站乘车。
> 二十一点左右　在日本桥下车。
> 二十一点多　进入日本桥一丁目的七尾酒吧。
> 二十三点左右　坐出租车从七尾酒吧回到万代的家。

水户巡查部长今早去京都打探占卜师的消息前，已高效地去都岛登门拜访过最初的证人井上五郎。

井上五郎董事的回答清楚明了。

"我和岸滨先生从下午两点起，一直在关协大厦四楼的长堀俱乐部待在一块儿，六点结伴离开大厦，从阿波座坐地铁到难波。我提议一起吃个晚饭，但岸滨先生说有事要去枚冈，我们就分开了。您问时间？嗯……是在刚过六点十五分的时候。"

其后，水户打电话给工藤，对方将见面时间定在下午三点。

荣和短大副教授工藤镇夫独自居住在黑门商业街的一栋公寓。下午三点整，水户按响门铃。

工藤给人以温和而认真的第一印象，他对水户的工作表示理解。

"我有段时间没见岸滨了，那天在近铁难波站的咖啡摊偶然碰见他。他说要坐下一班普通列车去枚冈，我们聊了五分钟左右，他就先走了。仅此而已，总之我的确遇见他了。"

"大约几点遇见的？"

"应该是六点半。我几乎每天下班路上都会去咖啡摊读晚报……电车到站的时间是固定的，所以我向来在那个时间过去。"

"这样啊。"

水户唯有点头。

"警察的工作也真不容易啊。难得来一趟，喝杯咖啡如何？"

"不，不用费心了。"

尽管水户推辞，工藤还是麻利地手冲了一杯咖啡。混合咖啡意外地好喝，说实话，对精疲力竭的水户而言，这样的慰劳可谓求之不得。

工藤似乎很想知道身陷新闻旋涡中心的岸滨的近况，借着闲聊打探。水户对此避而不谈，礼貌道谢后离开公寓。

接下来，水户去高津二丁目的公寓拜访了正要出门上班的北村澄子。她是日本桥七尾酒吧的外聘店长。

"他最近都没怎么来过，那天晚上突然就过来了……晚上九点左右。他说去拜访枚冈的朋友扑空了，回家路上过来坐坐。

晚上十一点，他叫了辆出租车离开。警察先生，到底发生了什么事？我看到新闻吓了一跳，还跟店里的员工们议论来着……"

所有调查结果都切实印证了岸滨龙二的供述。话说回来，这些事问问就能知道，他不会撒这么明显的谎。若是强迫证人做伪证则另当别论，但综合各种角度考虑，基本可以否定此种情况。

只不过，岸滨往返枚冈朋友家的六点半到九点这段时间，依然是一片空白。

据警方调查，家住东大阪市新町的住田勉确有其人。他结束旅行回到家，发现电话里有岸滨的录音留言。但这不能构成不在场证明的依据。至于更进一步的调查，目前还希望渺茫。

那么岸滨凉子这边又如何呢？她的行动时间表如下。

> 十七点　在南映文化厅做演讲。
> 十八点　结束演讲，开私家车到东天满。载了砧顺之介一程。
> 十八点三十分　到东天满的滨餐厅参加朋友聚会。
> 十九点　中途离席，独自离开滨餐厅。
> 十九点四十分　到达心斋桥的千子的店，因壬庚子未如约现身，旋即折返。
> 二十点半　回滨餐厅的停车场取车。
> 二十一点稍过　回到万代的家中。

水户巡查部长来到高津二丁目西北方向不远处的岛之内×丁目，敲响木川妙子的家门。她是当晚滨餐厅聚会的组织者。

"现在回想起来，凉子当时看起来闷闷不乐的。她没在送别会上待多久就走了,席间为此不停地道歉。我们几个是很要好的朋友,所以大家对此并没说什么,但之后闹出那种事……估计她是有什么苦衷吧。"

"嗯……"

"我跟须田绿也聊过这事。前些天我给凉子打电话,只听到留言提示音,自那以后就没跟她本人说上话。警察先生,现在到底是什么情况,我们都很放心不下。"

总之,当晚六点半到七点,岸滨凉子的确在滨餐厅跟三个朋友待在一起。

时至傍晚,水户再度回到心斋桥筋,走进小巧精致的服饰店千子的店。

听说店长斋田千枝子曾是T歌剧团成员。水户对这个行业不太了解,但能从她身上感受到歌剧演员的气质。

"不巧那会儿我离开了一下,接电话的是值班的员工。闹出那样的案子后,大家都知道了壬庚子小姐这个人,可当时她乍一下没听明白。后来她好不容易才弄清楚,对方本来和岸滨女士约好在这儿见,打电话过来是要取消会面。"

"原来不是您接的电话?"

"对啊。她说接完电话后,岸滨女士来到店里,听完原委就马上回去了。跟我回到店里几乎是前后脚。"

店员上村爱子是个靠谱的姑娘,她说因为是店长不在时接到的电话,所以做了记录,时间记得很清楚。

"接到那通电话是在晚上七点三十五分,对方说:'岸滨凉子女士在店里的话,麻烦让她接电话。'我说她没来店里。那人自称壬庚子,说:'岸滨女士会过去的,等她到了店里,麻烦你转告她我来不了了。'我根本没听店长提过这事,一头雾水。挂断电话没一会儿,岸滨女士就来了,当时是晚上七点四十分。"

"嗯,然后呢?"

"我把刚才的电话转告给她,她说了句:'是吗?谢谢你。'见店里只有我一个人,她又问起店长:'斋田小姐不在吗?'"

"嗯……"

"我说店长这会儿暂时离开了,她就说:'那我先告辞了,再会。'说完就走了。"

"您对岸滨凉子女士很熟悉吗?"

"不,那是我第一次见她。但以前看过照片之类的,所以认得她的脸。"

"这样啊……"

水户点点头,继而转向店长询问道:"斋田小姐,我想问一下,您事先知道岸滨女士和壬庚子小姐约好在这里见面吗?"

"不知道,完全没听过。先前倒是听岸滨女士提起过这个叫壬庚子的占卜师,但我从来没见过她。"

"是吗?"

"闹出那样的案子后,我给岸滨女士打过电话,对面是留言提示音。不过,听到我的留言后,她先生给我回了电话。"

"哦……"

"他很礼貌地解释说,岸滨女士受到打击,不想跟任何人见面。"

"好的,我明白了。"

"但是,警察先生,我觉得很奇怪。"

"您是指什么?"

"这孩子接到自称壬庚子的女人的电话,是在晚上七点三十五分。可电视上说，那个装着断手的盒子是晚上七点送到服务社的。"

水户苦笑道："正如您在新闻上看到的，据推测，那具被切下头颅和右手的尸体是壬庚子。那么，晚上七点三十五分上村小姐接到电话时，壬庚子已经死了，打电话的人是冒牌货……您是想说这个吧？"

"这到底是怎么回事？"

"目前还在调查，所以我才会像这样对时间方面的细节刨根问底。警方一定会查清楚的。"

"电视上说已确定有一名女性同伙……"

"以我们的立场，现在还无可奉告。非常感谢您的协助。"

水户拒绝回应斋田千枝子的好奇心，离开了千子的店。

★

走出地铁阿倍野站南口来到路面上，已是日暮时分。

夕阳的余晖映照着大楼的窗户，不知不觉间，凝滞着假日倦怠与喧嚣的终点站染上黄昏的暗色。

牧田巡查部长一言不发地走起来。仓丘警官在冷风中不由得缩起脖子，也一脸凝重地沿着上町线的路面轨道向着警署迈进。

回到A警署，仓丘拿茶杯用自助茶水机接了杯茶，坐到桌边。他咕咚喝下一口茶便陷入沉思，一副神游天外的表情。

"仓丘警官，晚饭吃咖喱饭怎么样……咦，你这是在做什么？"牧田对仓丘说道。后者正盯着笔记冥思苦想。

"我在琢磨大干昌雄的不在场证明。怎么看都牢不可破啊。我本来还想着会不会有什么漏洞……倘若他的说法属实，那他星期六晚上的行动就是这样。"

> 十八时十七分从守口出发—在谷四换乘—十八时五十分到达深江桥—寻找加藤家（约三十分钟）—十九时二十分进入泉咖啡馆—十九时三十分给加藤家打电话—离开泉咖啡馆—二十时稍过到达加藤家

"如果认可他寻找加藤茂夫家的那半小时空白没问题，不在场证明就成立。可他四处徘徊的足足三十分钟没有任何人能做证，我觉得这段空白时间没准可以用来作案，就试着计算了一下。"

"嗯……"

"大干说他没赶上六点十分从守口开出的那班车，只好坐后一班，但说不定他坐的就是十分那班。不过这样也只能多出七分钟，所以这点不是关键。"

"这行不通吧。"

"可是，牧田警官，有件事我有点儿在意。那个姓长井的司机一开始说觉得大干来店里是星期五的事。虽然他后来又否认了，但那可能是因为他得知大干之后去了加藤家，导致记忆模糊。"

"假如大干确实是星期五去的咖啡店，情况又如何呢？"

"假设大干出现在泉咖啡馆是前一天星期五晚上七点二十分到七点半的事，那么他就完全有可能作案。"

仓丘警官换了张新的便笺纸，以工整的字体逐项罗列。

"就像这样……"

> 十八时十七分从守口出发——十八时三十六分到达南森町——十八时四十五分从占卜教室运出尸体——十九时二十五分弃尸——十九时三十分在附近给加藤家打电话——十九时三十二分从弁天町出发——在阿波座换乘千日前线——十九时五十二分到达新深江——二十时二分到达加藤家

（后来得知，同伙从占卜教室运出尸体是在晚上六点四十分。如此看来，仓丘警官推测大干坐的是六点十分从守口出发的那班车，算是言中了。）

"原来如此，等警方开始调查不在场证明时，已经过去好多天了，证人的记忆会变模糊。他算准了这点。真能那么顺利的话倒是可行，但这种做法风险相当大啊。"

"可现状就是，即使感到可疑，如果证人的记忆出错，我们也无计可施。眼下那个证人是我们唯一的救命稻草。希望他能清楚地回想起来。"

恰在此时，有人给警署打来电话，指名要找仓丘警官。来电的正是仓丘刚刚提到的司机长井。

"喂，是仓丘警官吗？之前您问的那事，我当时有点儿记不清了。到家后我查了工作日志，可那两天都是空白，真伤脑筋。我试着根据前后的工作记录联想，可怎么也想不起来。看来是帮不上忙了。"

"这样啊……"

"本来呢，星期五、星期六这两个休息日，我嫌一个人待在住处无聊，晚上基本都会去那家泉咖啡馆。不过，上星期的休息日,其中一天晚上我去绿桥看成人电影了。那天是星期五还是星期六我不太确定。瞧我这说话没个准儿的,实在抱歉。"

"没事……"

"当时我觉得好像是星期六去的电影院,所以才那么说。我成天去那家咖啡馆晃悠,所以老板记得也没那么清楚。我真是爱莫能助……"

"没关系,谢谢您。"

仓丘警官对长井的热心表示感谢,随即挂断电话。

"看样子是没戏了?"

"很遗憾,他的话模棱两可,构不成证据。我想明天再去找大干科长一趟。"

"倒也无妨。但我看你好像直接假定大干是凶手,只拘泥于他用轻型厢式车搬运了布施香子的尸体这一种假设啊。"

"这么想很正常吧。"

"疑似壬庚子的女人在那栋房子里跟布施香子相继遇害,之后又有个神秘女人弃置头颅和断手。存在未知的女性同伙是确定无疑的,必须结合这一点来思考。"

牧田巡查部长委婉地劝诫仓丘不要囿于成见。

"我明白。您是想说,开车运尸的不一定是大干,完全有可能是别人,所以,在信息有限的情况下,只研究他的不在场证明也没有意义,对吧?"

"我倒不是说没有意义。只是——"

"无论如何,我总觉得大干昌雄隐瞒了什么……"

★

砧拿起听筒,对面传来熟悉的女声。

"我是岸滨凉子……前些天真是多谢了。"

"不用客气。后来好点儿了吗?"

"精神还不错,不过打算先安心静养一段时间。其实我有件事要向你道歉。"

"什么事?"

"我和女子棋手飞骅桂子的那篇对谈,说好要给你看的,可我不小心弄丢了。"

"咦,怎么回事?我记得你前些天晚上说,你把飞骅小姐的那本杂志借来了。"

"是啊。那是本独立杂志,叫《阳光房》,十页左右的薄册子,去年年底出到第三期就停刊了,现在哪儿都买不到。我把飞骅小姐作为纪念珍藏的唯一一本借了过来,但这段时间我脑子晕晕乎乎的,好像把它混在广告传单里扔掉了,这下找不回来了。"

"哎呀,这可真是……都怪我强人所难,反而给你添了麻烦。"

"怪我自己不小心,我跟飞骅小姐道过歉了。不管怎么说,没法拿给你实在遗憾。"

"没办法,这也是常有的事。你不用对我感到过意不去。贸然提出请求,该我道歉才是。夫人,现在的风波也早晚会平息的。等一切尘埃落定,我还要好好向你讨教一下将棋呢。"

3

星期一早上,仓丘警官前往政府办公楼,在走廊和大干昌雄迎面碰上。

"啊,您又过来,是找我有什么事吗?"

大干昌雄绷着脸站住。

"恕我冒昧,我们去确认过您的不在场证明。没什么问题,只是……"

"只是什么?"

"给您指路的人说过一句'不是星期五吗',让我有点儿纳闷。"

"您想说我是星期五去的那家泉咖啡馆?警察先生,您又是唱的哪一出啊?"

仓丘警官暗示,若大干星期五去泉咖啡馆,过后诱导别人误将那天当作星期六,那他就有可能运尸。

言辞再怎么含蓄,在这种地方也算得上出言不逊。大干会不会下一秒就发起火来?仓丘心里捏一把汗。

"仓丘警官,在这儿站着说话也不是事儿,要不要去喝杯咖啡?"

未承想,大干笑眯眯地提议到地下的咖啡屋谈。

"干警察这行的人还真是满脑子奇思妙想。我可没做那么离谱的事。"

大干从容不迫地喷出一口烟雾。

"是那个人记错了。我就是星期六去的咖啡馆。因为这种暧昧不清的证词,一个搞不好我就会被当成凶杀案嫌疑人,真让人吃不消。"

"唔……"

"星期五我去看电影了。"

"电影?去哪儿看的?"

"看您好像满腹狐疑的样子,我就详细讲讲吧。"大干微微一笑,"星期五,我准时从政府机关下班后,和职员津川一起离开。我们在阿倍野地下街的轻食茶室喝咖啡到六点半,然后我跟他分别，走进阿倍野地下剧场。最后一场是六点五十分到九点，我是六点四十分入场的。"

"哦，您看的是什么电影？"

"影片名是《丽人劫》。晚上九点散场后，我走出电影院，遇上老朋友木村跟我打招呼。他是我在高中电影研究社的朋友，现在在北滨的不二证券工作。他刚好也来看了那场电影，我俩连呼好巧，一起喝了杯茶后各自回去了。"

"哦……"

"也就是说，星期五我是有不在场证明的。"

"原来如此。"

"加藤茂夫肯定也说星期六晚上我确实去他家了吧。"

"是的……"

"那不就没问题了？"

"我明白了。那个，能请您顺便告诉我一下这位不二证券员工的信息吗？"

"没问题。对了，我有他的名片……给。他叫木村光晴。您去问他就行。"

仓丘警官一边与大干对话，一边暗中观察他的神情举止，只见他一副气定神闲的模样。

（果然是我想多了吗……）

仓丘大失所望。

也许是因为仓丘一直在怀疑大干，所以才会觉得他在处心积虑地拼凑不在场证明。

即便如此，为慎重起见，仓丘警官还是去拜访了据说直到大干进入电影院都跟他待在一块儿的总务职员津川。津川这人看起来很实诚。

仓丘随便找个借口开始问话。津川果然露出怀疑的神情，但还是很配合地回答了问题。总不可能是两人串过供，因此可以确定大干说的是事实，毋庸置疑。

仓丘警官还去北滨拜访了不二证券的木村股长。

"高中毕业后，我跟大干就几乎没再见过。我俩都是电影迷，那天互相感慨着有缘，叙了叙旧。没错……是星期五。"

仓丘再度确认大干所言非虚。

话说回来，他也没太指望会得到否定的回答。看大干那副态度，便能预料到这样的结果。他的不在场证明牢不可破。

（但是……等等。）

仓丘警官细细思索。

（大干有确凿不在场证明的时间段，只有进电影院之前和出电影院之后啊。）

要是邻座有熟人能做证他那晚在看电影，还姑且可信，若非如此，这份不在场证明就相当含糊了。中途溜出电影院去泉咖啡馆，办完事再回来，亦不无可能。

这种伪造不在场证明的方法虽然简单而常见，却无比棘手。只要没有格外明确的反证，大干声称自己当时在电影院的主张就是有效的。

"应该会有突破口……"

仓丘警官在回警署的路上，依然锲而不舍地思考着。

★

同一天早上，砧顺之介造访天王寺区北山町的警察医院外科大楼，探望Y警署的神乐良平。

"感觉怎么样啊，神乐……"

"哟，砧先生，抱歉麻烦你特地跑一趟。我跟护士长软磨硬泡，说一定要见你一面，拜托她给你打电话。"

明亮的阳光透过窗帘照进单人病房。警察同事送来的慰问花束，令病房单调的氛围缓和了一些。

砧以前因牵扯进某起案件而结识了神乐。他跟这个年轻刑警特别投缘，自那以后就成了朋友，交情甚笃，能够彼此敞开心扉畅所欲言。

"到底怎么回事？千万别着急，把工作都抛到脑后，先安心养病吧。"

"谢谢。但唯独这件事我觉得还是告诉你一声比较好……"

"是很重要的事吗？"

"毕竟如你所见，我最近一直卧床不起。昨晚我才刚看了这些天的晚报。"

神乐警官开始讲述……

十一月三日晚，女招待濑川雪子于淀川区松月庄公寓遇害，此后神乐不断追踪嫌疑人小岛逸夫的行动。出乎神乐预料的是，警署将调查矛头对准了雪子的前夫尾上克巳。

某天，神乐去跟踪小岛的朋友风山秀树，过后回到警署，感觉气氛与往日不同。搜查主任心情颇佳地对他说："哟，神乐警官，辛苦啦。刚才尾上过来自首了。"

"咦，尾上？怎么会……"

是因提复婚谈崩而行凶。神乐只得接受现实，不甘地闭上了嘴。

由于雪子的前夫自首，案件轻而易举解决。就在翌日……

从警署回家的路上，神乐在辖区内的弹珠店偶然发现正被全国通缉的男人。想着再磨蹭下去肯定又会被他跑掉，神乐遂独自跟上去。他从冢本站尾随至桃谷站，刚踏进位于胜山的公寓，便遇上两名同伙，与其展开激烈搏斗。身穿制服的巡警赶来支援，与神乐合力逮捕了对私售手枪生意亦有染指的恶性犯罪团伙。神乐单枪匹马行动固然莽撞，却取得意外战果。只是，他于打斗中遭利刃刺伤，还骨折了，就这样被抬进医院。

"砧先生，我一看报纸，发现在我一无所知的这段时间里发生了分尸案，闹得满城风雨。听说十一月十七号，在弁天町建材存放处发现了名叫布施香子的女人的尸体。"

"那个案子是须潟警部负责的，我也因为某些原因扯上些关系。有什么问题吗……"

"这是我的工作日志，你看看十一月十四号的部分。"

"西成区潮路二丁目×号，光公寓十号室，布施香子……你怎么——"

"十四号星期一，也就是发现尸体的三天前，我去过她的公寓。"

"嗯，干得漂亮。能详细讲讲吗？"

"就是刚才说的女招待遇害案。"

"嗯……"

"当时我推测凶手是小岛逸夫，可小岛有不在场证明，证人叫风山秀树，是明新商务的员工。我一直在追查风山。这只是我个人的直觉，我总觉得他在隐瞒什么。"

"原来如此。"

"从结果而言，女招待遇害案是我判断错误，但怀疑小岛和风山身上有隐情的直觉算是应验了。"

"嗯……"

"十四号星期一，那时候我完全没想到尾上会来自首。我看到风山在公司午休时间外出，就悄悄跟了上去。他坐地铁到岸里，直奔光公寓。根据报纸上的报道，当时那个女人已经遇害，自然不在家。风山和她隔壁的主妇交谈几句，随即离开。之后我把风山去张望的那一户的名牌记了下来。"

"后来你住院了，对分尸案的进展浑然不知……接着——"

"没错。我一看报纸，发现被害人的名字是布施香子，莫名眼熟，确认过日志后惊讶得不行。"

"哎呀，你这可是大功一件。"

"说来风山确实有几分像那个电视明星，但他一身商务公司职员的装扮，穿着西服，戴着无框眼镜，气质还是略有不同，更偏知性。应该没有人会把他和明星联想到一起。"

神乐警官是以半躺半坐的姿势讲话，加之有些激动，大口喘息起来。

"不要勉强……就说到这里吧。"大场护士长扶神乐躺下，转头严厉地对砧说道。

"等等，护士长，我没事。啊，砧先生，还有个很关键的事我忘记问了。"

见护士长板着一张脸，砧顺之介手足无措。他微微低头致歉，轻轻靠近神乐的病床。

"什么事……"

"可惜我只能根据报纸上的报道推测，没法获得更准确的情报。我想问问，被我一路跟到光公寓的风山，和出现在南森町榆树咖啡店的男人，是同一个人吗？"

"嗯……毕竟有证人。"

"不，榆树咖啡店和光公寓两边没有共同的目击者。不是同一个人的话，倒是没问题。"

"什么意思？我不太懂。"

"假如榆树咖啡店这边的证人当面见过风山后，确认看到的是他本人无误，那就有点儿奇怪了。所以我才拜托你过来，砥先生。我觉得这事你一听就能懂。"

"到底怎么回事？"

"小岛逸夫提出不在场证明，主张自己十一月三号晚上在梅田三番街。而他声称当时跟他在一起的，就是风山。"

砥总算明白了神乐的言下之意。

"原来如此。那个男人十一月三号和十二号都出现在了榆树咖啡店。"

"是的。所以我认为，三号晚上人在三番街这一不在场证明，是小岛和风山统一口径编造的谎言。"

"如果这个不在场证明是假的，那风山三号晚上就有可能出现在榆树咖啡店了。"

"重点就在这里，小岛逸夫明明不是杀害女招待的凶手，却和风山一起伪造出那样的不在场证明，我实在搞不明白他们图什么。那天晚上，风山去榆树咖啡店见布施香子了。破案的关键或许就在于此。"

"谢谢……神乐，接下来的事就交给我吧。我会联系须潟警部，尽快做出安排。你好好保重身体，慢慢养病。"

砥顺之介匆匆跟护士长打声招呼，走出病房。

第七章 昏 迷

1

杀害女招待的凶手近日投案自首,风山秀树不必再为做伪证而苦恼,如释重负。但他没能踏实多久。

读过晚报,他大吃一惊。拜咖啡店女服务员的证词所赐,警方好像正在追查他这个"神秘青年"。报道里还说他的容貌与某电视明星一模一样,令他哭笑不得。

那多半是她的主观感受。即便是咖啡店老板娘,怕是也对他没什么印象。老板娘不过是附和服务员的说法,借机在媒体上宣传店铺罢了。而报社估计是为了造噱头,才大书特书"与明星一模一样"云云。

他这么想着,对镜端详。别说,他开始觉得,在有些人眼里可能还真有点儿像。

但他在公司一般都戴着无框眼镜,想来没人注意到这份相似。要真有那么像,公司同事早就议论纷纷,发现他就是那个神秘青年了。因此,这一点无须担忧。不过以后不能贸然去榆树咖啡店了。小心驶得万年船。

实际上,还有一个女人知道那天在咖啡店的是风山。

只不过，她构不成威胁。

虽然那天晚上他与她情投意合，在情人旅馆共度春宵，但她是有夫之妇，即使意识到报道里说的人是风山，也只能闭口不提。当然，后来他没再联系过她，那仅仅是逢场作戏。

他沉浸在纷繁的思绪中，凝视着报纸。忽然，他心里泛起一阵不安。明天那个刑警会不会又找上门来？

隐隐的不安很快化为现实，只是与预想略有不同。找上门来的不是那个难缠的刑警，而是私家侦探砧顺之介。

"我想问问您的朋友小岛逸夫的事。您肯定知道小岛先生和水野商会社长千金的婚约吧。本来诸事顺利，却出了些令人在意的事，对方便委托我来调查。"

"您是指女招待濑川雪子小姐遇害案吧。"

"是的。小岛先生受到警察问询，对方对此有些介意。"

"可小岛那件事不是已经解决了吗？听说凶手是女招待的前夫。"

"对，没错。是这样，那个案子表面上算是解决了，但还存在疑点。这不仅跟小岛有关，风山先生，您也脱不开干系。"

"什么意思？"

"我想问的是，小岛明明不是杀害女招待的凶手，你们为什么还要伪造那样的不在场证明？"

"呃……"

"风山先生，三号晚上，您不可能跟小岛先生一起待在梅田三番街。您那天人在南森町的榆树咖啡店，去见一个名叫布施香子的女人，对吧？"见风山显出动摇，砧顺之介乘胜追击，厉声说道。

"是的。我就知道迟早会暴露。"风山痛快地承认了。

"三号和十二号,您去榆树见布施香子。十四号去她公寓的那个人也是您,对吧?"

"没错。"

"您和眼下闹得沸沸扬扬的分尸案有关,正好朋友小岛逸夫来拜托您伪造不在场证明,您就顺水推舟当了他的证人。这样一来,您就能把自己从分尸案里择出来了。我说得有错吗?"

"等一下,这未免有些过分了。我是受专务董事所托才来见您,还以为是要谈小岛的事。您是不是有点儿跑题了?砧先生,我久仰您的大名,可是……"

"您想说这是越权行为吧。的确,我没有这个资格。但是,风山先生,请您好好考虑清楚。只要愿意,警察就能为做伪证的事和咖啡店的事讯问您。以您现在的处境,受到怀疑也无可奈何。但您也要顾及体面,想必不愿意跟警察打交道吧?所以才由我来代为问话。您理解为警方要求的私人问话就行。"

风山也不想心里一直悬着一块石头,无法专心工作。对砧的人品有所了解后,风山点头道:"我明白了。虽然由于种种离奇的巧合卷进这两起案件,但我单纯是个局外人,不是凶手。现在你们查到我了,若非如此,我本打算沉默到底的。演变成这种局面也没办法,我就完完整整地从头讲起吧。"

"拜托了。"

"我和布施香子是以前在酒吧认识的,交情不深。十一月三号晚上,我走进南森町的榆树咖啡店,看见布施香子跟一个陌生女人在一起。我之前没见过那女人,后来才知道她是占卜师壬庚子。两人交谈片刻,壬庚子先走了,我便过去跟布施香子打招呼。我俩好久没见,那天晚上一起去南街吃了顿饭,吃完就分开了。晚上十点多,我回到位于桑津的公寓,看到小岛正在门口等我回来。他把发生在十三站的女招待遇害案原原本本地告诉了我。"

"嗯……"

"小岛有了婚约,去跟女招待提分手,结果发现尸体,慌慌张张地跑走了。他来拜托我制造不在场证明。其实当时我本该劝他跟警察如实交代情况,但是……我欠他一点儿人情,不好断然拒绝。然后……我就设计出那样一份不在场证明,我们俩对警察都用那套说辞。至于欠他人情,是这么回事……"

风山秀树把来龙去脉讲了一遍。

"您肯定会觉得不可理喻吧。但那时候,见小岛一副走投无路的样子,我实在不忍心袖手旁观。希望您能理解。"

"嗯……"

"另一方面,我是觉得,就算这份不在场证明被推翻也没关系,毕竟人本来就不是小岛杀的,只要抓到真凶就万事大吉。虽说最后杀害女招待的凶手投案自首,小岛的清白得到证实,但在真相大白之前……小岛见不在场证明很快就要被戳穿,惊慌失措,又来找我求助了。"

"嗯……"

"我三号晚上跟布施香子在一起,要是小岛因此遭到怀疑,伪造不在场证明的事败露,可就糟了。所以我打算去找布施香子说明情况,拜托她在说辞上配合一下。我决心坚称三号晚上跟小岛在一起,死不改口。既然我都面不改色地对着警察做过伪证了,事到如今已经没有退路。于是我跟布施香子约好十二号在榆树咖啡店见面,准备向她坦白此事。"

"哦……"

"接下来就是十二号星期六的事。我和香子约好六点见，但我到得太早，就在商业街闲逛。没想到五点三十五分的时候，我看到两个人从咖啡店出来，是香子和前几天见过的壬庚子。我生出几分好奇，悄悄跟了过去。香子六点还要跟我见面，应该不会走太远。两人走了五分钟左右，进入占卜教室。那时候我才知道有占卜教室这么个地方，心想'原来她的推算室就在这么近的地方啊''她俩要在那里谈事啊'。她俩之前那次也在嘀嘀咕咕地交谈，不知道是什么情况。"

"那么，风山先生，您确实看见两名被害人走进了那间占卜教室，是吗？"

"是的。"

"大约几点进去的？"

"都说了，傍晚五点四十分左右。"

"好的，我知道了。然后你都做了什么？"

"我回到商业街，打发了会儿时间，六点整走进榆树咖啡店，在那儿等了大约十五分钟。左等右等不见香子过来，我决定去探探情况，就又去了趟占卜教室。快走到壬庚子那栋房子前时，我看到有个漂亮女人站在占卜教室门口，当时是六点二十分。"

"哦……"

"我不清楚她是刚从教室里出来，还是过来后见教室大门紧闭只好回去，总之她离开壬庚子的房子朝这边走过来。我避开那女人，走到教室前，发现大门锁着，按门铃也没人应。沿那栋房子北边的路也能走到商业街，我想也许布施香子从那边去榆树咖啡店了，跟我正好错过。但我感觉刚才那女人身上似乎有些隐情，在好奇心驱使下迅速折返尾随其后。她往东走了一段,来到一家叫'滨'的餐厅。"

"嗯,我知道。"

"那家餐厅从壬庚子的教室步行四五分钟就能到,旁边有专用停车场。这时有辆轿车开进停车场,那女人走近轿车,坐进副驾驶座。我身处暗处,并不显眼,而车里的情形在停车场明亮的灯光下一清二楚。她和开车过来的女人在车里交谈片刻,不一会儿,两个女人同时下车,其中一人进入餐厅,另一个人走出停车场,往商业街的方向去了。当时我感到很奇怪。砧先生,那两个女人的衣着和容貌都一模一样。"

★

"衣着和容貌都一模一样……是怎么回事?"砧疑惑地反问。

"不知道。总之特别像,跟双胞胎一样。可我总觉得哪里不对劲。其中一人进了滨餐厅,估计一时半会儿回不来,我当即做出判断,跟在另一个女人后面,想看看她要去哪里。现在回想起来,我自己都搞不懂当时为什么要那么做,可就是架不住好奇心作祟。那女人来到商业街尽头的地铁站,走下台阶。我断念折返,从外面往榆树咖啡店里张望,见布施香子好像不在,就又回教室去查看情况。我到占卜教室时是六点四十分,这时从大门旁边的车库开出一辆轻型厢式车。车开到路上后,从驾驶座下来一个男人。他放下车库的卷帘门,重新上车,开车离去。"

风山并未察觉自己又做出一番重要发言。然而听者没有插嘴提问,只催促他继续往下说。

"车开走后,四周鸦雀无声。我去推教室的大门,这次门没锁,一推就开了。我喊着布施香子的名字走进屋里。我以为壬庚子和布施香子还在那栋房子里,但屋里一片寂静,似乎没人。我把二楼和地下室也找了个遍,连个人影都没有。我又想到她们会不会在浴室里,可浴室那边也没动静。这时我意识到自己无意间私闯民宅了,赶紧走到外面。我在那栋房子里一共待了五分钟左右,然后就马上回到榆树咖啡店了。"

"嗯……"

"我回到咖啡店是在六点五十二分左右,布施香子果然还没来。我以前的一个女性朋友碰巧也在店里,我提议一起吃顿饭,带她去了滨餐厅,因为想看看刚才那个女人。谁知刚到餐厅门口就遇上她,她正要出来,当时是晚上七点整。擦肩而过时,我回头看了她一眼,朋友便问我是不是认识那个人。我说不认识。朋友说:'我知道她,她是设计师岸滨凉子。'"

"嗯,然后呢?"

听者佯装不知,催促后续。

"然后嘛……我们吃完饭,去樱之宫的酒店过了一晚。女方的名字我不便透露。她老公当时出差在外。"

"没关系,我相信你的说法。"

"星期六晚上没有见到布施香子,我有点儿担心,星期一就去了趟她的公寓。见她不在家,我就回去了,后来才知道那时她已经遇害。我成了传闻中的神秘青年,不过如您所见,我和那个明星要说像,可能是有点儿像,但我在公司时的形象跟他不是一个气质,所以谁都不会把我和他联想到一起。小岛的事是一方面,另一方面也是顾虑到刚才提起的那个女性朋友,所以我希望尽量瞒下这些事,没有主动出面做证的想法。"

沉默持续片刻。或许是因为将心事尽数倾吐了出来,风山感到胸中块垒一扫而空。

"大致经过我明白了。有两三个细节我想问一下。您刚才说，六点四十分的时候看见从占卜教室的车库开出一辆轻型厢式车，车牌号您还记得吗？"

"这我就没印象了……当时我根本想不到车里竟然装着尸体。"

"男人为了放下卷帘门而下过一次车，对吧？他有什么特征？"

"虽然有路灯，但我跟他有段距离，所以看得不是特别清楚，只能看出他戴着黑框眼镜，身穿夹克，年纪在三十岁上下。"

"好，这些足够了。另外，还有件事有点儿奇怪。"

"什么事？"

"六点二十分站在占卜教室门口的那个女人去了滨餐厅的停车场，这时开来一辆车，她坐进车里，跟驾驶座上的女人交谈。不一会儿，两人下车，其中一人走进滨餐厅。之后你和朋友一起去滨餐厅，正好遇上刚才那个女人出来，此时你得知她是岸滨凉子，对吧？"

"没错，是这样。"

"这么说来，还有个酷似岸滨凉子的女人，她去了南森町地铁站。"

"是的。"

"接下来呢……我就要问个有点儿奇怪的问题了……这事非常关键，请仔细听好。"

"什么啊？"

"姑且称开轿车来停车场的女人为A，从占卜教室走去停车场的女人则称为B。A、B两人在车里交谈片刻后，下车分头行动。那么，走进餐厅的女人，是A还是B？"

"我又没有站在她们旁边，这个就……不太清楚了。两人下车后说了几句话才分开，我也分辨不清哪个是哪个。"

"这样啊。"

砧顺之介思索一阵子，又抛出下一个问题。

"风山先生，您刚才说，六点四十分轻型厢式车开走后，您在那间占卜教室里四处寻找了五分钟左右，对吧？"

"是的。"

"您看过报纸，想必知道分尸案死者的肢体就是在那间教室里发现的。从时间推测，当时您应该看见了无头尸。"

"没有，我去的时候根本没看见有尸体。"风山秀树否认道。

"没有吗……嗯，报道上说，尸体是在推算室的绒毯上发现的，周围沾有分尸时溅出的血迹……您什么都没看到吗？"

"这还用说？连尸体都没有，当然更不会有什么血迹。那间教室里真的一个人都没有。"

"是吗？"

砧深深点头，再度陷入沉思。忽然，他似是想起什么，问道："据说桌子底下有个沾血的手提包。"

"我没注意。您说的手提包，是布施香子的东西吧？可能有吧，但我根本顾不上观察这些。"

2

同样在二十二日上午，A警署搜查本部的水户巡查部长因事前往阪南町。

正好来到附近，他有些挂心，就去岸滨商会的事务所看了看。出乎意料的是，室内空空荡荡，只有岸滨一人坐在桌前。

"警察先生，如您所见，这边的工作本来就不顺，那场骚动后更是雪上加霜。我会让那四名员工辞职，还要留出缓冲时间，暂定年底关张。"

"唔……"

"我打算等案子彻底解决,到了明年,再重整旗鼓做些别的事。"岸滨龙二垂头丧气地说。

★

当天晚上,砧顺之介事先打过电话后造访岸滨宅。

出来迎客的不是龙二。

"砧先生,欢迎过来。我知道你打过电话,不过我先生刚才有急事出门了。他让我替他向你问好。"

"是吗……"砧略为踌躇地说,"夫人,换作平时,我会改天再来,但说实话,有些事我希望你能听听,不知你方便吗?"

"好,没问题……来,请进。"

砧被带到客厅。

不一会儿,她端来泡红茶的茶具。

"我家用人自那以后一直在休假,招待不周还请见谅。"

听说她闭门不出,形容憔悴,但看她现在的模样,像是已经完全恢复。也许是通过电话得知砧要来,她仔细化过妆。那蛊惑的眼神里暗藏着无声的话语。砧有些畏缩。在那一刹那,两人间迸出微妙的火花,双方都对此心知肚明。砧顺之介按捺住内心复杂的情感,表面上不露声色。

"你要说什么事?"

"案发那天,十二号星期六傍晚,你开车送了我一程。"

"是的。"

"你放我下车后,开车到滨餐厅,在那儿从六点半待到七点……是这样吧?"

"是的。"

"这倒是没什么,不过有个人目睹了一件怪事。"

"嗯?什么事?"

"六点二十五分,你把车停到滨餐厅的停车场,有个衣着和容貌都跟你一模一样的女人从占卜教室那边走过来,坐进你的车里,跟你说了会儿话。"

"呃……"

"你走进餐厅后,那个跟你一模一样的女人去了地铁站。这是怎么回事?"

看样子她听懂了砧的问题,表情明显黯淡下来。

"怎么会……究竟是谁看见的?为什么会知道有个和我很像的女人从占卜教室走过来,跟我碰头,又走向地铁站?居然这么巧……除非那人一直在监视我,还提前跟踪另一个人,否则不可能知道这些。"

"你会这么想也很正常,任谁都会怀疑天底下哪有这么巧的事。但这的确是事实,你自己心里也清楚。说得再直白些,你眼见不可告人的秘密暴露而无所适从,并且疑惑到底是谁、出于什么目的在监视你的行动。"

"没错。可是为什么……这些事会……请务必告诉我。"

她抬起头,面色苍白地注视着砧。

"嗯……"

于是,砧向她讲述了关于风山秀树的一切。

她并未否认,看来已有心理准备。她用微弱但清晰的声音说道:"对不起。其实我有个替身,是一个叫柴田初子的女人。"

"哦,看来确实存在一个跟你一模一样的女人。是叫柴田初子啊。为什么要做这种事?"

"第一次看见初子小姐时,我深深感慨,世上竟然有跟我这么像的人。于是我想到给自己打造一个替身,也就是岸滨凉子的替身演员。"

她讲述的替身计划令砧都倍感震惊。

"我总算明白了。不过,凉子女士,你……怎么说呢……可真是异想天开啊。"

"这样的做法在别人看来肯定很不可理喻,所以我从没提起过。那天是事出有因,壬庚子来拜托我说:'我要跟一个女人在占卜教室谈些不太愉快的事,凉子女士,麻烦你来撑个场面。'你也知道,那天我要去南映文化厅做演讲,之后还要参加送别会。我心想这正是替身派上用场的时候,便拜托初子小姐替我过去。我告诉她到那儿之后什么话都不用说,往旁边一站就行,硬是让她答应下来。"

"嗯……"

"没想到,我正要出门去做演讲的时候,壬庚子打来电话,说要改变计划,之后在千子的店和我见面。这部分跟我之前和须潟警部说过的一样。事出仓促,我没能联系上初子,所以初子乔装成我的样子,六点去了占卜教室。不料她到教室时大门紧闭,怎么按门铃都没人应。初子知道我六点半会去滨餐厅,无奈之下过来找我说明情况。"

"嗯……"

"我正好把车停进停车场,便跟她在车里交谈。我告诉她计划有变,让她回去,我则走进餐厅。那个姓风山的人从占卜教室门口一路跟踪初子到餐厅,之后又跟到地铁站。这些跟风山先生的说法完全相符吧?"

或许是将一切和盘托出后心情轻松不少,细腻、果敢而聪颖的讲述者又隐隐露出妖媚的表情。

过了少顷，砧问道："那么，充当你替身的那个叫柴田初子的女人现在在哪儿？请让我跟她见一面。"

"柴田初子小姐已经不在了。"

"这话是什么意思？"

"十六号，在那间教室里发现了无头尸，她吓了一跳，埋怨我半天。可我也不清楚是怎么回事。她表示不想再继续当我的替身，而我也怕招致奇怪的误解，觉得及时收手为好，就解除了和初子的契约。"

"那柴田初子现在在哪儿？"

"不知道。"

"之后你再也没见过她？"

"初子恐怕已经从公司离职，搬出公寓，躲到乡下老家了。后来我们再也没联系过。"

"那她之前的工作单位和公寓在哪儿？这你总知道吧。"

"知道，我虽然没亲自去过，但听初子说过。公司是北区浪花町×号日高大厦四楼的冲村商务，住址是阿倍野区天王寺町北二丁目×番×号'春日公寓'十八号室。"她看着笔记本念道，"我不知道那天风山在滨餐厅的停车场看见我俩在一起了，还以为只要跟初子彻底断绝关系就不会有事。"

"这想法倒是没问题，但还是希望你能早点儿把这些事说出来。"

"我对找替身的事感到很难为情。我无聊的恶作剧最后牵扯进那么大的事……所以，就算找到柴田初子小姐，也请不要打扰她，她和这个案子无关。"

"嗯……"

"我告别初子时向她郑重承诺过。我说：'闹出那样的事，给你添了很大麻烦，所以我绝对不会对任何人提起替身的事。'可是，砧先生，我还是把这些告诉你了。因为不如实说出来的话，很难解释清楚。"

"你先生知道替身的事吗？"

"不知道，我没跟他说过。根本说不出口。我跟初子已经断绝关系，本来打算对这件事闭口不提的。不过，今晚我先生要是在家，他就也全知道了。所以，我不会再隐瞒了。我会跟他坦白。"

"请务必这么做。"

"砧先生，我想拜托你对警方暂时保密。"她一脸心事重重地说，"案发后，我当过壬庚子赞助人的事曝光，形象受损，工作受到很大影响。要是替身的事也公之于众，我……实在是……"

她叹了口气。

"也怪我自己不够谨慎，不该给壬庚子当什么赞助人。在我看不见的地方，她过着不为人知的生活，凶手杀害她的动机，应该跟我不了解的那部分生活和人际关系有关。"

她的倾诉与央求都十分诚恳，其中却隐约可见一丝媚态。

砧平静地说："我之所以去见风山，是因为须潟警部的私人请求。风山也说他没有主动做证的打算。毕竟他正被当成神秘青年追查，要是出面做证，就不得不交代出于好奇心跟踪女性的事，实在丢人。况且那天晚上他和有夫之妇在酒店过夜，此事亦不宜曝光，他会觉得沉默到底才是明智之举也属正常。他算是和此案扯上些关系，但我认为他不是凶手。既然他与案件没有直接联系，我也不忍心影响他的正常生活，发誓会保守秘密。只不过，我还是必须向提供风山相关情报的刑警，还有拜托我和他见面的警部汇报一声。"

"嗯……"

"不过,凉子女士,在那之前,我想先来见你,从你口中确认一下他的话是否属实。从结果来看,这是正确的选择,我因此也了解到你的处境。须潟警部那边我会随便应付过去的。"

"拜托你妥善处理。"

她温顺地颔首致意。

3

砧辞别岸滨家,次日早晨去找须潟警部汇报。二十三日是休息日,但亲临一线指挥的警部仍坚守在搜查本部的岗位上。

"我答应过凉子女士暂时对警方保密,所以有些内疚。警部,接下来我要讲的事,希望你能不做记录,自己心里知道就行,可以吗?"

如此铺垫过后,砧把柴田初子的存在告诉了须潟警部。

"嗯——这可有点儿难办。我觉得这事相当重要,难以向你保证,视情况而言,可能不得不说出去。"

须潟警部抱着胳膊,靠到椅背上。

"唉,没办法,她也是因为信任你才说实话的。要是她想矢口否认,应该并非无计可施……我明白了。告诉你风山一事的Y警署神乐警官那边,就由我去道谢并酌情说明情况吧。作为交换,我还有件事想拜托你。你能去悄悄调查一下柴田初子住的公寓和工作单位吗?"

"就算你不提,我也有此打算。包在我身上。"

这番对话过后,节日①第二天,二十四日星期四,砣来到国电寺田町站附近的春日公寓。担任凉子替身的神秘女人柴田初子就住在这里。然而,十八号室已然人去屋空,正在装修。

这栋建筑的产权归大东市某居民所有,实际在管理的则是斜对面的房屋中介木谷不动产。

"您问十八号室的柴田小姐?我也没见过她几面。房租和水电费她都设置了从银行账户自动划款。"

看样子木谷不动产的冈村是真的对她的情况一无所知。

"她是十八号搬出去的,特别突然,说是要回老家结婚。"

"那时您见到她本人了吧?"

"嗯,她来这里结算费用。"

"柴田小姐是长这个样子吗?"

砣拿出岸滨凉子的照片。

"嗯……怎么说呢。要说像也确实挺像,但打扮没这么华丽。她戴一副银框眼镜,衣着很朴素。"

"是吗?她说要回老家,是回哪里?"

"我没听她提过。你去区政府查查不就知道了?"

"她还没去登记,资料显示她现在还住在这栋公寓。"

"还没登记吗?按说入住、搬出公寓都需要确认政府文件的,但我们这儿毕竟不是公营住宅,像这次这样,住户说有紧急情况,我也不好太死守规矩……"

冈村露出困扰的表情。

女店员来喊冈村接电话。冈村可算找到机会,接过听筒热情应答,对砣熟视无睹。

---

①十一月二十三日是勤劳感谢之日,日本的全国性节日之一。

砧啜饮着女店员端来的粗茶,一副奉陪到底的架势。

结束漫长的通话后,冈村放下听筒,向这边投来视线,像是在问"还有事吗"。

"我还有件事想问。您知道柴田初子小姐搬出公寓时,是请了哪个搬家公司来搬的家具吗?"

"家具啊,柴田小姐说让我们这边处理掉……正好前段时间有人跟我打听这栋公寓还有没有空房。"

"那柴田小姐的家具杂物您都处理掉了?"

"我让在阿倍野筋开旧货店的熟人收走了。毕竟善后事宜已经定好,她搬出去的第二天,我就迅速处理掉了。"

"这样啊……在您百忙之中多有打扰,还请见谅。"

砧顺之介从寺田町站乘上内环线,十五六分钟后到达天满站,斜穿天神桥筋商业街,来到宽阔的车道,西边的日高大厦便映入眼帘。

砧去四楼的冲村商务会见总务股长岛田,询问柴田初子之事。

这边的说法也一样:她突然说要回老家结婚,十八日辞职离岗。

"她最近连请好几天假。其实在这个月月初,她就跟我说过可能会在年内辞职,也为此做起准备,着手交接工作。所以十八号她突然提出辞职,我们这边也没太手忙脚乱。唉,她这人虽然不怎么起眼,但作为员工无可挑剔。听说她要结婚,我本想给她庆祝一下,但她推说有事不方便婉拒了。我没问她的新住址。她说还有退休金①之类的手续要办,等安顿下来再联系。目前我还没收到她的联络。"

谨慎起见,砧又向柴田初子的同事坂口民子打听了一下。

"柴田小姐比我年长,我和她没有私交。她离职前交接好了工作,私人物品也都清理干净了。"

"您有没有她的照片?"

坂口民子从抽屉里取出一本私人相册翻找起来。

"这里有两张,不过都是两三年前的,是社员旅行时拍的照片。这个人就是柴田初子。"

照片上,柴田初子和四五个同事一起站在某个纪念碑旁。可能因为戴着眼镜,砧觉得她看起来并不像岸滨凉子。也许是拍摄问题。砧拿出刚才在中介那里出示过的凉子照片。

"这张照片上的人……您认识吧?是设计师岸滨凉子女士。怎么样,在您看来,柴田小姐和她长得像吗?"

"哎呀,您这么一说,还真挺像。柴田小姐形象比较朴素,近在身边反倒没注意过……还真是,化个类似的妆,换身衣服,应该能以假乱真。"

"是吗?果然很像啊。"

砧顺之介自知会令对方感到奇怪,但还是问出最想知道的问题。

"那么,假设十八号那天,酷似柴田小姐的岸滨凉子打扮成柴田小姐的样子,来公司提离职,向大家告别,您能认出她不是本人吗?"

听了这奇怪的问题,坂口民子不由得回看砧一眼。见砧表

---

①日本的退休金是在离职时一次性付清,与中国的退休金不同。

情严肃,她小声笑起来。

"怎么可能……这种事简直是天方夜谭。她们又没像到能上电视节目的程度。说到工作上的细节,不是本人肯定答不上来的。"

"说得也是。"

砧注意到民子听过刚才的问题后,流露出狐疑与好奇交织的表情。

(看来有必要对这个人下封口令。)

"坂口小姐,一起吃个午饭如何?我在路边的'笹'餐厅等您。"

★

大干昌雄在针中野矢仓公寓的自家房间里,靠在扶手椅上,慢条斯理地抽着烟。

为了健康,他尽量减少抽烟次数,可怎么都戒不掉。强行戒断反而会压力倍增,他觉得效果不太好。

面前的电视正在播放节奏轻快的动画《三个火枪手》。

大干有一搭无一搭地看着屏幕,心思全在别处。旁边桌上放着十一月二十六日星期六的晚报。

电话铃响了,大干昌雄起身拿过听筒。

"您好,我是大干。"

"是我……"

对面传来呢喃般的纤细女声。

"嗯?您是哪位?"

"是我……壬庚子。"

大干心下一惊。

"你是从哪儿打过来的?"

"就在你家附近,我这就过去找你。"

对方说完便挂断电话。

这下大干坐不住了。

(总算能见到她了……)

自案发以来,他只跟她通过一次电话,迟迟找不到机会见面。

当然,要顾忌周围人的视线,这也没办法。大干完全搞不懂事情为何会演变成这样,无论如何都想见她一面,问问究竟是什么情况。

(而且,由于那时候的失误,我还被刑警盯上了。这事也得跟她谈谈,商量一下对策……)

大干昌雄飞快地思考着这些。

没过多久,门铃响了。

大干轻轻打开门,来访者立即轻盈地迈进屋里,迅速反手锁上门。

"你是……"大干不禁诘问道。

这人不是壬庚子……

"不好意思啊,我不是她。"来访者说,"我只是让她给你打个电话而已。不这样做的话,你会有所警惕,不肯见我。"

"呃……"

"我得跟你好好谈谈。原因你自己心里清楚。总之先让我进屋吧。"

面对不期而至的来访者,大干一时手足无措。对方先发制人,他落了后手,不由得后退几步。对方像是看穿了他内心的动摇,大摇大摆地走进屋里。

"我就坐这儿好了。"

不速之客如入自家一般坐到沙发上,正面直视大干。

"所有事我都知道。"

"呃……"

"你们合谋做掉了勒索者。但在那之后发生的分尸案,想必让你很吃惊吧。"

"呃……"

"不过,以你的头脑,应该多少能猜到一些。但关于壬庚子的事,你大概直到现在都还半信半疑。我来告诉你真相吧。只不过,讲完这些,我就不能留你活口了。"

"呃……"

"现状很好,你和我都掌握着对方的弱点,谋求共存也不是不行。可你被警方盯上了,要是遭到逮捕,搞不好你会索性把我的事也抖出来。再说,你夺人所好的仇我还没忘。只能让你去死了。"

(这家伙疯了……)

大干心想。

他骤然感到有性命之忧,脊背发冷。然而他迟疑着,没有动弹。

对方举起一把小型手枪对准他。也许只是精巧的塑料模型。但是……

第八章　录像的讲述

1

二十六日星期六下午，清水典江在工作单位接到电话。"我是岸滨凉子，有急事想见你一面……能麻烦你来我家一趟吗？"

"哦……"

"今晚七点……你方便吗？"

"嗯，倒是有空……"

"那我在家恭候……那个，清水小姐，你知道私家侦探砧先生吧？"

"嗯，我跟他见过一面。"

"我还邀请了砧先生。你也一定要过来。"

收到如此唐突的邀请，典江有些不知所措，但在对方优雅中透着一丝强硬的劝说下，她还是答应下来。

清水典江因这通电话回想起迄今为止的事。

初见岸滨凉子，是在伯父任管理员的西田大厦。那时她仅仅瞥见凉子的身影。经介绍正式认识，是在那间占卜教室里，当时三人一起拍了照片。那是十月二十五日的事，距今已有一个月。在那之后，壬庚子和岸滨凉子身边出现怪事，她没再见过她们。

她和砧顺之介上周六刚见过。那位大名鼎鼎的私家侦探既显出与四十岁上下的年纪相应的沉稳，又依然保有些许年轻的活力。他与典江年龄差距略大，但格外令人心动，是个魅力十足的中年男人。

其实典江是因为听说他也受到邀请才打算过去的，不过也有对案情感到好奇的因素，想着没准能听到点儿内幕消息。她本来心存警惕，对跟身处案件旋涡中心的人打交道有所顾虑，但有砧在场的话，就踏实多了。

就这样，清水典江在晚上七点来到万代的岸滨家。砧顺之介跟她前后脚到。

"欢迎。"

出门迎客的是满面笑容的女主人。她将两人迎进挂着炫目吊灯的精致西式房间。

清水典江首次被介绍给岸滨龙二。典江看着他，暗自感慨不愧是岸滨凉子的丈夫。听说他比凉子年长许多，应该有四十岁出头，相貌却很显年轻，温文尔雅，能看出具有良好的教养。

"今天须潟警部来过。"

"哦，警部……"

"我和凉子又都接受了一次问询。警部刨根问底，相当咄咄逼人。"

"这事怪我。夫人让我别说出去，我却……"

"不，我不是这个意思。正因为你跟警部说情，警部才会秘密行事。要是正式受到警方传唤，媒体又要大肆报道，闹得沸沸扬扬了。你说是吧，凉子？"

"是啊，砧先生。是我不好，做出那么不可理喻的事。警部职责在身，也有他的难处。警部很绅士，就是东问西问的，有点儿难缠。"

"砧，我猜你大概因为这事有些内疚，不过依我之见，倒要感谢你帮忙从中周旋。"

"不，我无能为力。"

"起初警部非常难以接受。这是当然的。我自以为很了解凉子的性格，昨天听她说过这事后也吓了一跳。她找那样一个替身的真实理由，几乎不可能有人理解，遭到怀疑也是没办法的事。"

砧和岸滨立即交谈起来。清水典江听不懂他们在说什么。

她觉得此事与自己无关，没有插话。房间一角的电视开着，正在播放《巴内特侦探局》，她总会准时收看这个节目，视线便自然而然飘向那边。

"哎呀，清水小姐，抱歉怠慢了。伯父身体还好吗？我后来没去过那边，西田大厦那间工作室一直关着……"

"伯父挺精神的，时不时打来电话让我去陪他下将棋，但我最近太忙，没时间去那栋大厦。"

"是吗？对了，清水小姐，刚才提到的事，希望你也能听听。"

"好像是挺不寻常的事呢。"

"你肯定会大吃一惊的。但接下来讲的这些，你千万别跟任何人说。"

"好的……"

于是，典江听当事人亲自讲述了岸滨凉子制订的替身计划。

典江哑口无言。

"太令人震惊了。不过……"

以游戏心态实践这种故事里才有的事，这一点很有趣，像她的风格。岸滨凉子的这种性格十分迷人。

"不过真是飞来横祸啊。"

"我玩得有些过火，已经在反省了。"

砧补充道："如果你只把替身计划当个乐子随便玩玩倒还好，可你偏偏得意忘形，派替身去当壬庚子和布施香子谈话的见证人……即便如此，若能平安收场也就罢了，但发生了杀人案……"

"嗯。"

"事已至此，说再多也没用。但是，夫人，你做事有点儿冒失啊。哎呀，抱歉，本来是想安慰你，结果说得太严厉了。我是想说你运气太差。"

"我明白。"

听过方才的对话，清水典江感到凉子的替身计划暴露的经过实在过于巧合。

有风山秀树这样一个局外人存在，他是布施香子的熟人。某天，他约好和香子见面，所以尾随香子和壬庚子，看到两人走进占卜教室。到这里为止，即使不到必然的程度，也还算是很有可能发生的事。

但是，风山第二次去占卜教室查看情况时，看见了那个替身。这纯属巧合，风山却决意跟踪那个女人，并且"碰巧"看见两个容貌酷似的女人待在一起……

典江说："从凉子女士的角度来看，是和替身一起待在停车场的时候碰巧被人看见了。还有另一个巧合——在餐厅门口擦肩而过时，风山的女伴认出了凉子女士。所以砧先生才会说你运气太差。缺少任何一个巧合，替身的事都不会有人发现。"

"嗯，虽然暴露了，但我只是出了点儿丑，没什么大不了的。就是为此让警察额外花费好多力气，有些过意不去。"

"清水小姐，你刚才——"砧顺之介不动声色地问，"是不是在思考有意义的巧合①这回事？"

典江被问得愣了一下。

"这么一说……我确实在无意间想到了这个。"

"哎呀，你是说那些不是巧合？"

女当事人面露惊诧。

"不，没什么。这世上有意义的巧合数不胜数，大家一般都不会注意，或是刻意无视……"

"那么，砧先生，你是觉得那些巧合的联系暗示着案件的某些真相吗？"

"怎么可能……不过，有时无关紧要的巧合能启发人找到解决方法。也有人认为在这种情况下，不能称之为纯粹的巧合。"

"呵呵……砧先生，我一直以为你是个理论派，没想到你还有这样的一面。"

清水典江听着两人的对话，注意到另一件事，插嘴问道："对了，凉子女士，那个跟你一模一样的女人现在怎么样了？"

"闹出那样的案子，她吓了一跳，提出不想继续当替身。我觉得这也是理所当然的，便解除了和她的契约，从那以后就没再跟她有过接触。她大概已经从公司离职，搬出公寓，回乡下老家了。砧先生，你觉得呢？"

"是啊，她是个很谨慎的人。和岸滨凉子的关系说不准哪天就会暴露，她应该是为了避开可能会有的麻烦，躲起来了吧。"

方才悄然离席的岸滨龙二端来盛着寿司的大盘子。

---

①有意义的巧合，即共时性（synchronicity），瑞士心理学家荣格给意义相关但无联系的巧合事件定的名称。

"谢啦，老公。我家用人在休假，招待不周请多包涵。"

她说着给大家摆好玻璃杯，倒上温得恰到好处的清酒。或许是和大家说了会儿话后，积郁消散一些，这个家的女主人终于展露笑容。典江也不禁朗笑出声。

★

布施香子对外以干练记者身份示人，背地里则利用因职业关系获得的情报，实施卑劣的勒索勾当，结果落得惨死的下场，并不是特别值得同情。但对仓丘警官而言，无论动机如何，缉捕凶手的职责高于一切。

仓丘警官仍旧无法打消对大干昌雄的怀疑，觉得是他搬运了布施香子的尸体。但目前他有不在场证明，案发的星期六晚上，他先后去过泉咖啡馆和深江的友人家中。

得好好想想办法，推翻这个铁壁般的不在场证明……

二十七日星期日，仓丘正感到心烦意乱，司机长井又打来电话。

"警察先生，我想起来了。之前跟您说过，星期五和星期六之中有一天晚上，我去绿桥的电影院了。"

"嗯……"

"刚才我突然想起来，那天晚上电影散场后，我来到街上，看见路口转角处的公寓前面停着辆救护车。"

"欸！救护车？"

"您那边查一下，就能知道准确日期吧？"

"我这就查。谢谢您特意打电话过来。"

仓丘警官联系电影院询问过散场时间后，给东成消防署①拨去电话。

"您要询问的事，时间范围在十一号、十二号这两天晚上十点左右，地点是绿桥路口西北角的公寓，对吧？"

"是的。"

"有一项记录符合您的描述。晚上十点，有救护车出动前往中本一丁目的宫岛公寓。日期是十一月十二号星期六。"

"这样啊。为保险起见，我想确认一下，十一号星期五，那附近出过什么事故吗？"

"十一号我们也派出不少救护车，但没有去中本一丁目的。"

仓丘警官如获天启。

长井是在十二日星期六看见救护车的。那么，他在泉咖啡馆遇见大干，就是十一日星期五的事。仓丘的假设得到了印证。

尚有一个问题。大干昌雄声称星期五自己在阿倍野的电影院，而且电影前后都有证人。但他那天去了泉咖啡馆是无可动摇的事实，多半是中途溜出电影院过去的。

所以，要攻破大干这关，除了长井的证词，还需要他悄悄离开过电影院的证据。仓丘警官的一腔热忱再次得到回报。关于这一点，警方收到一条有力的线索。

十一日星期五晚上七点左右，两名男子闯入茨木市新庄町的一处加油站，从手提保险箱中抢走十八万日元现金。

其中一名入侵者在现场掉落了一个皮制月票夹，里面装有写着"大阪市生野区巽东×丁目，若江机工股份有限公司，工

---

①日本的救护车配置在消防署。

程师，花田道夫，二十七岁"的身份证明，以及地铁"九条—南巽"区间的通勤月票。警方由此将居住在西区本田二丁目松田庄的花田道夫列为案件关系人，进行调查。

"我和班长吵翻，早在九月就辞职离开若江机工了。本来打算去结算工资时顺便把工作服从工厂的寄物柜拿回来，但当时衣服已经不见了，我就直接走人了。后来我没再去过公司，现在靠失业保险金度日，正忙着找工作。两人合伙抢劫？真是天大的笑话。"花田道夫颤声抗议道。

"当时你人在哪里？"

办案人员自然问起他的不在场证明。

"那天我托了熟人的关系，去京阪沿线的枚方找工作，当时正在回家路上。我是从京阪天满桥坐地铁回九条的，所以那个时间在地铁里。"

"你这么说也不好查证……路上有没有遇到哪个熟人？"

"我乘谷町线到谷四后换乘中央线，在谷四站台等开往大阪港的列车时，看见一个熟人，他姓大干。"

"他跟你是什么关系？"

"他是政府机关那边的上级。按说他不是我能接触到的人物，不过我们四五年前在港区的围棋会所切磋过，棋逢对手。最近我没和他见过面。"

"你是在地铁里跟那个姓大干的人聊了几句吗？"

"不是，我正在谷四站台等车呢，看见大干先生从谷町线那边的站台过来，正要乘坐中央线开往深江桥的列车。擦肩而过的时候，我喊了一声'大干先生'。大干先生好像吓了一跳，感觉像是假装没听见，就那么走到站台对面。不一会儿列车进站，他就上车了。"

"你确定那个人就是大干？"办案人员慎重地追问道。

"嗯，虽然他戴着墨镜，但我绝对没认错。"

"当时大概几点？"

"在站台时大约晚上七点。"

"要是你跟他聊上几句，就能构成不在场证明，可现在这种情况，不能排除你单方面捏造的可能性。"

"警察先生，请相信我。我为什么要做那种事啊……"

办案人员受花田道夫恳切的态度感染，姑且试着寻找姓大干的公务员。的确有这号人物，是调整局计划部调整科科长大干昌雄。

大干还记得花田道夫。

"有一阵子我们经常在围棋会所下棋，但我跟他没有更多交集，好几年没见过了……再说，我也不记得那天坐过地铁，估计他认错人了吧。"大干冷淡地否认道。

"你可别想糊弄我。大干科长确实记得你这个人，但他说那天没坐过地铁。"

"这……这怎么可能……"

不过，后来未成年暴走族A、B二人被捕，花田洗清嫌疑……

负责此案的办案人员和仓丘警官是同期入职的同事。两人在酒馆聊起一桩冤案，他便向仓丘提起最近有这么件事。

真凶落网，案件尘埃落定，况且从结果来看，大干昌雄与此案并无关联，对他的问询已从正式记录中抹除。然而……

（就是这个……）

仓丘心想。

虽然大干本人否认，但他曾于十一日晚上七点出现在谷町四丁目地铁站台这一信息，对仓丘而言至关重要。

仓丘去见过花田道夫后，愈发确信大干曾悄悄溜出阿倍野地下剧场……

从天王寺到谷四要花八分钟，从谷四到深江桥要花六分钟，按晚上七点十分抵达深江桥来算，七点二十分能到泉咖啡馆。晚上七点半办完事后，他再返回电影院即可。

仓丘又去找须潟警部打听，问到了砧顺之介前几天见过的公司职员风山秀树提供的情报。

十二日晚上，风山目睹轻型厢式车从占卜教室的车库开出，是在六点四十分。之前纸上谈兵算出的时间是六点四十五分……逆推一下，大干说自己是六点十七分从守口地铁站上的车，果然是在撒谎。他要么是在六点十分上了前一班车，要么没在守口市民会馆待到六点整，而是提前一两分钟出去，这样就有可能赶上六点零三分那班车，比起仓丘计算出的时间更加游刃有余。

可算抓到狐狸尾巴了！

至此，大干搬运香子尸体的可能性得以成立。

但是……这仅仅是案件的突破口。仓丘的推理只能证明"存在大干搬运香子尸体的可能性"，案件全貌尚不明朗。

总之，仓丘警官打算再去见大干昌雄一次，盘问其不在场证明与事实的矛盾之处，以及地铁里的证人的事。不用说，大干肯定会断然否认。但他觉得这是攻破大干心理防线的好机会。

2

二十八日星期一早上，仓丘干劲十足地叫上前辈牧田巡查部长撑场面,造访政府办公楼。他来到四楼,推开调整局的门,向接待员要求会见大干。

早晨的办公室活力满满,两人站在门边有一搭无一搭地看着职员们办公。四五分钟后,一个自称主审的职员向这边走来。此人胸口的名牌上写着"小野",人如其名,是个小个子。

"两位是警察吧,找大干科长有什么事?"

"我们有点儿事想问他……大干先生不在吗?"

"这个……"小野主审支支吾吾。

"出什么事了吗?"

"说实话,我联系不上他。上午十点有个重要会议,科长不出席的话会很难办,我给他家打了好几个电话……倒是能打通,但没人接听,可能是不在家。"

"他之前提过今天要请假吗?"

"单位这边没接到过这样的通知。"

两名刑警对视一眼。仓丘充满干劲地提出去大干家里看看。说走就走,不到半个小时,两人便走出驹川中野地铁站,来到路面上。

前段时间他们才刚来过这里。矢仓公寓坐南朝北,面向交通量大的公路。这栋四层建筑外观尚新,呈浅绿色。两名刑警上到二楼,确认二〇一号室的名牌上写的是"大干昌雄"后,按响门铃。

无人应答。

他们又试着按了几次,依旧没反应,正要断念离开时,从楼梯传来脚步声,过来两个男人。是刚才在政府办公楼见过的小野主审,他还带着一个姓津川的职员,后者也有些眼熟。

"咦,你们也来了啊。大干不在家。"

"果然……"

小野主审不死心地自己去按门铃,确认无人应答后点点头。

"我想着科长没准是上班前顺便去拜访工作上的相关方了,给我能想到的几个人打了电话。"

"他没去找任何一个人?"

"是啊。"

"两位还特意找上门,莫非政府机关那边也因为大干先生的事遇到了什么麻烦?"

听牧田巡查部长这样问,小个子主审否认道:"不,不,其实没什么。我们只是很难想象他会擅自缺席会议,又见两位警察先生找到单位来,有点儿在意,所以过来看看情况。"

"这样啊。"

"我说,警察先生。"主审压低声音道。

"怎么了?"

"大干科长是和那起分尸案有什么关系吗?听说两位前几天也去见过科长。"

"不是的。大干科长和案件相关人员是熟人,我们有点儿事想问他而已。"

"那就好。他最近好像……"

"他最近有什么异常吗?"

似是被走廊的动静吵得不耐烦,隔壁的房门打开,一位年轻夫人探出头来,露出狐疑的表情。小野主审圆滑地笑脸相迎。

"啊,夫人,我是政府机关的人,请问大干先生不在家吗?"

"大干先生也没去工作单位吗……这可奇怪了。昨天晚上我想把借来的书还给他,按了好几次门铃都没人应,但从外面能看到屋里开着灯……"

"其实我是担心他会不会身体出什么问题,倒在家里了。"

夫人稍显为难,略微踌躇后说道:"那个……我家的阳台和大干先生家的连着,只有一个防护用的隔断。你们担心的话,要不从那儿往他屋里瞧瞧?"

"夫人,抱歉给您添麻烦了,请务必带我们过去看看。"仓丘警官恳求道。

★

主任搜查官须潟赞四郎警部亲临现场勘查。身材匀称修长的警部叉腿站立于房间中央,看着鉴定组麻利地忙前忙后。他一脸不快。枉我一世英名,竟陷入如此被动——这个念头在脑海中挥之不去。

好不容易把大干昌雄逼至绝境,正要收网之际,冷酷的杀人狂瞅准警方一瞬的疏忽,果断将大干灭口。

大干家是带厨房的两室两厅布局,大干胸口插着一把水果刀倒在西式装潢的八叠房间内,已气绝身亡。搜查员从阳台打破窗玻璃,开启月牙锁后进入室内,却找遍房间也没找到门钥匙。警方由此推测凶手为了延后尸体发现时间,行凶后出来把门锁上,带走了钥匙。

"不做解剖给不出明确结论,不过可以估算死后已经过了四十个小时,死亡时间应该在星期六傍晚六七点钟。"

听资深鉴定员这样说,须潟点点头。仅凭借对现场的观察究竟能否如此断言,这其中微妙地涉及对现场状况的判断。

星期日和星期一的早报原样塞在门口的信箱里。此外,二十六日星期六的晚报摊在桌上。仓丘警官眼尖地注意到电视节目版块。

"嗯……晚上六点是《三个火枪手》，七点是《巴内特侦探局》……嗯。"

仓丘警官心念一动，打开电视，播放起录像，盯着画面不停地快进快退。

"喂，仓丘警官，录像有什么问题吗？"

"我有点儿在意，就确认了一下，发现一件有趣的事。"

"嗯，什么事？"

"稍微等一下，还有个细节需要确认。"

仓丘警官按下电话的通话键，与对面交谈几句后点点头挂断电话。

"我刚才给这家店打了电话。"

仓丘把桌上的收据给对方看。当然，这是明摆着的事。桌上有两盒全新的录像带和一个已经拆封拿出卡带的空盒，一目了然，不用说也知道是刚从这家店买来的。

"这是安井电器店的收据，上面有联系电话。日期是大前天，也就是二十六号，打印时间是晚上六点三十二分。刚才我问了一下，这家店在驹川商业街上。"仓丘说着拿起晚报，"这个电视节目版块里，有两处用黄色标记圈了出来。"

"我看看……晚上七点到七点半的《巴内特侦探局》和凌晨一点五十五分到三点五十五分的《狂人考伯恩》。这样啊，看来被害人把节目录到了刚买的录像带里……"

"这么想比较自然。"

"那你是想说什么呢？"

"你看这个。"

仓丘将刚倒回开头的录像带快进播放。

"因为是私营放送，所以这两个节目中间都有广告。但是，

《巴内特侦探局》是精心剪掉广告录下来的，而之后的深夜节目《狂人考伯恩》则像是使用了预约录像功能，广告也全都录进去了。"

"原来如此，这个机种不能自动剪掉广告，得有人在录像过程中看着画面剪辑。嗯，我猜你是想这么说：大干六点三十二分在驹川商业街买到录像带，为了在七点准时开始录像，匆忙赶回公寓。时间相当紧迫，他紧赶慢赶总算赶上了，用录像带开始录像，七点半录完。准确地说，正片结束是在晚上七点二十五六分，他随即预约了《狂人考伯恩》的录制。之后大干遇害。凶手逃走后，深夜里录制仍照常运行……"

"尸体就这么倒在地上，旁边的电视半夜突然开始定时录制节目，想想就令人毛骨悚然。"

听仓丘和巡查部长你一言我一语的，须潟警部从旁插话："这么说来，大干的遇害时间不是晚上六七点钟，而是在晚上七点半过后。你们是这么想的吧。"

"是的，按常理来看是这样。"

"你的意思是……还有什么不同寻常之处？"

"我刚才在想，操作录像剪掉广告的，会不会不是被害人大干，而是凶手呢……"

"嗯，原来如此。"

"但这不太可能吧。"

"等等，可能性也不是没有。凶手在六点左右杀害大干后，假扮成他的样子，六点三十二分去买录像带，然后返回现场，边剪广告边录像，录到七点半，再预约好深夜节目的录制，在晚报的电视节目版块上留下显眼的标记。这样一来，就能让人误以为大干是在晚上七点半以后遇害的。"

"嗯,我也隐隐约约这样想过,但从心理因素的角度考虑,我觉得不太可能。不玩这种麻烦的小把戏,六点杀完人,立刻离开公寓去别的地方准备不在场证明,不是更稳妥吗?"

"说得没错。要想六点杀人,并伪装出死者在七点半时还活着的假象,这期间就必须一直守在现场,还得准备包含这整个时间段的不在场证明。"

"我要是凶手,杀完人就会赶紧离开现场。一直停留在现场做伪装工作,心理压力实在太大。"

"你们说得都有道理,但也许凶手出于某种原因,特意做了这样的伪装。无法完全排除这种可能性,所以你才会隐隐约约想到这种假设,不是吗?这样的直觉非常宝贵。不过这一回,从现场状况来看,也许还是用常规思路来考虑比较好。"

一名搜查员来向须泻警部汇报:"凶器上没有采集到指纹。另外,这张名片掉在报刊架下面。"

那是一张工作名片,上面印着:"明新商务股份有限公司,营业第二股长,风山秀树"。

★

牧田巡查部长和仓丘警官坐环线到福岛站下车,登门拜访住在千代田公寓八楼的私家侦探。

"唐突上门多有打扰……砧先生,今天我们想找你问点儿事。"

"我知道,是要问二十六号星期六晚上的事吧。牧田警官,快请进。"

砧顺之介身穿睡袍,一副休闲装扮,看起来还没刮胡子,下巴上的胡子茬儿有些显眼。虽说是早晨,但也已经过了九点,两人毫无顾虑地前来拜访,却见砧似乎才刚起床。

"哎呀,我们好像打扰你休息了。"

"没关系。昨天我读资料读到很晚,所以起得有点儿迟……你们来得正好,我正要冲咖啡呢。要不要试试砧式特调混合咖啡?"

"哎呀,那就劳烦你了。"

牧田和仓丘坐到砧对面的沙发上,三人边喝咖啡边闲聊了一阵子。随后,牧田巡查部长有些愁眉苦脸地说道:"那我就开始说正题了。砧先生,听说二十六号晚上,你去了岸滨龙二家里。能详细讲讲当时的情形吗,尤其是时间方面的细节。"

"准确地说,那天晚上我是七点整到的岸滨家。清水典江小姐差不多同时到。你们知道她吧?"

"是那张照片上壬庚子左边的女人吧。"

"没错。她是个开朗的好姑娘。"砧继续说道,"对了,虽然警察认定为私事,还没对媒体透露过,不过你们身在搜查本部,想必知道岸滨凉子有个替身。"

"嗯,听主任说过。"

"那天凉子夫人因为这事被警部盘问了好久,似乎受到了打击,有些消沉。在龙二的拜托下,我们办了个派对给她打气。她当时不停地说,替身的事和案件无关,是自己闹着玩的,只是运气不好跟案子扯上了关系。她做的是那种需要有人捧场的工作,自然希望维持光鲜的形象,所以她很害怕替身的事暴露给公众会导致自己的形象受损,陷入沮丧。还好警方没把这事透露给媒体。大家安慰她半天,一起喝了会儿酒,她似乎精神好些了。就这样,我在岸滨家待到晚上十点左右。"

"这样啊……"

牧田相信砧的说法，点点头。

"那个，砧先生……从晚上七点到十点，清水典江小姐也一直都在场吗？"仓丘警官插嘴问道。

"是的……听说那天晚上，大干昌雄在针中野的公寓被杀了。你刚才问的问题，都跟这事有关吧？"

"正是如此。"牧田巡查部长承认道，"关于这个案子，这位仓丘警官在现场发现一件有趣的事，似乎被害人大干在遇害前操作过录像带……"

仓丘详细解释了录像机的事，砧耐心地听完，露出笑脸。

"感谢你告诉我这项信息。的确，从录像的情况来看，大干在晚上七点半的时候还活着，之后没多久便遭到杀害……是这么回事吧，仓丘警官？"

"是的。其实昨天经过解剖，鉴定结果已经出来了，推测死亡时间在晚上六点前后一小时的范围内，也就是五点到七点之间。所以，晚上七点半稍过是结合现场状况得出的临界时间点。"

"原来如此，大干在矢仓公寓遇害的时间被限定在晚上七点半之后，清水典江小姐和岸滨夫妇就有不在场证明了。"

"有砧先生当证人就没办法了。"牧田笑道。

然而砧一脸严肃地补充道："不过，尽管有如此有力的状况证据，司法解剖得出的推测死亡时间却是下午五点到晚上七点之间，这有点儿奇怪啊。"

"鉴定人员认为作案时间在晚上六点左右，但他们给出的结果也并非永远都是准确的。"

"看来你们主要采用的是现场的状况证据。"

"不然的话，晚上六点三十二分在驹川商业街买录像带，又剪广告到七点半的，就不太可能是大干本人了。而如果视作凶手所为，从犯罪心理的角度看又没什么说服力。"

"嗯……"

仓丘把警方在现场的交流转述给砧。砧默默点头，但像是有哪里想不通，面露疑惑之色。然而仓丘并未介意砧的微妙反应，又打出另一张牌。

"风山秀树的名片竟然掉在了现场。"

"哦……"

"风山这个人说来很可疑。我们当即去他公司找他问话，他很惊讶地说那张名片是假的。和营业组员工统一持有的工作名片相比，那张名片确实规格和字体都不太一样。然后他说，其实星期六晚上出了件怪事，他被人陷害了。"

"嗯……"

"他说一个叫大干昌雄的男人给他打电话，表示星期六晚上八点想在扇町的商务酒店见面。他不认识这人，起了疑心，但还是去往约定地点。等了快一个小时，对方迟迟不现身，他等得不耐烦，就回去了。酒店前台也证实他当时的确在酒店大堂。我们问他下班到晚上八点之间人在哪里，他说六点在难波的咖喱店吃晚饭。但那家店顾客太多，我们没能取得确切证词。"

砧顺之介一直凝神细听，此时忽然抬手示意仓丘警官先停一下。

"不好意思，仓丘警官，其实昨天晚上风山来过我这家事务所。"

"咦？"

"他说自己被人陷害了，拜托我帮帮他。"

"是吗？你这人可真坏心眼。那名片的事，还有后来发生的事，你全都知道了？"

"仓丘警官，是你先自顾自开始讲，我才默默听你说，想看看跟我从风山那里听来的说法有没有分歧。我不是故意捉弄你，请别见怪。"

"没关系，我没放在心上。那风山是为了躲避警方追查，来投奔你了？"

"他委托我查明真相。之前我在警部的拜托下见过他一面，所以他才会来找我求助吧。"

"砝先生，对于他的事，你怎么看？"

"你们这些行家已经调查过他的不在场证明了，轮不到我出场。他待在扇町商务酒店的时间在晚上八点以后，不在作案时间范围内，构不成不在场证明。相反，他在五点下班到八点之间这个关键时间段内的行动尚未得到确认，依然存在嫌疑。只不过考虑到假名片的事，也不能贸然断定他声称遭人陷害是在说谎。"

"这样啊，多谢了。"

见牧田巡查部长结束对话，仓丘便也打住，但临走时忽然想起什么，问砝："刚才话题进展太快，没来得及说，有件事我很想问问你的看法……"

"什么事？"砝反问道。

"是关于岸滨凉子女士的替身的事。"

"哦……"

"你说那是凉子女士的个人爱好，和案件无关，可真的能如此断言吗？"

"其实我也在想这个问题。"砝谨慎地答道，"须潟警部姑且表现得像是相信了她的说法，但心里估计也并不认为这两件事完全无关。"

"果然……是这样。"

"那个替身叫柴田初子,我受警部之托,正在暗中寻找她的下落。"

"嗯……"

"她好像回老家了,之后就杳无音信。情况比较复杂,查阅文件也很难有收获,我打算直接走访调查。"

"原来如此,这可真是帮大忙了。"听过砧的回答,牧田巡查部长从旁插话,"以我们的立场而言,不能仅凭臆测行动。除非有关联相当紧密的事由,否则去辖区外出差不太现实。有你协助真是求之不得。"

"牧田警官,不必如此介怀。说白了,这是我的个人兴趣。"砧半开玩笑地说。

"兴趣啊……"

"所以,即便最后发现真的和案子无关,也没关系。说是长得一模一样,可真的像到无法分辨的程度吗?我只是出于好奇,想见见当过凉子女士替身的那个叫柴田初子的女人。"

3

砧在将棋会馆附近的咖啡店见到了飞騨桂子。这位女子棋手或将在来年春天迎来成人礼。砧记得在电视上看到过她,此刻在桌前相对而坐,近距离接触,砧感到她有着与年龄相符的靓丽,同时也展现出极为成熟沉稳的态度。

"您是说刊登了我和岸滨凉子女士对谈的那本《阳光房》啊。前些天,岸滨女士打电话找我索要,我只有一本,但她不住央求，我就嘱咐她一定要还，把杂志借给她了。"

"结果岸滨女士不小心弄丢了。"

"毕竟那杂志只有十页左右，就是本小册子……但因为刊登有那篇对谈，我一直留作纪念。所以，我借给她之前还想过要不要先复印一份……不过我实在没想到她会弄丢。"

"真是太遗憾了。"

"岸滨女士特别过意不去，来向我道歉。她让我有什么喜欢的衣服尽管跟她说，说会送给我作为赔礼。"飞骅桂子微微一笑。

"是吗……其实该道歉的是我，飞骅小姐。"

"欸？"

"前段时间，我跟岸滨凉子女士见面时，忽然想起好久以前一本将棋杂志的近期资讯页面上有篇报道，提到您和岸滨女士做过一场对谈，就随口说想拜读一下。"

"哦，是这么回事啊。"

"实在对不住。"

"没事，都已经过去了。"

"那次对谈，你们都聊了什么话题？"

"我俩都喜欢推理，聊的主要是外国的推理小说。"

"这样啊……"

两人沉默片刻，相对无言。然而，一与砧视线相遇，飞骅桂子便低头躲闪，脸上闪过犹豫的神情。过了一会儿，她稍显迟疑地开口："砧先生，虽然那个叫《阳光房》的独立杂志出到第三期就停刊了，不过，杂志的编辑志贺康男，其实是我朋友的哥哥。"

"是吗？"

"志贺先生现在在生野区的物流公司当事务员。他那边说不定还有多余的杂志,但我不太方便见他。"

"唔……"

"志贺先生当时和夫人道子女士一起出于兴趣办起独立杂志。之所以出到第三期就停刊,是因为两人由于道子女士那边的一些情况离婚了。"

砧顺之介点点头。"明白了,大致情况我能猜到。飞骅小姐,抱歉让您提起这些私事。"

"没关系。"

"我不会说是从您这里听来的。如果方便的话,可以告诉我志贺康男先生的工作单位在哪里吗?"

"我也没去过……不过旧文件夹里应该有他的名片,我查到就打电话告诉您。"

"太好了,那就麻烦您了。哦,对了,飞骅小姐,我来见您的事,请别跟岸滨女士说。"

她再次微微一笑,点点头。

砧在咖啡店门口与飞骅桂子作别。

寒风呼啸,砧一个人静静走在干燥的路面上。

为何会如此关心此事?独立杂志上的文章明明根本无所谓。她说弄丢了,这事不就结了?砧不禁苦笑。

他当时只是为了找话题随口一说,没想到她当真放在心上,他因而鬼使神差地托将棋界熟人的关系来见飞骅桂子。实际上,这些都无关紧要……

这天晚上,他在新地的酒吧和熟人待到很晚,回到公寓时,发现飞骅桂子留了消息。

他醉得有些厉害，就去厨房接了点儿自来水，边喝边思量。本来没太期待能收到答复，但难得对方好意告知，就顺便去见见那个姓志贺的男人吧，他想。

翌日，砧来到中川町的物流公司，和志贺站在杂乱的现场事务所①一角聊了几句。

名叫志贺康男的青年给他的印象比预想要好。砧顺之介没提是经飞騨桂子介绍的，随便找个借口，问起独立杂志的事。

"停刊的时候，我全都清理掉了。我回了趟和歌山的老家，当时好像往行李箱里装了几本。我偶尔会回去，不着急的话，到时我看能不能找出一本送您。不过还请别抱太大希望。"

"谢谢您。找到的话，麻烦打这个电话号码，我过去取。"

这件事无须再追查下去了，砧想。小册子实际到手之前，他都不打算跟她提起此事。

★

此后调查一直原地踏步，毫无进展。曾在报纸上轰动一时的岸滨凉子这个名字，也渐渐无人再提及。大众的注意力已经转移到新的话题上。

砧顺之介得到消息，是在十二月中旬的一个下午。

阴沉沉的午后，砧一反常态地心情沉重，窝在书房里闷头读书。就在这时，电话铃响了。

"砧先生，我是岸滨凉子。那个，刚才警察联系我说……我先生……出事故，受了重伤。"

---

①现场事务所，为了工程管理而在施工现场附近设置的事务所，一般由办公室、材料堆放场、工作人员使用的休息室或更衣室构成。

"咦，你先生出什么事了？"

"详细情况还不清楚。总之，他们让我赶紧去相田医院……砧先生，实在不好意思，能请你陪我一起过去吗？我心里很不踏实。"

"当然可以，我这就出发。现在是下午四点十分，那我们四点半在阿倍野见……"

两人赶到医院时，岸滨龙二已然断气。

"老公……"

岸滨龙二的遗体惨不忍睹。看到那面目全非的样子，她一脸悲痛地哀呼一声，身体摇晃。砧轻轻扶住她。

随后，在辖区的交通署，警方说明了事故的详细情况。

岸滨龙二过人行横道时，被一辆无证驾驶的卡车撞了。据目击者称，受害者也有不小心之处，看起来心不在焉的样子，没能及时躲开，可能是在想心事。

"道路前方相当拥堵，但反方向车道几乎没什么车。可能是因为走在人行横道上，您先生比较放心。谁知那辆卡车突然冲过来……"

她听着工作人员的解释，看上去精神恍惚。

接踵而至的打击令她彻底一蹶不振。

从某种角度而言，可谓是身处舆论中心的人又突遭横祸，媒体再度发动采访攻势，她为避风头躲进某家诊所。在此期间，砧代为处理一切事务，四处奔波。

葬礼结束后，默默服丧、无依无靠的她，某天不辞而别，就这样从砧的面前消失了。

第九章　壬庚子的秘密

1

很长一段时间里,她像是要逃避周围纷扰一般,音信全无。不过在年后的某一天,砧收到她从山阴地区幽深的温泉胜地寄来的一张明信片。她说她现在用大川启子这个假名住在那里。砧顺之介立刻动身前往她投宿的旅馆。

"你看起来精神好多了。"

"嗯,托你的福。我想赶快忘掉那件事。"

"你还打算继续做之前的工作吗?"

"不,我彻底告别设计领域了。岸滨给我留下了一点儿遗产,但我还是想试着做个什么工作,只不过要等风波过去再说……"

她从岩石浴池出来后,身着休闲的宽袖棉袍靠在藤椅上,欣赏窗外的雪景。

砧坐到另一把藤椅上,与她隔桌相对。刚刚出浴的她风姿绰约,在咫尺处撩拨着他的心弦。

"我去香川县旅游了,前天刚回来。说白了就是去调查柴田初子的身份背景。"

"调查初子小姐……为什么呢?"

她露出复杂的表情。

"哎呀,我不该提起这个话题的。你好不容易要试着忘掉那些不愉快的回忆。"

"没关系,我现在能冷静地回顾这些事了。请你讲讲看。"

"是吗?现在大家都觉得案件可能会陷入僵局,变成悬案。嗨,其实交给警方去办就好,不过出于一些别的原因,我对这个案子产生了兴趣。"

"什么原因?"

"就是设计师岸滨凉子找到名叫柴田初子的女人,让她当替身这件事本身。之前也跟你说过,我很好奇和凉子女士一模一样的女人是什么样子,想跟她见上一面。"

"那你见到初子小姐了吗?"她意味深长地问道。

砧下意识地警惕起来。

"很遗憾,她消失了,不知所终。"砧谨慎地选择措辞,"那时候的事待会儿再慢慢说。另一方面,我从自己的角度出发,试着去调查过无头尸一案的真相。我自己也是案件的相关证人之一,正因如此,我做不到对这个案子置之不理。"

"你是说,你解决了这个案子?"

"我得出一个结论,但不确定是否正确。可以说给你听听吗?"

"我很感兴趣。请务必讲讲。"

这起案件始于自由记者布施香子察觉壬庚子和大干昌雄的地下恋情,以此勒索二人。壬庚子去找香子交涉却未能谈妥,唯恐夜长梦多,对香子起了杀心。于是那天,壬庚子在榆树咖啡店见到香子后,将她带到附近的占卜教室,假装同意她的要求,趁其不备杀害了她。

现在凶手和被害人都已身亡,死无对证,以下只是我的推测。当时壬庚子应该从香子的包里拿走了公寓钥匙。后来警方在香子的房间里发现她在鸟羽的大滨庄酒店拍到的证据,也就是那张拍立得照片,由此可见,她没带那张照片去交易现场。所以,壬庚子后来必须潜入香子的公寓,销毁她勒索自己的证据。然而状况有变,壬庚子没能达成目的。这个姑且不提,总之,壬庚子杀害香子后,离开教室,去往别处制造不在场证明。

另一边,壬庚子的同伙大干昌雄按照事先商量好的那样,随后进入占卜教室,把倒在地上的香子尸体搬进藏在车库的赃车中,开车运送到弁天町的建材存放处,将尸体连同车辆一起弃置。接着,他去往朋友家中制造不在场证明。实际行凶的人和处理尸体的人错开时间行动,并且各自伪造了不在场证明,他们想必以为这样便万无一失。

可惜他们这场蓄谋犯罪百密一疏,大干忘记把香子的包从现场拿走,也没注意到掉落的耳环,估计是因为太过紧张。由于这个失误,警方立即发现香子是在占卜教室遇害的。同时,香子曾勒索壬庚子和大干的事也浮出水面。

大干本没想到自己会被列为嫌疑人,制造不在场证明也只是求个心理安慰罢了。因此,一旦遭到怀疑被警方盯上,他的不在场证明根本不堪一击。事实上,警方已经破解了大干伪造的不在场证明。这就是第一起案件的真相,然而此次事件中还存在另一项杀人计划。

第一起案件的凶手壬庚子因为某些理由,被另一个人盯上了性命。

这另一名凶手自然不知道前述杀人计划,在同一天、同一个地方犯下杀人罪行。从旁观者的角度来看,就像是同一起案件中相关的另一部分。这就是第二起案件。从时间上来看,这第二起案件,即无头尸一案,被发现得更早。

接着,第三起案件发生了,遭到杀害的是第一起案件中的共犯大干昌雄。

砧慢慢讲述着。听者一脸乖巧地凝神听砧讲解,不时微微点头,听到这里缓缓开口道:"也就是说……在最初的案件中,壬庚子和大干昌雄合谋杀害勒索者布施香子。然后,另一名凶手X出于其他理由,将杀死香子的两名同伙先后杀害,是这样吗?"

"没错。"

"那么,砧先生,香子遇害案已经解决,之后只要找出杀死那两名同伙的凶手X,整个事件就算是解决了吧?"

"正是如此。怎么样,你觉得X是谁?"

"让我想想……我认为凶手X应该是壬庚子。"她若无其事地这样说道。

砧一惊,看向她的脸。

"你是想说,壬庚子的无头尸是用来混淆视听的?壬庚子其实还活着,她就是凶手X……"

"不是说那个拿着头颅和断手到处走的女人戴着墨镜和长假发,和壬庚子长得很像吗?与其说是有人假扮壬庚子,不如说那就是她本人吧。那天晚上,我和岸滨都被壬庚子的电话耍得团团转,不是吗?"

"原来如此……可是,照这么说,那具被切掉头颅的尸体又是谁呢?"

"据说失踪的、离家出走的人有很多,我认为是这样的人被当作替身尸体使用了。壬庚子杀害香子之后,为了躲避警方追查而丢置替身尸体,意图让人以为自己已经遇害,所以才有必要毁坏切下的头颅。最后她杀死知晓秘密的同伙大干,销声匿迹。"

"这个推理的确也能成立。警察之中也有一部分人持此观点,正在追查那个乔装成壬庚子的女人……但我还是认为那具无头尸是壬庚子本人。你提供给警方的照片,不就是最有力的证据吗?那张照片上附着有两种指纹,一种是你的指纹,另一种则与无头尸的指纹一致。伪造你提供的照片上的指纹,是不可能的事。所以不用想那么复杂,那具尸体毫无疑问就是壬庚子。凶手X另有其人。"

"砧先生,你说得这么肯定,看来是有很确切的根据。能讲给我听听吗?"她有些兴奋起来,带着挑衅的表情问砧。砧顺之介露出从容的微笑。

"那我就按顺序说明,直到说服你为止。解决此次案件的线索有三……"

★

"第一条线索,是风山秀树于案发当晚在滨餐厅的停车场偶然目击岸滨凉子和替身柴田初子同时在场。第二条线索还是跟风山有关。那天晚上,他目击从壬庚子那间占卜教室的车库里开出一辆轻型厢式车,随即闯入教室。室内无人,当时既没有无头尸,绒毯上也没有血迹。风山与案件并无直接关联,却因离奇的缘由被当成相关人员追查。他碰巧目击的两件事都成了解谜的线索,我觉得很有意思。之前我提到存在有意义的巧合,那时你表现出否定的态度，但是，巧合往往能成为解决难题的突破口。"

"嗯……"

"而第三条线索稍微涉及一些心理因素。乔装成壬庚子的那个神秘女人把藏进寄物柜的波士顿包又取出来，马上放到地铁里。她有什么必要这么做？"

她慢慢消化着私家侦探的话，一言不发地听他讲述，表情像是在问他从这三个突破口出发将展开怎样的推理。

砧继续说道："现在回到一开始的话题。你没有否定风山秀树的证词，而是老实承认替身的存在，这让我很感兴趣，非常想见见那个据说和你一模一样的女人。通过她工作单位的文件，我得知她老家在香川县，就去了那边一趟。我四处打听，见到初子的舅舅古贺祯二，拿到了珍贵的照片。"

砧猛地起身，从旅行包里拿出两张照片，放到桌上。

"你看，这张是柴田初子高中二年级的照片，在高中生将棋大赛中夺冠时拍的；这张则是岸滨凉子女士的照片，同样是高二时拍的。吓了一跳吧。这两张老照片上的人果真一模一样。"

"哎呀，还真是……"

"我只是听你形容，不认识本人，所以你再怎么说像，我也没太当真，觉得不至于像到能让人认错的程度。但是，从这两张照片可以想象，十五年过后，两人即使多少有些变化，只要穿上一样的衣服、化一样的妆，要短暂瞒过周围人简直轻而易举。古贺祯二现在是农协的干事，我听他详细讲述了柴田初子的身世。"

"嗯……"

"昭和二十五年①十月，古贺祯二的妹妹古贺久子时年二十三岁，被名为柴田太市的青年追求，与之结婚。当时久子刚与曾海誓山盟的男人因故分手。次年七月二十四日，太市、久子夫妇诞下一女，即柴田初子。不幸的是，初子三岁丧母，八岁上小学二年级时，父亲太市也遭斗殴殃及而去世。初子成了孤儿，由舅舅古贺祯二收养。在富裕的舅舅身边，初子茁壮成长，从高中考入短期大学，毕业后就职于一家公司。在这里，初子与已有家室的上司坠入爱河，殉情未遂。她当然没法在公司再待下去，便只身奔赴大阪，这一年她二十五岁。其后直到现在，她与留在老家四国的古贺先生彻底断绝了音信。于是我发现一个有趣的事实。"

说到这里，砧瞥了眼听者的神情，见她一脸认真，又淡淡地继续说起来："昭和二十六年②一月，一个叫尾野信治郎的男人入赘田所家，与凉子女士的母亲田所延枝结婚。次年二月二十四日，田所凉子出生。她大学毕业后，不幸因事故失去双亲。二十八岁那年，她遇到比她大一轮的岸滨龙二，与之结婚。而初子的母亲古贺久子在跟柴田太市结婚之前所交往的恋人，正是哥哥古贺祯二的朋友尾野信治郎。此外，久子和延枝曾是同班同学，两人曾争夺英俊青年尾野信治郎的爱情。尾野对久子抱有好感，却出于现实考虑，与富豪的独生女田所延枝订下婚约。久子受到失恋的沉重打击，悲伤不已，后遭先前一直在追求她的柴田太市侵犯而成婚，那时久子已怀有前男友尾野信治郎的孩子。这只是我的推测，从初子是早产儿这一点来看，柴田初子和岸滨凉子有可能是同父异母的姐妹。对比过这两张

---

①一九五〇年。
②一九五一年。

照片后,我更加确信。"

砧说到中途时,她便显出凝重之态,此刻更是流露出极为激动的表情。

"这么说……我和她……初子小姐是我的姐姐?"她用沙哑的声音问道。

"只能这么想了。你们在大阪不期而遇,或许也是某种因缘。"

"我完全不知道。做梦都没想到……我做了对不起她的事。"

她咕哝一句,思虑重重地看向窗外,茫然眺望着外面的景色,不过恐怕根本看不进任何景物吧。沉默持续片刻。

少顷,砧颇为感慨地说道:"我这次调查得到的结果呢,就只有这些。你们二人的相遇,若说是巧合,未免过于有宿命感,所以,在得知此事后,我受到某种启发,离真相更近了一步。"

"哦……"

然后,砧斩钉截铁地抛出结论:"我就直截了当地说了。杀害壬庚子并分尸的,是岸滨龙二。杀害大干昌雄的也是他。"

"什么?你说我的亡夫岸滨是凶手?"

"没错。"

"可搬运断手和头颅的不是女人吗?"

"凶手有个女性同伙。那女人假扮成壬庚子的样子,协助岸滨作案。"

"你知道那女人的名字吗?"

"当然。"

"那女人……到底是谁?"

"是你。"

"呃……"

"那女人就是现在正坐在我面前的你。我说错了吗?"

2

她蛾眉微蹙,一动不动地凝视砧的脸庞。砧默默叼起一根烟,叩响打火机。过了一会儿,她美艳的面容上浮现妖媚的微笑,眉间闪过一瞬杀气。她向砧回以熠熠生辉的目光,朗声笑道:"你是说我和岸滨——我们夫妻合谋杀害了壬庚子和大干?砧先生,你也太异想天开了。我们为什么要杀壬庚子小姐和大干先生啊?哪儿来的动机?倒不如说,收到那个装着断手的包裹,我们头疼还来不及呢。"

"嗯……"

"而且,那天晚上,我和岸滨都有不在场证明。况且,砧先生,你当时不是也和我在一起吗?你忘了吗?为什么却……"

"的确,那天你在南映文化厅做完演讲,开车去滨餐厅时载了我一程。有朋友做证说岸滨凉子直到晚上七点都待在滨餐厅,凉子去千子的店也有人见证,所以这个不在场证明无法推翻。然而与此同时,晚上七点,那个神秘女人把装着头颅的包存进天六的寄物柜,把断手包裹送到'万事服务社',可见那个人不是你。你是想说这个吧?"

"是啊。我都说过好几次了,那天我被壬庚子的电话耍得团团转,有确切的不在场证明。另外……大干先生在公寓遇害那天的事你还记得吧?砧先生,你和清水典江小姐都在我家。"

"诚如你所说。你们设计的诡计就是精妙到了这种程度。话说回来,和单独制造不在场证明的情况不同,有同伙的话,就可以互相补足,乍看不可思议的不在场证明,其实很容易便能伪造出来。"

"你再怎么说,我们的行动大家都明明白白看在眼里。你要是觉得我们能见缝插针实施那样的杀人行为,就具体讲讲我们是怎么做到的啊。"

她再度发难,嘴角浮现神秘的微笑。

"好啊,我就讲讲吧。"砧游刃有余地回敬道,"不过容我先插几句。你刚才提到了清水典江小姐,实际上,她经历的某个神秘小插曲,对弄清此案谜团起到不小的作用。我觉得先从这件事说起比较好。"

"请讲,你随意就好……清水小姐怎么了?"

"关键就是那张三人合照。你之前提供给警方的那张照片上,壬庚子在中间,凉子女士和清水小姐在两边。我直接向清水小姐本人问了问那张照片的事……拍摄时间是十月二十五号对吧?其实在那之前,九月十七号那天,清水小姐就看见过壬庚子和岸滨凉子。我说的小插曲,就是指那时候的事。"

"呃……"

"地点是位于清水谷的西田大厦。岸滨凉子在这栋大厦的二楼有一间名叫'RK设计研究所'的个人工作室,有时会过去。大厦管理员大竹守男是清水典江小姐的伯父。九月十七号傍晚五点多,清水小姐为了陪嗜好将棋的伯父切磋,来到大厦的管理员办公室。"

"嗯……"

"五点四十分,两人开始下棋,这时一个戴墨镜的女人走进大厦,拿出写有'壬庚子'这个名字的名片,说是和二楼设计研究所的岸滨女士约好要见面。大竹先生告诉她岸滨凉子还没来大厦,她说了句'那我过会儿再来'就走了。五点五十五分,岸滨凉子来了,大竹先生便说了刚才的事。对方表示她们约好六点见,壬庚子过来的话,让她到二楼,说完就上楼去了。哎呀,在你面前说这一段感觉有点儿怪。你就当我是在以清水典江小姐的视角讲述吧。"

"我明白。"

"晚上六点,大竹先生按照平常的习惯去锁上后门。过了大约十分钟,壬庚子又过来了,大竹先生让她去二楼。六点半左右,大厦对面咖啡店的店员拿着两人份的咖啡外卖上到二楼。接着,壬庚子于七点独自离开。又过十分钟,三楼 OS 商务的两名男性员工走出大厦。"

"嗯……"

"到了晚上七点半,大竹先生该锁大门了,但凉子女士应该还待在二楼,他就去看了看情况。结果他发现岸滨凉子的工作室已经关灯,空无一人,看样子她不知什么时候回去了。大竹先生感到很不可思议。后门六点锁上之后便无法通行,而大门边的管理员办公室里,两人边下将棋边盯着人员出入。岸滨凉子是什么时候、怎么离开大厦的?他摸不着头脑。"

"嗯……"

"这时清水典江对壬庚子留下的名片产生了兴趣,得知她在红梅町经营一间运用四柱推命法算命的占卜教室,想要去见见她。九月二十号,清水典江第一次去拜访壬庚子。后来两人又见过一面。到十月二十五号再去的时候,岸滨凉子女士也来了。壬庚子介绍两人认识,然后三人用自动拍照功能合影,拍下的就是那张照片。"

她微微点头。

"那天,清水小姐经介绍与岸滨凉子正式认识后,说起西田大厦那件事,凉子若无其事地笑着回答说自己在壬庚子小姐离开后不久就走了。可清水小姐自认那天晚上一直留心盯着大门那边，对这个解释仍然不太能接受。唉，任谁听了这事，应该都会觉得是管理员办公室里的两个人下棋下得太入迷而看漏了吧。本来只是件一笑而过即可的小事，但后来我得知岸滨凉子找了柴田初子这么个替身，猛然惊觉，发生在西田大厦的这段看似无足轻重的小插曲，有着非常重大的意义。"

"呃……"

"换言之，我是这样考虑的。岸滨凉子既然能以游戏心态实践侦探小说的情节，干出找柴田初子当替身这种事，那么也很有可能实践过'一人分饰两角'的诡计。实现'替身诡计'，需要找到和自己一模一样的人，难度很大；而一人分饰两角则只需变装成另一个人的模样，想做就随时都能做到。反倒是实施这个诡计在先吧。也就是说，我认为名叫壬庚子的占卜师，就是岸滨凉子本人……"

★

"这个小插曲发生在九月十七号。据我调查，柴田初子当时还在玉井外科医院住院，尚未签订替身契约。那么从西田大厦的情形能推出的结论只有一个。晚上七点壬庚子离开，之后除了那两个 OS 商务的员工以外，没人出过大厦，岸滨凉子却从二楼的事务所消失。只要假定壬庚子和岸滨凉子是同一个人，这一离奇现象就能得到充分的解释。"

砧顺之介说完窥探她的反应，只见她原本亮闪闪的眼睛此刻冷冽下来，表情也格外僵硬。

砧顺之介慢慢继续说道："那天，岸滨凉子先变装成壬庚子，于傍晚五点四十分来到管理员办公室，留下名片便立刻离开。大约十五分钟过后，恢复原本模样的凉子来管理员办公室露个面，留话说让壬庚子来了之后上二楼，便走上大门这边的楼梯。接着，凉子立刻走下后门那边的楼梯，从后门溜出大厦。之后，后门于六点准时上锁。六点十分，凉子再度变装成壬庚子，又一次从大门走进大厦，上到二楼。六点半点咖啡外卖，自然是为了让人误以为事务所里有主客两人。晚上七点，凉子锁上事务所，穿着壬庚子的服装离开。所以，之后事务所里才会空无一人……就是这么个再简单不过的把戏。"

"唔……"

"至于为什么要做这种事。揣摩一下岸滨凉子的心理的话……那时凉子还没和柴田初子订下契约，只是一人分饰两角，创造出占卜师壬庚子这个人物，觉得好玩，迫不及待地想找人试验一下，于是借西田大厦这个场地，骗了老实的管理员一把。谁都不会想到一人分饰两角这种荒唐事，因此这次试验非常顺利。然而……"砧继续说道，"试验地点碰巧有清水典江小姐这位敏锐的女性在场。壬庚子听造访占卜教室的清水典江小姐提出这个疑问，本来一笑置之，不承想恰巧发现了柴田初子。"

"嗯……"

"然后……凉子与初子签订契约，等到替身的训练有所进展，便安排清水典江在十月二十五号来占卜教室。到了这天，岸滨凉子让初子乔装成凉子，自己当然是扮演壬庚子，把典江小姐介绍给了冒牌凉子，然后三人一起拍了合影。如此一来，典江便深信凉子和壬庚子是两个人。后来你提交那张照片，把警方也彻底蒙在鼓里。关于那张照片，想必无须再多解释，左边是清水典江小姐，中间的壬庚子实际上是岸滨凉子，右边的冒牌岸滨凉子则是柴田初子。"

"呃……"

"还有另一项颇耐人寻味的事实可以作为佐证,证明壬庚子就是岸滨凉子。"砣悠悠地继续说道,"岸滨凉子为了杜撰出壬庚子这个人物,编造了一则谎言。那就是京都有一位四柱推命学大师壬甲子,即细田龟吉,自己受其所托资助名叫细田多美子的女人,也就是壬庚子。旁人猜测她是壬甲子的私生女,所以把名字改了一个字,自称壬庚子,但这显然纯属虚构,只不过壬甲子本人已故,无从辩解。名叫细田多美子的女人从一开始就不存在。"

"呃……"

"不过我忽然想到,有人直接用出生年份的干支来取名,细田龟吉或许也是特意将干支用作职业名号……想到这点,我去查了一下。明治三十五年四月十一日出生的龟吉情况如何呢?明治三十五年是壬寅年,四月是甲辰,十一日是甲子。由此可以推测,所谓日柱是本人的象征,所以他以'甲子'为名,以年柱的'壬'为姓,自称壬甲子。我用同样的方法查了岸滨凉子的干支。她出生于昭和二十七年①二月二十四日,这一年是壬辰年。列出来就是这样。"

年柱	【壬】	辰
月柱	壬	寅
日柱	【庚】	【子】
时柱	—	—

"你看,'壬庚子'这个名字根本就是根据凉子的出生年月

---

①一九五二年。

日取的。这体现了她孩子气的一面。她在一人分饰两角的同时埋下一个线索，向周围人发起挑战。因此，可以认为在这个阶段，她还没有萌生犯罪意图，只是闹着玩而已，否则她应该不会取这种稍微有点儿心的人就能看穿真实身份的名字。而岸滨凉子当壬庚子的赞助人，以凉子的名义租借红梅町那栋房子，便也都顺理成章。就这样，设计师岸滨凉子与占卜师壬庚子的双重生活拉开序幕。在这个时期，她为宣传壬庚子给独立杂志写信，以此为契机结识布施香子。布施香子见过壬庚子后，写下夸大其词的宣传文章，自那以后，占卜师逐渐积累起口碑。岸滨凉子隐瞒真实身份，始终以神秘占卜师壬庚子的身份与布施香子接触。就这样，在顺利扮演岸滨凉子与壬庚子两角的过程中，凉子偶然得知柴田初子的存在，与其订下契约，打造出凉子自己的替身。她的这一举动也纯粹出于孩子气的心态。无论是一人分饰两角，还是准备替身，都完全不是为了犯罪，仅仅是出于游戏心态，想吓别人一跳罢了。"

"嗯……"

"常人可能会感到莫名其妙，不过我倒是挺能理解这种心理的。这就跟魔术师表演连环扣魔术和扑克魔术吓唬观众是一个道理。我觉得她是想将只存在于侦探小说中的魔术付诸实践。真是优雅的爱好，一定非常有意思。"

砧顺之介在她面前使用第三人称，逐一揭露岸滨凉子的秘密，而她也像听别人的事一样一脸冷漠地默默听着，任他滔滔不绝。

"在这期间，岸滨凉子遇见大干昌雄，与他发展成恋爱关系。具体经过不太清楚。我听她的朋友说，大干是她上学时交往过的前男友之一。总之，两人背着凉子的丈夫龙二开始偷偷交往。她行事相当谨慎小心，尤其是创造出壬庚子这个角色后，她会用这个形象去和大干见面。不料布施香子撞破两人的地下恋情，以此勒索。壬庚子和大干都表示自己是单身，就算恋情败露也算不上丑闻，没有妥协。但布施香子出于职业敏感，轻松看穿壬庚子就是凉子。壬庚子对香子嗤之以鼻，不接受其提出的要求，香子便盘算着要吓吓她，某天突然造访西式裁缝学院。然而香子没能见到凉子，于是在离开前留下写有'布施香子'的名片示威……我委婉地从学院的事务员那里打听到这事，对方说凉子看到名片后似乎受了很大打击。"

"嗯……"

"'布施香子'的名片无声地传达出这样的信息：我知道你的身份，和我打交道的不是壬庚子，而是著名设计师、富太太岸滨凉子。凉子看见这张名片，意识到危险，决意除掉香子。"

"等一下，砧先生，我明白了。"

她截住砧的话头。

只见她脸颊微微泛起红潮，凝视着砧的双眸闪闪发亮，神秘而妖艳的笑意更深。她用优雅的手势点燃香烟，缓缓吐出烟雾。

"十分合乎逻辑的推理，岸滨凉子和壬庚子是同一个人这种假设很有趣。但是，成为推理依据的西田大厦那件事，应该只是那两个人下棋下得太入迷看漏了吧。对壬庚子这个名字的暗号式解读也只不过是牵强附会。如果你的假设是正确的，那么壬庚子和大干昌雄合谋杀害香子的动机的确能令人信服。可你的说法存在矛盾。"

"哦……"

"按照你的推理往下讲，第二起杀人案中，杀害壬庚子的是岸滨夫妇，对吧？要是如你所说，壬庚子就是岸滨凉子，那我就成了协助杀死自己的同伙，现在根本不可能坐在这里。"

"确实，你说得没错。壬庚子死了的话，凉子夫人就不可能坐在我面前。呵呵……所以说，这不是逻辑完全自洽吗？"

"这话是什么意思？"

"壬庚子死了，就意味着岸滨凉子死了。那么还活着的只可能是担任替身的柴田初子。不仅拥有与凉子几乎如出一辙的容貌，甚至能模仿其性格的女人，难道还有别人吗？我刚才说那个女性同伙就是坐在我面前的你，指的是真正的你——柴田初子小姐。"

她昂然挑眉，再度朗声笑道："你说我是柴田初子……开什么玩笑……还在说这种傻话……砧先生，你忘了吗？案件还没发生时，我和岸滨一起在桃龙阁见过你。去南映文化厅做演讲的那天，也开车载过你。你还来过我在万代的家。那时候的我，难道和现在坐在这里的我有什么区别吗？"

"没有区别，的确都是你。我之前见过的和现在坐在我面前的，毫无疑问是同一个人。"

"那你……为什么说——"

"我只见过真正的岸滨凉子一次，而且是很久以前的事了，只是在机场打了个招呼而已。那时她留给我的印象已经模糊了。"

"呃……"

"十一月三号晚上，我跟你和岸滨龙二一起待在桃龙阁。而壬庚子和布施香子在榆树咖啡店见面，同样是在三号晚上。也就是说，真正的凉子以壬庚子的身份去见香子了。所以，从在桃龙阁见面的时候起，出现在我面前的'岸滨凉子'，一直都是替身柴田初子……"

"可要是这样的话,岸滨应该会注意到啊。"

"关键就在这里。岸滨身为凉子的丈夫,应该能注意到身边人是冒牌货,可他佯装不知,把你当成真正的凉子对待,我正是因此觉得他可疑。"

"唔……"

"岸滨龙二带你这个替身去桃龙阁和我见面,是为谋杀凉子而进行的准备工作。凉子对初子的背叛浑然不觉。她做梦都想不到,她乔装成壬庚子去榆树见香子的时候,丈夫龙二正在别的地方和替身初子假扮夫妻,跟我见面。"

"呃……"

"所以,你才会让我别打电话给你。凉子还活着的时候,万一接到我的电话,事后可不好解释。好在你设法化解了这种危机。可惜仅凭我的推理还有弄不明白的部分。岸滨龙二为什么识破你是替身,并拉你当同伙呢……"

3

"初子小姐,这个星期六,我想让你替我在万代的家里住一晚。你前些天去过,知道我家里的情况。不用担心。岸滨星期五要去东京出差,星期一才回来。"

岸滨凉子如此请求。

总之,就是十月二十九日晚上在用人面前充当替身。对于拜托初子做外宿的不在场证明一事,凉子并未显出心虚之态,初子也不置一词。

现在想来,那天晚上,凉子是以壬庚子的形象去鸟羽的大滨庄和大干昌雄幽会了,但当时初子并没有怀疑凉子夜不归宿单纯是为了幽会。

岸滨家里有个高中刚毕业的女佣,叫池内君代,初子只要让她认为周六晚上凉子在家就行。然而,要在别人家里冒充本人度过一晚,她难免心里打鼓。更何况,坐在凉子的起居室里,她就会克制不住地回想起前段时间经受的冲击。

岸滨从藤椅上起身,缓缓走近我。

"老公,还有什么事吗……"

"你今天很有活力。凉子,你好漂亮。"

岸滨龙二靠过来,吻上我的嘴唇。我骤然感到一阵奇妙的战栗。

担任替身期间发生的事,初子都会报告给凉子,以便统一口径。唯独对那起突发事件,初子闭口不提。

电话铃响了,君代讲电话的声音不时传来。不一会儿,纸拉门打开,君代过来了。

"那个,夫人,非常抱歉在这种时候提这样的请求,可以允许我回一趟家吗?"

池内君代慌慌张张地出门了。

初子静下心来。才晚上七点半,空无一人的宅邸寂若死灰,甚至有些恐怖。

突然,门铃响了。

来到玄关,便见岸滨龙二拎着行李包站在门口。

"怎么了,老公,你不是预计周一才回来吗?"

初子流畅地应对着,连自己都感到不可思议。

"计划突然有变,我回来取些资料,一会儿九点还要再出去,坐末班光号列车去冈山。我洗个澡,吃点儿东西再走。"

"哎呀,真够折腾的。我这就帮你准备。刚才君代说母亲身体出了点儿问题,回家去了。"

"哦,是吗,家里就你一个人?"

"嗯,不过君代说晚上十点半就会回来。"

"嗯……"

初子感受到岸滨微妙的视线,抬起头来。

"老公,怎么了?"

"没什么。"

初子在厨房准备食物的时候,岸滨向她喊话。

"凉子,能过来一下吗?"

"什么事?"

岸滨龙二在卧室里。他一言不发地拽过初子的手,猛地把她推倒在床上,疯狂吮吸她的嘴唇。接着,他毫不客气地扒掉初子的内衣。

"你……你要做什么?"

初子不由得叫出声来,但她的抵抗到此为止。岸滨以为她是凉子,而像这样的即兴玩法,也许是这对夫妻的家常便饭。初子浑身脱力。岸滨顺理成章地凌辱了初子。

初子有过一段苦涩的经历。她曾与有家室的上司相恋,殉情未遂。那是八年前的事。自那以后,她便惧怕与男性接触。

她从打击中恢复过来,整理衣服时,岸滨龙二说:"你不是凉子吧。"

初子就是从那时起,陷入背叛岸滨凉子的处境。

晚上九点刚过,岸滨龙二重整行装,拎着行李包走出家门。

"家里就拜托你了。"

"好,路上小心。"

送走岸滨龙二后,池内君代回来了。这天晚上,初子精神亢奋,辗转难眠。

她是不是无聊的好奇心作祟,无意中牵扯过深了?此后会发生什么事,完全无法预料。

早该退出这个不合常理的游戏。而意识到这一点时,她发现自己已然置身于未曾设想的处境。

(事已至此,只能顺其自然……)

初子在凉子的卧室里深深叹息一声。

★

如前所述,布施香子在学院留下名片,是为了表明"我知道壬庚子的真实身份"。看见那张名片,岸滨凉子难掩震惊,赶紧去找大干商量对策。凉子见识到香子的性格后,认为若处理得不够彻底,反而会陷入窘境,决意索性杀掉香子,斩草除根。她打算找个借口,利用替身初子制造不在场证明来应急。两人签订契约时便约好,初子担任替身时不一一过问理由,所以这次也没必要向初子交代杀人计划。即使布施香子的尸体之后被人发现,她也只要表现出一副事不关己的态度即可。凉子决定在十二日星期六行凶,与大干商定计划。

案发当日傍晚五点半,壬庚子在榆树咖啡店和香子碰头,引其去占卜教室慢慢商谈。香子没料到对方会直接使出这般强硬手段,掉以轻心,如此难对付的女人就这样轻易落入陷阱,遭到杀害。壬庚子解除变装,恢复岸滨凉子的模样,离开教室。

此时是六点二十分,她被风山秀树目击并尾随。

变回岸滨凉子模样的她,全然不知风山出于好奇心跟在后面,直奔滨餐厅的停车场。按照计划,她要在那里和替身初子碰头。也就是说,那天柴田初子作为设计师岸滨凉子的替身,出席了南映文化厅的演讲会。以初子的学识,根据凉子写好的讲稿在听众面前演讲不过是小菜一碟。就这样,初子充当凉子的替身,随后开车去往滨餐厅。然后,开车到停车场的初子和从占卜教室过来的凉子在车里商议了五分钟。这是因为凉子需要听初子讲述演讲会的情况。然而就在这时,初子在车中对凉子说出恶魔之语,将她引入陷阱。初子说的大概是"岸滨龙二打来电话,说晚上七点在占卜教室等你"之类的话。

不料停车场发生的事情让风山秀树看见了。后来我要求你解释时,你谎称从教室走到滨餐厅的是初子,化险为夷。走进滨餐厅的确实是凉子本人,所以谁都没有怀疑。替身初子去送别会的话,与尾形桃子等旧友交谈,势必露馅。

在停车场下车后,结束替身任务的初子径直走进地铁站。

另一边,凉子的同伙大干离开守口市民会馆,到南森町站下车,用备用钥匙开门走进占卜教室。他把香子的尸体搬进赃车运到弁天町,然后去深江的朋友家里制造不在场证明。如此一来,两人既杀掉了勒索者,也确保了自身安全。可尽管凉子为掩盖幽会之事做到这种地步,岸滨还是察觉到了妻子的不忠。

岸滨龙二本就对凉子的行动抱有疑问,机缘巧合发现她有个替身。从他的角度来看,很难认为凉子准备替身只是出于好玩。他认定这是为了制造不在场证明。也就是说,他过度猜疑,以为凉子想利用替身伪造不在场证明,谋杀亲夫,继承遗产后与大干再婚。所以说,岸滨对两人萌生杀意,既是出于对他们私通的嫉妒、憎恶而想要复仇，也有被害妄想的因素，误以为自己被盯上性命，试图反抗。

他把替身初子拉来当同伙。借由初子的转述，他对凉子的行动了如指掌。唯独布施香子一事，凉子想自己处理，因此初子不知道，岸滨龙二自然也无从得知。

岸滨决定将计就计，利用凉子的替身计划来完成杀妻计划。替身一事是只有当事人才知道的秘密，所以即使杀掉凉子，只要制造出死者是壬庚子的表象，再由替身初子取代凉子，那么岸滨和假凉子都丝毫不会受到怀疑。问题是凉子的情人大干有可能知道替身的事。故而为保险起见，有必要顺便杀掉大干封口。

岸滨正窥伺时机之际，初子带来情报：凉子拜托她十一月十二日充当替身，去南映文化厅做演讲。既然让初子制造不在场证明，凉子肯定另有行动。他们正好可以反过来利用这个不在场证明。根据初子的情报，她和凉子约好晚上六点半在滨餐厅的停车场碰头，之后凉子要去餐厅待一段时间。于是，岸滨将壬庚子的占卜教室选为杀人现场。虽说是巧合，却让人感到命运的恐怖呢。在停车场碰头后，初子编造借口，引凉子晚上七点去占卜教室，就像刚才说的，比如谎称在南映文化厅做演讲的时候，岸滨打来电话说"有要事相商，想晚上七点在占卜教室见面"。站在凉子的角度看，岸滨龙二不知道初子的事，给身在南映文化厅的"妻子"打电话也并不稀奇。她本以为初子会以凉子的身份妥善应对，结果听初子这么说，不禁大吃一惊。她刚在那栋房子里杀完人。凉子对丈夫的电话感到在意，于是晚上七点中途离开送别会，出发去占卜教室。就在此时，她在餐厅门口与携女性同伴的风山秀树擦肩而过。

再说主谋岸滨龙二这边。那天他离开长堀俱乐部，先去做准备工作，也就是制造不在场证明。他来到难波站的咖啡摊，在常客工藤副教授眼前露了个面。接着，他在占卜教室守株待兔，等凉子晚上七点过来后说有重要的事要说，把她引进屋里。注意，这时候布施香子的尸体已经不在教室里了。早在六点四十分，大干就开轻型厢式车把尸体运走了。然而凉子惴惴不安，以为岸滨龙二是得知她假扮壬庚子的事，特意叫她来教室的。但岸滨龙二终归是她丈夫，她也就没多犹豫，随他一起进入占卜教室。凉子恐怕完全没意识到自己已经有性命之忧。她生性高傲要强，在丈夫面前总是占据主导地位。即使遭到他的盘问，她也有信心能巧妙地应付过去。谁知就在同一个地方，发生了第二起杀人案。岸滨龙二动手杀害凉子即壬庚子，应该是在晚上七点十五分左右。

根据现场状况，警方本来推断壬庚子的死亡时间在六点左右。从血迹状态等细节来看，杀人现场显然就是占卜教室，不太可能是移尸后伪造现场。可风山秀树做证说，他六点四十三分潜入教室的时候，屋里并没有无头尸，我为此着实困惑了一段时间。而这一点最终成为突破口。风山当然不会看见尸体，因为行凶时间在七点之后。凶手岸滨为了制造死者死于六点左右的假象，才切下了尸体的右手和头颅。

★

岸滨龙二怀着深深的憎恶，切下凉子的头颅和右手，继而损毁面部，使其无法辨认出容貌。鲜血滴落到绒毯上，他独自置身于空空荡荡的教室，把切下的头颅和断手分别塞进包和纸盒，其身姿无比阴森骇人。此时的岸滨龙二已经彻底疯狂，外表看上去冷静理智，精神却濒临崩溃。

岸滨龙二给无头尸换上壬庚子的衣服，将其留在现场，离开教室。当然，他是在取走凉子的衣服和车钥匙等物品后，拿着装有头颅的包和装有断手的纸盒走出教室的。然后，他暂时把衣服和包存进车站的寄物柜。

接下来，他带着装有断手的纸盒来到岸滨商会。他允许住宿员工在星期六晚上外出，此时事务所里空无一人。岸滨用备用钥匙开门进屋。由"万事服务社"派送的小包裹已按计划寄到。因为还要重复利用，他小心翼翼地揭开包装，替换掉里面的盒子。他用的是同款抽纸盒，尺寸刚好。把包装纸照原样包好后，他锁好门离开事务所，去日本桥的七尾酒吧制造不在场证明。

回溯一下前情，来讲讲同伙柴田初子的行动轨迹吧。初子离开滨餐厅的停车场后，去附近的寄物柜取出岸滨早已存好的衣物。她在卫生间乔装打扮成壬庚子的模样，晚上七点到天六的投币式寄物柜把波士顿包存进去，然后去委托"万事服务社"派送小包裹。但这时凉子还活着，尚未遇害，所以波士顿包和小包裹里并没装着从凉子尸体上切下来的头颅和右手，想来她是随便塞了点儿重物进去。

接着，初子恢复岸滨凉子的模样，去往千子的店。她需要演一出因壬庚子的要求而不惜中途离开送别会赶到这家店的戏。快到店里时，她以壬庚子的名义给店里打电话说自己去不了了，然后才来到店里。

就这样，真正的凉子离开餐厅后在占卜教室遇害，表面上看起来却像是从餐厅出发去了千子的店。随后，初子回到停车场，用备用钥匙打开车门，开着凉子的车返回万代的岸滨宅。

十三日早上，岸滨龙二前往事务所，让店员打开他昨晚动过手脚的小包裹，以完成这项计划的最后一步。从盒子中发现断手后，他佯装震惊，将其交给警方。这个盒子在昨晚七点已经被送到"万事服务社"，还要算上处理尸体的时间，如此一来，他便成功诱导警方将作案时间误判为傍晚六点左右。

柴田初子则还有最后一项任务要完成。第二天早上，初子再次乔装成壬庚子，先从寄物柜取出岸滨前天晚上藏好的装有头颅的包，乘出租车从都岛出发。她中途去了天六，从寄物柜里取出用于迷惑人的波士顿包，最后在东梅田下车。接下来，她在卫生间换掉波士顿包里的东西，随即乘上开往文之里的地铁，把波士顿包放到车厢里后悄悄离开。

仅靠断手还不够保险，于是对头颅如法炮制，以期取得加倍效果。为何要特意把波士顿包从天六的寄物柜取出来放进地铁这一疑问，至此也得到了解释。简而言之，是为了把波士顿包里装着的其他东西换成头颅。切下尸体的头颅和手，固然有憎恶的缘故和混淆身份的意图，其实也能起到不在场证明的作用。这个不在场证明诡计的核心，是要让人误以为波士顿包和小包裹里一开始就分别装有头颅和断手。岸滨龙二和柴田初子为此谨慎地分多个步骤进行这项秘密工作，表面看来几乎不可能完成的犯罪由此得以实现。

凶手在大干昌雄一案中故技重施，两人合谋分多个步骤实施计划，在我和清水典江小姐眼皮底下巧妙地完成了一出远距离杀人。除掉香子后，大干却意外听闻占卜师的死讯，想必十分震惊。但凉子夫人还活着，所以他很放心。骚动平息后，他接到她的联络，满心以为能从她那里问清情况，结果却惨遭杀害。案发后大干一直没找到机会跟她直接见面，他恐怕到最后都不知道凉子竟已遇害，是初子在冒充凉子夫人。

警方推测大干昌雄的遇害时间在晚上七点半以后，但实际作案时间要更早。

岸滨龙二让初子在事先商定的时间从家里给大干打电话，自己则于六点左右抵达矢仓公寓，闯入大干的房间。

他刺死大干，抢走房间钥匙，旋即直奔驹川商业街的电器店，买了三盒录像带。正如收据所示，此时是六点三十二分。然后岸滨回到家里，晚上七点若无其事地迎接我们这些客人。

之所以邀请我和清水典江小姐那天晚上去做客，是为了让我们当不在场证明的证人。而且，你俩在和我们说说笑笑的时候，也没停下犯罪活动呢。我指的是在现场引发争议的录像带。

大家在岸滨家的西式房间谈笑风生之际，角落里的电视开着，正在播放《巴内特侦探局》。而另一个房间里，应该有和大干屋里那台同一机种的录像机。播到广告时，岸滨就悄悄离席，去另一个房间里剪掉广告。不用说，使用的录像带就是从安井电器店买来的。我们回去后，他又用这盒录像带的剩余部分录制了深夜节目《狂人考伯恩》，这一点自不待言。

第二天，岸滨潜入大干的房间，把带来的录像带装进录像机。因为机种相同，所以毫无不协调感，所有人都以为是用这台录像机录制的。接着，他把同时购买的另外两盒录像带和收据一起放在桌上，又在晚报的电视节目版块上做好标记。

光做这些伪装工作，岸滨还是不放心，于是在房间里留下伪造的风山秀树的名片，想要把舆论人物风山卷入其中，以误导警方的调查方向。但这一手过犹不及，警方对风山进行初步调查后便停止追究。

最后，岸滨龙二因交通事故身亡，无从听他本人自白，真相就这样永远不见天日。

★

"恕我直言，你的推理有些牵强。在同一个地方，先后有人实施不同的杀人计划，这不过是从结果倒推出来的解释罢了。更何况，隔几分钟就有人出入犯罪现场，而那些人竟然一次也没互相撞见，如同纸上空谈，你不觉得过于巧合了吗？"

"嗯……"

"而你却不顾最擅长的逻辑，满口有意义的巧合、宿命般的巧合……看来不扯这些就解释不通呢。"她尖锐地质疑道，然而表情沉稳，语带揶揄，又像是乐在其中。

砧回以苦笑。

她继续说道："像这样的时间差和巧合都是无法否定的可能性之一，这是事实，所以我姑且不深究，纸上空谈的成功和巧合的存在都通通接受。即便如此，你的推理还是有一个不容忽视的根本缺陷。"

"什么缺陷……"

"说我岸滨凉子被人取而代之的推理。你刚才强行主张这一点，可这种事在现实中可能吗？实在太过离谱，荒诞不经。在这个户籍制度和居民登记制度都相当完善的社会，冒充别人生活简直是天方夜谭。不说别的，搞不定周围那些熟人，连日常生活都寸步难行，肯定没多久就会暴露真实身份。"

"你说顶替别人的身份是纸上空谈，从常理来说的确如此，但武断地排除这种可能性并不可取。在某种条件下，就并非全无可能。来看看柴田初子的情况吧。"砧从容不迫地缓缓道来，

"初子和凉子是同父异母的姐妹，不仅容貌酷似，而且都才学过人。初子接受过训练，可以模仿凉子的说话口吻、举止和笔迹，对凉子的人际关系也一清二楚，能够随机应变。也就是说，初子完全具备顶替凉子的基本条件。另一个重要因素是岸滨龙二。凉子的丈夫龙二把初子当作妻子对待，所以我和警部都没有起疑。真正的凉子已经以壬庚子的身份死去，这出戏怎么演都不会穿帮。初子将妻子的角色扮演得十分出色。"

"呃……"

"在凉子还活着的时候，不必担心替身一事暴露，因为凉子操纵初子时会安排好一切。随着初子的演技升堂入室，凉子让她短暂造访学院、去千子的店露面，测试效果。这个阶段的试验都大获成功，毕竟谁都想不到凉子会在日常生活中做这种恶作剧。当然，作为设计师，岸滨凉子有自己的生活。比如案发之前的某天，是凉子本人看到了布施香子留在学院的名片，后来去滨餐厅出席送别会的也是凉子本人。凉子的失策在于没有察觉初子的背叛。"

"唔……"

"我在桃龙阁由岸滨引见初子假扮的凉子夫人的那天晚上，真正的凉子正以壬庚子的身份在榆树咖啡店和布施香子见面。现在想来，从那天晚上一直到凉子遇害的十天里，初子这边应该很担心在桃龙阁冒名顶替的事败露。假如我毫不知情地给真正的凉子夫人打电话，或者在她的工作单位露面，整个计划便宣告破产。初子让我别打电话过去，并委婉地拒绝见面，是因为有穿帮的风险。而从凉子死亡的第二天起，情况彻底改变。初子淡定地冒充凉子夫人去找警部。风山透露有两个模样酷似的女人，是在好久以后，此时还没人知道替身的事，瞒天过海不成问题。"

"真是自说自话的解释。嗯，这种事也是有可能发生的。但是，演得再怎么天衣无缝，身边也总归有很多不方便见面的人和不能见面的人。就比如岸滨的公司里那些人……"

"原来如此……我也想过这个问题。岸滨在去世前不久着手解散岸滨商会，四名员工现已于其他公司任职。我去见了那几个人，按他们的说法，社长夫人是著名设计师，他们只偶尔得见，跟她关系没近到能熟络交谈的程度。所以根本没必要顾虑那些人。"

"送别会上那几个朋友要怎么办？"

"得知岸滨凉子和案件扯上关系，她们大概往岸滨家打过电话吧。但初子在接受训练时，对凉子的交友关系多少了解一些，隔着电话应对并不难。尽量少说以免出错，单方面结束话题即可。"

"那亲戚呢……还有，你忘了她工作单位的那些人。"

"凉子和初子都父母双亡，所以凉子的父母找上门来这种事不可能发生。而抚养初子长大的舅舅人在乡下，初子离家出走后，两人相当于断绝了关系，他甚至没试着打听过初子的消息。唯独碰见初子工作单位的人会有点儿麻烦，不过这些人只知道初子的本来面目。如今初子以岸滨凉子的身份生活，表面上与他们毫无关系，只要小心躲避，应该不会有机会碰面。"

"唔……"

"况且，岸滨龙二为了掩饰自己的罪行，也会尽量避免让初子出头露面。他彻底拒绝媒体采访，不让记者见到初子。打到家里来的电话都由龙二来接，借口妻子身体不适搪塞过去。他给用人放了长假，对设计界的相关方则声称凉子精神受到打击，害怕丑闻导致在服装界的形象受损，表明引退的意向。经营的时装店那边也由龙二出面处理好了一切。对服装界从业者来说，当红巨星引退，意味着少了一个竞争对手，没人会挽留。谁都没再深究此事。"

"呃……"

"就像这样，乍看危机重重，但只要有岸滨龙二在身边，就能躲在他背后安坐夫人宝座。有朝一日两人远走高飞，即可摆脱风言风语。没人会再关注这个案子。不料岸滨横死，情况发生改变。冒牌货失去了靠山。在我个人看来，朋友岸滨出事故身亡，是因杀害妻子与其情人而遭到的报应。他以死偿还了罪孽。"

听到这里，饶是她也不禁绷起脸来，向砧投去探究的视线。砧平静地开口，给予致命一击。

"我以朋友的身份主持了岸滨龙二的葬礼。她一身丧服的模样惹人心疼，寡言少语地应付场，扮演着悲痛的妻子凉子。当时谁也没有起疑。岸滨家的亲戚都是些远亲，说是只在岸滨的婚礼上见过凉子，跟凉子几乎没有来往。岸滨去世后，我代为处理了一切杂务。谁知她没跟我打声招呼就销声匿迹，而我也体谅她的心情，并未试图寻找。"

4

夜静更深，温泉旅馆窗外一片白雪皑皑。

两人久久不语，互相躲避着视线，有些笨拙地忍受着不期而至的沉默。砧的目光落到房间一角的将棋棋盘上。

"这儿有个将棋棋盘。"

"我……一个人在这里闷了好几天，唯一的消遣就是摆摆报纸上的将棋棋谱。"

她的语气透着寂寥。

"对了，我以前说过想跟你切磋一局呢。"

"择日不如撞日，能陪我下一盘吗？"

"乐意之至……"

"不过，这也许会是我们之间的第一盘，也是最后一盘棋。"

"嗯……"

"砧先生，我们赌点儿什么吧，好吗？"

"赌棋啊……你发出挑战，我当然不能退缩。"

"可以不问条件内容直接应下吗？"

"你可别吓人，我的资产哪儿比得上你这样的有钱人？"

"瞧你说到哪儿去了……我不打算赌钱……那就用掷棋子来决定吧。"

"决定什么？"

"掷棋子的结果，如果是你先手，那么很遗憾，赌局取消；如果是我先手，你就要无条件答应赌局。"

"真强硬啊。要是结果是你先手，我岂不是得任凭你提条件……算啦，就这么办吧。"

砧顺之介微微一笑，从行李包里取出总是随身携带的棋袋。是锦旗字体的棋子，华田八段所赠名品。

"由我来掷没问题吧。"

"请。"

砧拿起五枚步兵掷到棋盘上。有三枚翻转为成金。

"如你所愿，是你先手……开条件吧。"

"唔……"

"怎么了？说吧。"

"嗯。"

她深深注视掷到棋盘上的棋子,最后下定决心般抬起头来,正襟危坐。

"输掉这局棋的话,我明天就去找警方自首。"

"看来你认可了我的推理。"

砧感受到她内心微妙的动摇。她一脸愁容地说:"可我无论如何都没有胜算。我根本下不过你。但假如我赢了,我本来打算给你出点儿难题……不过——"

"难题吗……好啊。我已经答应了赌局,就要无条件接受任何要求,对吧?"

"若是女人无条件接受男人的赌局……可就意味着允诺了一切。"她难得支吾起来,"不过,今天是情人节。"

砧默默摆起棋子。

她端坐桌前,用纤纤玉指摆好棋子后,轻轻颔首致意,初手▲7六步为角行开道。砧初手△3四步,她应以▲6六步封住角行通道,继而选择四间飞车[1]战术。

夜色愈发深沉,寂静的房间里不时响起清脆的落子声。对局双方都一言不发。她的面容上已不见方才的妖媚,代之以机敏而认真的表情。她苦闷地叹息一声,一副拼尽全力的架势,仿佛要将一生的热情之火都在这一局棋里燃烧殆尽一般。

5径、6径、7径的缠斗逐步推进局势,后手方保持着优势进入终盘。

砧拿起持子中的步兵打入对方的美浓围[2],啪地落到4八的

---
[1] 四间飞车,将飞车横向移至左数第4列的走法。
[2] 美浓围,将棋的一种布局,与振飞车(横向移动飞车的走法)并用,把王将移入飞车的位置围起来。

位置,压在她的金将头顶。

"啊……"她轻呼一声,指着4一那格的步兵,"这里已经有步兵了。"

"哎呀,是二步①。我犯规了。初子小姐,你赢了。"

柴田初子不由得深深看向砧的脸庞,旋即又别开视线垂下头,难掩耳朵因羞涩而泛起的红晕。

5

冥冥之音

关于岸滨凉子,作者没有做出任何虚假叙述。

在序章中,岸滨龙二在桃龙阁向砧顺之介引见初子假扮的凉子时说:"内人也说一定要见见你……"这个女人是冒牌货,不能写成"凉子",故而全部用"她"或其他表述来指代。

当然,真正的凉子出场时,叙述部分会明确使用"岸滨凉子"这一表述。(这是推理小说中的惯用手法,对见多识广的你来说,也许无须过多解释。)作者在多处区分使用这两种行文方式,以此挑战细心的读者。

以第三章为例。"砧进入会场时……主持人说道:'下面有请讲师岸滨凉子女士登场。'……她登上讲台,深绿色长裙与她十分相称……台上之人把控全场,以流畅的言谈与适时的玩笑牢牢抓住听众的注意力。"

引语部分是故事中角色的发言,只能这样写,但站在讲台上的女人是岸滨凉子的替身,所以叙述部分以"她"来指代。

---

① 二步,将棋的禁手之一,指在同一径投入两枚步兵。

深信她就是凉子的砧顺之介搭上她的顺风车。"她驾车驶过……开进滨餐厅的专用停车场……就在这时,一个女人靠近停下的车……"这个女人就是刚刚在占卜教室杀害香子的壬庚子,她恢复岸滨凉子的模样来到了停车场。

接下来去滨餐厅出席送别会的是岸滨凉子本人,所以叙述部分明确写出了凉子的名字。其后凉子去往占卜教室,被丈夫杀害。

第三章第三小节,"美貌的女人"造访搜查本部,自我介绍道"我是岸滨龙二的妻子"递过名片。"哦,您就是设计师岸滨凉子啊。"须潟警部被骗也情有可原。以警部的视角写这部分情节,是作者的有意设计,目的是不仅要骗过警部,也要骗过读者诸君。

第四章第三小节,初子喝着加冰威士忌看电视时,人在岸滨龙二家里。"事到如今,初子已不可能跟岸滨凉子商量对策",这是因为凉子已经死亡。"隔壁响起电话铃声"这一句则和下一个★后面那段是连着的,那个电话是砧打给龙二的。初子此时正在龙二隔壁看电视,听到了电话铃声。过了一会儿,龙二说"我这就让凉子来接电话",叫来初子。初子假装凉子周密应对:"我是凉子。砧先生,谢谢你打电话过来。"(这个故事发生在昭和五十八年[①],手机尚未普及。)

初子彻底化身成岸滨凉子,第四章中在水户巡查部长面前,以及第七章中在砧顺之介面前展现出高超的演技。智慧如砧,都在赌棋中疏忽大意,犯下低级错误,许是下意识地沉迷于恶与性的魅力而丧失理性的缘故。

---

① 一九八三年。

话说回来，已至结尾，即使冥冥之音不像这样得意扬扬地讲解叙述性诡计，想必读者也目光如炬。逐一讲解或许略煞风景吧。

但从作品形式的角度而言，解说具有不可或缺的作用。在这部作品中，凶手的杀人计划、不在场证明诡计和侦探的推理等，倒不如说都是次要的，主要目标是让读者对两个女主角的身份产生误认。以"老掉牙的双胞胎诡计"本身为主题，辅以公平的叙述来欺骗读者，才是真正的目的所在。冥冥之音认为，不加这段解说，不足以构成完整的解谜过程。

终 章

砧顺之介刚回大阪后的几天里，不得不处理堆积如山的杂务，连喘口气的时间都没有。某天深夜，砧回到千代田公寓的家，从信箱里取出信件、杂志等放到桌上。

砧边喝咖啡边浏览这些邮件，从中拿起一个硕大的信封。寄件人是志贺康男。看到写着"阳光房"字样的封面，砧总算回想起来。

翻开杂志，便看到岸滨凉子和飞驒桂子的对谈文章。

岸滨：今天是"将棋之日"呢。听说是因为在江户时代，每年十一月十七日都会举办御城将棋①，由此规定了这个日期。

飞驒：是的……

岸滨：将棋似乎一年比一年流行。像您这样的明星女子棋手横空出世，更是带动了将棋热。

飞驒：哎呀，这可不敢当……总之，想进奖励会②的小学生逐年增多。

---
①御城将棋，在将军面前进行的对局。
②奖励会，日本将棋联盟培养职业棋手的机构。

岸滨：记得是在七八年前，我刚毕业那年读到一篇文章，说是发掘调查福井县的朝仓义景遗迹时，出土了很多日本最古老的将棋棋子。将棋当真历史悠久。它起源于什么时候呢？

飞骅：我不太了解这些，抱歉。不过，看样子岸滨女士对将棋很感兴趣呢，棋力一定很高吧。

岸滨：可惜，凡是游戏，我都玩不转。其实我只是争强好胜，在硬撑罢了。

飞骅：咦？您完全不会下将棋吗？

岸滨：因为要跟您对谈，我想着至少得弄明白棋子的移动方式，临时抱佛脚看百科事典学了一下。（笑。）

飞骅：还是聊聊共同爱好比较稳妥。岸滨女士，我知道您业余还会写推理小说，最近刚拜读过《电话》。我也读过不少推理作品。

岸滨：有喜欢的作家吗？

飞骅：埃勒里·奎因……还有卡尔和克劳夫兹也都读过不少。

岸滨：看来您喜欢本格推理，我们应该聊得来。下面讨论一个推理问题如何？

（后略）

看到这里，砧心中的谜团全部解开了。

岸滨凉子对将棋一窍不通。如今想起来，砧在桃龙阁第一次见到装成夫人的初子时，她不慎提起诘将棋的话题。话至中途，她猛然意识到这个失误，心下一惊。所以，砧问起著名的诘将棋书籍时，她赶紧装出一无所知的样子。

另外就是在南映文化厅听完演讲，搭乘扮作凉子的初子的顺风车去天满桥的时候，砧随口提起飞骅桂子和岸滨凉子的那篇对谈。初子当时怕是根本不知道有对谈这回事，答不上话。机灵的初子赶忙装作凉子联络从未谋面的飞骅桂子，成功把独立杂志《阳光房》弄到手。一看内容，她大吃一惊。要是砧读到这个，得知岸滨凉子是个将棋白痴，就会立刻穿帮。于是初子谎称把杂志弄丢了，蒙混过关。

砧关掉房间里的灯，走到窗边，眺望霓虹灯的余晖。寒潮来袭，似要将灯火的光芒也尽数冻结。砧眺望着夜间都市的深沉景象，浮想联翩。

"初子……"

砧轻唤出声。

在奇妙的机缘巧合下，她协助谋杀了血脉相连的妹妹。此事恐怕会带给她终身的打击。但是，不必绝望，初子。

只要接受法律的制裁，就尚有余生可期。等心情平复下来，希望你能主动现身。

"那之后都过去九年了……"

九年的岁月，说长也长，说短也短。那一晚的棋局清清楚楚地浮现在砧的脑海，恍如昨日。

那时为什么会犯规输掉棋局呢？他对此深感羞愧，甚至有所悔悟。不过，这样也好。这是砧自己都不曾意识到的深层心理。

下完将棋，两人拖着冰冷的身体进入岩石浴池，在静谧的深夜并排泡起温泉。少顷，初子回到房间，在雪光辉映下的卧室里展露裸体。在这最后一夜，初子仿佛要将自己燃烧殆尽一般，贪婪地索求着，喘息着，再度向砥发出挑战。

那激情的一夜过后，第二天，柴田初子便从砥的面前消失了。大概再也见不到她了吧。

初子……如今人在何处？

若有心去找，应该能找到。但砥打消了这个念头。此刻，他怀着复杂的思绪，在夜深人静的温泉旅馆独自沉溺于回忆之中，感慨万千。

推理谜题

赌　博

"这位是你小说的粉丝,拜托我一定要介绍你俩认识……来,快进屋吧。"

仓田这家伙老是这样。面对不速之客,先来的客人小川微微皱起眉头。

为庆祝完稿,我邀请投缘的杂志记者小川来公寓里,一起边喝苏格兰威士忌边听唱片,此时兴致正浓。所以在这天晚上,我同样不太欢迎暴发户经纪人仓田登门。不知为什么,就是看他不顺眼。抛开最近跟他打麻将总被绞杀① 这事不谈也一样。

没想到仓田带进来的是一个妙龄女子,而且相当貌美。小川恢复了些精神。

"初次见面,我姓田中。"

她落落大方地寒暄道。凑够四人,大家便张罗着要玩累积赌注。

"小姐,麻烦你帮忙拿一下牌。"

我说完后,她爽快地起身,从我那张写字台的第二个抽屉里取出扑克牌拿来。

---

① 绞杀,指不切别家可能会鸣的牌。

照例由仓田提议赌博，我自然没有异议。可开始之后，今晚不知怎的，强硬地虚张声势也没什么效果，仓田节节败退。我和对面的她视线不时相遇。她用涂着漂亮指甲油的手娴熟地打着牌，我不禁看得入神。

我损失惨重，不过倒不是因为走神。输得最惨的还数仓田。小川个性使然，比较谨慎，结果不赔不赚，因此最终是她独占鳌头。

两人回去后，小川想到什么，笑眯眯地说："连仓田都溃不成军呢。那家伙彻底被蒙在鼓里……她的手段可真高明啊。"

"咦？你是说她刚才作弊了？"

那么，小川是如何识破的呢？

解　答

小川对我说道:"她第一次见你,却了解你房间的情况,可见你俩是串通好的,她设法把仓田引到了这里。你俩不时互相使眼色,而仓田对此浑然不觉……是要报麻将的一箭之仇吗?你可真够坏心眼儿的。"

破公交

"哎呀,只剩十分钟了。"

从刚才起,晴子每隔两分钟左右就要看一眼手表,连连叹气。

"乡下的公交是破汽车……"有一首歌是这样唱的。行驶在R县道上的公交车的确慢得不像话,还经常不准点,害她每个月都要迟到两三回。昨天她才刚被股长训过。

"用于联络中央官厅的文件都在你的文件柜里,结果保管钥匙的你迟到,有备用钥匙的广田又请假,真让人伤脑筋。别老把责任推给公交,稍微早点儿出门不行吗……"

股长的说教太烦人,于是今天她一大早就出门了,可看眼下这状况,八成又要迟到了……

"哟,晴子小姐,好悠闲啊。"

三个青年按铃跟她打招呼,骑着自行车从她身边经过。三人都是跟她在同一家土木办事处工作的职员。似是手指有伤,右手包着绷带的青年是技术部的立川;皮肤黝黑、体格健壮的是现场监管员大村;另一个人是设计股的广田,她的邻桌同事。晴子毕竟是个年轻姑娘,不禁开心地挥手回应,可等到自行车消失在视野里,对破公交的怨气就又上来了。总算来车了,她气喘吁吁地赶到事务所,然而总务股已经把考勤簿收走了。

翌日，公交一切顺畅。晴子准时来到事务所，翻开考勤表正要往上盖章时……"咦？"她怀疑起自己的眼睛。昨天那栏明明应该盖着迟到章，不知为何却盖有她的印章，只是方向有些右倾。

晴子瞬间回想起骑自行车的三个青年。（他们中的某个人见我要迟到，就从我的文件柜抽屉里取出印章，帮我盖好了！）

然后，晴子想起英俊的立川右手包着绷带，不觉莞尔。肯定是他！事实果真如此吗？她为什么会这么想？

解　答

用左手盖章，也不一定就会向右倾斜。晴子的推测是错误的，不是立川盖的章。印章放在晴子的文件柜里，而持有此文件柜备用钥匙的只有广田一人。一定是他帮忙盖好了章。

侦探学基础

我补好口红，用粉扑又仔细拍过一遍脸之后，轻轻推开黑木侦探事务所的门。屋里坐着一个貌似委托人的中年男人。

黑木所长看见我，说："来应聘当我这家侦探事务所助手的就是你吗……请坐。哟，你是从大楼后面那条小巷过来的啊。"

"咦？你怎么知道？"

"小巷现在在施工，而你的鞋上沾了点儿红土。不用这么惊讶，这只是推理学的基础。"

他大概是在模仿福尔摩斯，然而很不巧，我是打出租车直接过来的。再说，我是来取侦探社现状调查报告的杂志记者，这么明显的事他都看不出来吗……我强忍苦笑，叹息一声说道："哇，真精彩！"

黑木所长一副心满意足的样子，重新转向委托人。

"失礼了。请接着讲吧。"

绅士向我点头致意后，继续讲述。

"我收到一封信，信上说晚上十点要去偷走那尊贵重的佛像。我怀疑是恶作剧，但还是有些担心，就把佛像放到书房里，亲自看守。到了十点，无事发生。我让女佣端来咖啡用以提神。过了一会儿，我看见末班电车从书房的窗外驶过。嗯，我家西边挨着电车轨道。佛像平安无事,我松了口气,不知怎么就那么睡着了。第二天早晨,阳光透过窗户照到我的脸上,晃得我醒了过来。我一睁眼,发现佛像不见了。"

"真是怪事。我确认一下,家里只有你、寄宿学生和女佣三个人,对吧?"

"是的。但女佣晚上七点有事出门了,是坐末班电车回来的。之后,寄宿学生仔细锁好了门窗,而我所在书房的唯一的窗户自然也上着锁。"

委托人离开后,黑木所长说要带我即刻赶往现场调查。

我憋着笑说:"没有这个必要,所长。佛像没丢,刚才那人在撒谎,他是想骗保。那段话里有至少两处矛盾。"

解　答

"出门在外的女佣端来咖啡，朝阳从西边的窗户照进来，你就不觉得奇怪吗，所长？看穿这种程度的谎言，可是侦探学的基础。"

不在场证明

她在Z茶馆角落的桌边坐了将近半小时,像是在等人。晚上十点刚过,她焦躁地起身唤来服务员。"要是之后有人来找我,麻烦把这个给他。"说着,她递过从笔记本上撕下的留言条,碰都没碰点的红茶就离开了。

翌日早晨,在公寓中发现了弓子的尸体。座钟掉在地板上,指针停在十点四十分,犹如在宣告惨剧发生的时间。刀子沾满鲜血,刀柄上缠着绣有"T. K."字样的手帕……作为案件关系人受到传唤的河村友子(Kawamura Tomoko)脸色苍白地说:"那是我的手帕,之前弄丢了。昨天我一个人去看电影,晚上十点半回到住处。"经调查,至少在晚上十点半以后,她有牢固的不在场证明。

弓子所住公寓的管理员表示:"公寓晚十点门禁,昨晚十点以后绝对没人出入。不过十点半左右,我听到有人按铃,往外一看,发现是熟人木村。他问三号室的冈田在不在,我说冈田出差了,他就走了。他看上去醉得不轻。"

这时刑警回来汇报:"昨晚她好像跟一个男人约好在Z茶馆见面。对方迟迟不来,她便托服务员转交这张留言条,随即离开。"

留言条上潦草地写着："木村先生，我等你一直等到十点十分。我先回公寓了。弓子。"不用说，这张纸片和弓子房间里笔记本的破损页缺口完全吻合。而当事人木村因骨折正于 H 外科医院住院。他昨晚醉得神志不清，十一点左右被车撞了。

刑警面露疑惑地问："木村说他没约弓子在 Z 茶馆见面。我认为杀人动机是三角恋引发的纠纷，可木村和友子都有不在场证明。这会不会是自杀，意在诬陷？"

搜查主任予以否定地问："不，这是他杀，而且是单独作案。凶手自以为巧妙地伪造出不在场证明，却留下了意想不到的破绽……"

解 答

主任说:"晚上十点以后没人出入过公寓,弓子却在家里遇害,那么在Z茶馆待到晚上十点十分的女人就不是弓子。由此可以推出,是河村友子在十点前杀害弓子,并拨快了座钟的时间。然后她撕下笔记本的空白部分带上,来到咖啡店假装弓子,试图利用时间差制造不在场证明。"

随 笔

本格诡计已经穷尽了吗？

A：奎因，《Y的悲剧》。

B：卡尔，《三口棺材》。

C：克劳夫兹，《桶子》。

这三部作品都有本格推理杰作之称，虽同是本格，但由于作者风格各异，内容各有千秋。一句话总结，此三作的侧重点大致如下。

A：逻辑与解谜的乐趣。

B：魔术般不可思议的乐趣。

C：凶手伪造不在场证明，以及破解不在场证明的乐趣。

既同属本格范畴，自然每部作品都A、B、C三要素齐备，只是因作者风格相异而比重有所不同。

言归正传，这次参与《本格推理会式微吗》特辑，分给我的课题即此篇的标题——"本格诡计已经穷尽了吗？"这个"诡计"指的是B、C这两项内容吗？从本格推理的生命力依赖于诡计这种观点来看，分给我的这个课题会对"本格推理会式微吗"这一探讨的结论产生很大影响。

"诡计已经穷尽、走入死胡同"这样的声音，的确早就层出不穷。试图用几年前已臻完善的乱步式诡计做文章是不太可行的，因为即使想到新点子，也总会有某处能在前人之作中找到原型。

常规观点认为，已不剩多少诡计可供今后使用，并由此得出悲观的结论：本格推理失去诡计这一根基，将逐渐衰落。

然而迄今为止，我从未有过本格推理会就此式微的念头。

奎因的作品主要是 A 类型。仔细分析奎因各部作品的结构，即可洞悉这位作家的构思过程。他以 A 类型为基础，每一作变换不同的题材，创造出千差万别的作品。B 类型的卡尔和 C 类型的克劳夫兹亦是同理。

当然，也有均衡分配 A、B、C 要素，并精心加入炫学、幽默、伏笔等而形成独特风格的"D：范·达因……克里斯蒂"这一体系。

还有一类作品应该被归为 E 类型，即从克里斯蒂的《罗杰疑案》、伍尔里奇的《幻影女子》到博林格的《最长的一秒》[①]等使用了写法诡计的作品。[②]

各位狂热的推理迷可能要问了：搞这种老生常谈的分类有什么意义？且慢，容我解释几句。诡计悲观论者们，请在 A、B、C、D、E 每种类型中各选十部作品，熟读这五十部作品后，写一份研究笔记如何？你可能会说："真够无聊的……"诸君连这点儿闲暇都没有，着实令人遗憾。假如有人将这无聊的课题付诸实践，请去问问看吧。想必"他"会双眼熠熠生辉地如此说道："你说诡计已经穷尽了？走入死胡同？不，人类的想象力是没有边界的，可发挥的空间还很大。诚然，诡计的原型已经穷

[①] *The Longest Second*，日译名《消された時間》(《被抹消的时间》)。
[②] 写法诡计这一名称是由佐野洋提出的，现在一般称为叙述性诡计。——平成九年（一九九七年）作者注。

尽，然而其组合与变化永无止境。我找到了不断构思崭新诡计、创作新型本格推理的方法。我对本格推理的未来毫不悲观。"

说点儿私事吧。我因一些身边事搁笔已有数年，但对本格侦探小说的热情之火从未熄灭。有一次，我想给这团火添些柴火，便去拜访"他"。就如刚才所说，他是坚定的本格拥趸。"诡计是无穷无尽的。创作全新本格侦探小说的方法，我教过你很多遍，可你还是写不出来。知晓方法却做不出成果，是才能的问题。""他"焦急地说。我无言以对。正因身为本格狂热爱好者，于此本格式微论甚嚣尘上之际，不是更应该发表一部令人惊叹的长篇本格作品，让悲观论者们开开眼界吗？我生出一种责任感。若不行动起来，再怎么空谈"诡计不会穷尽，本格安如泰山"，又有谁会在意？

诡计问答

本文会泄底埃勒里·奎因《上帝之灯》、莫里斯·勒布朗《怪屋》、电影《七张面孔》的诡计。

"推理小说的诡计都是怎么构思出来的呢？今天我想聊聊这个问题。具体来讲就是，要以怎样的思路想出诡计，经过怎样的步骤，才能完成一部作品？我觉得分析构思过程是件非常有趣的事。不过，构思诡计的方法也许因人而异。那么先来看看你的情况吧。可否以你自己的作品为例，具体讲讲构思诡计的方法？"

"那是好久以前——十二三年前的事了，我在《宝石》杂志上读到高木彬光的《侦探小说的创作方法》，文中提及《刺青杀人事件》一书诡计的构思过程，我读罢深感佩服，获益匪浅。作者像这样解说自己如何苦心构思出作品中的诡计，确实很有意思呢。我也特别喜欢关于诡计的话题，聊多久我都奉陪到底。但还请高抬贵手，分析我的作品就算了吧。若是堪比《刺青杀人事件》的名作，倒不怕拿不出手。可惜我才疏学浅，而且能拿来当例子的作品只有十年前的旧作，实在是……难为情……"

"可是，看看最近那些作品吧，即使没有亮眼的诡计，只要发生杀人案,有刑警登场,就通通被归为'本格推理小说'。要讨论诡计,还是跟你这样迎难而上,潜心钻研的人聊最合适啊。"

"现代社会对推理小说的要求,是'不止步于单纯的解谜,要直面人间苦难与社会矛盾'。的确,所谓魔术文学中不含此类要素。但是,我们在观看魔术、沉迷诘将棋与智力题时,都仅仅因为不可思议的乐趣与解谜的趣味而乐在其中。那为什么不能有纯粹以解谜为主题的推理小说呢?在我看来,这不就是把那种乐趣原样移到纸上而已吗?所以,我一直坚持自己的创作理念。换句话说,我的作品以谜题与诡计本身,而非人与社会为主题。先想诡计,再扩充情节,登场人物都不过是工具人,这种写法和主流作家截然相反。正因抱持这样的观念,才会在现实中一事无成,有愧作家之名。之所以不想再回顾自己的作品,就是这个缘故。不再延伸别的话题了,但分析自己的作品就免了吧,嗯……围绕诡计这个主题闲聊一番怎么样?"

"那么,在你读过的作品里,你觉得哪个诡计尤为厉害?"

"这问题可把我难住了。我觉得给诡计的质量打分很难。现在人们都说诡计已经穷尽,就算在最近的作品里见到巧妙的诡计,也总能从早期作品中找出其原型。如此一来,哪怕内容再简单,也还是得给发表时间更早的原型作品更高的评价。"

"不,别想得这么理性,我是在问你喜欢什么样的诡计。"

"我不喜欢机械式诡计,无论状况看起来有多么不可思议。比如说……我就想到哪儿说到哪儿了,奎因的《上帝之灯》、卡尔的《妖怪林别墅疑案》[①]《三口棺材》《白修道院谋杀案》、克

[①] *The House in Goblin Wood*,日本版《EQMM》杂志创刊号刊登了由江户川乱步翻译的版本,标题被译为《魔の森の家》(《魔森之家》)。

里斯蒂的《牙医谋杀案》……大概这些。顺便一提，卡尔的《皇帝的鼻烟盒》的诡计受到高度赞扬，但我觉得有些过誉。对诡计的评价会受喜好影响。"

"这些作家为什么那么聪明，能源源不断地想出诡计呢？"

"假如构思诡计有模式可循，以下仅为想象，让我试着臆测一下奎因《上帝之灯》的诡计构思过程。这部作品很有名，在这里泄底也无妨吧。

"第一步，首先要设置一个极为不可思议的状况，这是侦探小说应具备的首要条件。钻研过密室杀人、人凭空消失等诸多前例后，最终想到'房屋消失'这一前所未有的状况。

"第二步，为什么要让房屋消失？为了给这种不可思议的状况一个合理的解释，尽可能多想一些靠谱的动机，加以推敲。

"第三步，同时还要思考房屋消失的诡计，要想给出合理的解答，让房屋本身真的消失是行不通的。遂想到可以琢磨如何让目击者产生错觉，误以为房屋消失了。那么，以目击者的视角来写这部小说，岂不是正合适？并且，让身为主人公的侦探而非随便哪个迷糊角色来当目击者，更容易骗过读者。

"第四步，至于让侦探误以为房屋消失的状况具体是什么，这个思路如何——趁侦探睡着的时候，把他从甲地点搬到乙地点。侦探在乙地点醒来后，没有看到位于甲地点的房屋，大吃一惊。

"第五步，不能让侦探发觉自己从甲地点移动到了乙地点，故设置双子屋。

"第六步，至此，核心诡计已经成形，但为了让侦探对所处房屋有变这一状况浑然不觉，还要再用点儿手段。于是让凶手前一晚故意在侦探面前跟人吵架，摔酒瓶，弄得一屋子碎玻璃。

凶手搬运睡梦中的侦探的同时,把玻璃碎片也原样移动过去,以此加强效果……"

"我猜奎因的构思过程差不多就是这样。"

"要是能有这么顺利就好了。"

"我只是套用了亚历克斯·奥斯本所著《可复制的创造力》一书中的公式而已。想点子不能光靠灵感,而要确定一个主题,围绕它进行头脑风暴,这是必不可少的方法。奎因是两人合作,正适合用这种方式。"

"那你构思诡计时,也是用这种方式吗?"

"你可真会引导话题。每个人的情况都不尽相同。估计也有人不是像我说的那样有意识地逐步推导,而是脑海中直接隐隐约约形成整个想法……不过构思的原理是相通的。诡计正是经由我刚才讲的那些步骤而诞生。但要问机械地遵循这种模式就一定行得通吗?倒也未必。能否想出好的诡计,还是有赖于每个步骤中小小的灵光一现。再回到刚才的例子,比如说,第三步要处理房屋消失的问题,假如咱们分到这个主题,会怎么做?"

"我想想……像搭摄影棚一样建起房子,再紧急拆除之类的……"

"看,咱们只能想到这种平平无奇的方法,抑或经过一番冥思苦想,最终认定这个问题不可能解决而放弃。要想让思路按照第三步、第四步、第五步的顺序流畅地展开,需要丰富的想象力和经验。经验是指通晓诸多范例并能灵活运用,譬如在第五步能想到双子屋,是因为看过勒布朗的《怪屋》。"

"你煞有介事地卖弄一堆公式,可那其实一开始就是从《怪屋》获得的灵感吧……也就是说,不是在从第一步到第五步的过程中想到双子屋的创意,而是从一开始就定好了双子屋的设置，不是吗？"

"可能吧。毕竟构思过程没有固定的顺序。又或许其实是用作标题的'上帝之灯'——故事中的绝妙线索——最先浮现在脑海中，推进了构思。所以我才提前声明刚才那些都完全是臆测。我倒是想找作者奎因问问思路呢。总之，构思诡计的方法也就这么回事。不负责任的解说就到此为止吧。哎呀，真是说了不少废话啊。"[1]

---

[1] 您可能知道，"多罗尾伴内"系列的第一作《七张面孔》(《七つの顏》)使用了双子屋的设置。看这部电影的首映时（当然，那时《上帝之灯》尚未被引进到日本），我心想：啊，巧妙地偷了"亚森·罗宾"系列的《怪屋》的点子呢。——平成九年（一九九七年）作者注。

五十年回忆

平成五年（一九九三年），鲇川先生在《本格推理①》中提起我时这样写道："山泽先生是长久以来一直很活跃的大阪人，始终坚持做一名业余作家。……我和他是有三十多年——也可能是四十多年交情的朋友。可惜我们分隔东京与大阪两地，很少有机会踏踏实实地敞开了聊。去年春天，我偶然得了机会去关西一带，就喊他来酒店一起吃晚饭，吃完去酒吧喝酒。结果他酒量比我还差，我俩没怎么喝酒，光喝水了。我已经记不清那时都聊了些什么，唯一还记得的，是他说起自己正在写第一部长篇作品……"

回想起来，那是在昭和二十八年（一九五三年）……已经是五十年前的事了。

竹下敏幸带着一本学生用笔记本来参加京都SR例会，说："这是下次要刊登在《密室》上的《咒缚再现》①的原稿。"作者是名为宇多川兰子的蒙面作家，大家对其真实身份进行了一番猜测。

---

① 《呪縛再現》。

我对作者是谁固然也有兴趣，除此之外，看到笔记本上密密麻麻的铅笔字迹，我深受震撼，不禁心生敬畏。

这篇作品分两次刊登。读过解决篇，得知作者是中川透[①]，我颇为震惊。早在五年前就出道的作家，为何要给同人志投稿？未能发表于《宝石》杂志这一缘由，如今已众所周知。作者在多年后又透露了另一个原因：害怕别人抢先发表使用相同点子的作品。

当时我还不了解这些内情，只是沉醉于作品精彩绝伦的内容，感慨万千地寄信给作者，竟收到文采斐然的郑重回信。自那时起，我们开始了长期的书信交流，而成为我们结识契机的《咒缚再现》，此后再次引发出乎意料的影响。

《密室》同人志长期举办东西对抗小说接力赛，作为关西阵营的最后一棒，我未经原作者同意，擅自让星影龙三在《蜈蚣巷》[②]登场。这事之前讲过，所以在此一笔带过。我拿星影龙三开涮，鲇川却大大方方地让星影在《红色密室》中登场，并说出"我昨天刚从大阪回来。""去调查蜈蚣巷的无头尸一案了。那个凶手头脑相当聪明。""与如此对手较量着实愉快，让人干劲十足。"这样的话。竹下很高兴地来通知我，我赶紧去读刊登《红色密室》的那期杂志，欣喜若狂。

遗憾的是，这部小说备受好评而成书出版时，删去了这一段。这也是自然。在《咒缚再现》中输给鬼贯警部，又在《蜈蚣巷》中遭山泽顺势戏弄，被塑造成迷糊侦探的往事，会有损已蜕变为名侦探的星影龙三的形象。

[①]中川透，鲇川哲也的真名。
[②]《むかで横丁》。

其后发表的《紫丁香庄园》《憎恶的化石》《朱色绝笔》[①]等作品均化用了《咒缚再现》的部分创意，粉丝们得知后，想要读读原型作品《咒缚再现》的呼声愈发高涨。

据说埃勒里·奎因也常重复使用自己作品中的点子。一般来说，作家想出一个点子后，会考虑若干种具体的使用方法，选取最合适的一种用在作品里。然而，被舍弃掉的使用方法也并非有多么拙劣。用过一次就彻底废弃，未免会感到可惜。自己借用自己的点子，算不上抄袭。要挪用到别的作品里，只需换一换小道具和情境，立马就能有若干种方案，将其巧妙地融入另外的故事中即可。

话虽如此，从作者的角度而言，摘取旧作的亮眼部分用于创作其他作品后，会不太希望旧作公之于众。另一方面，狂热粉丝对这种"挪用点子的技术"和"鬼贯与星影的共同出场"抱有兴趣也属正常。渴望一读梦幻作品《咒缚再现》的呼声一时间不绝于耳。

就在这个时期，我在手冢隆幸的个人志《星影龙三研究》中这样写道："星影因《红色密室》的成功而蜕变，因此，后来的版本中就没有前述那段对话了。既然《咒缚再现》因星影的蜕变而消亡，那么《蜈蚣巷》也难逃同样的命运。这两篇作品都登在蜡版印刷的同人志上，册子本身几近绝迹……那心高气傲却惹人喜爱的另一个名侦探星影龙三，后来过得怎么样？如今一定也精神抖擞地活跃在另一维度的平行世界里吧。我忍不住如此想象。"

---

① 《朱の絶筆》。

此外，我还曾在寄给鲇川先生的私人信件中这样写道："已拜读最新出版的《紫丁香庄园》讲谈社文库本。我知道这次就是最终版了，可原型作品《咒缚再现》连负责文末解说的新保博久都不曾读过，只有一部分老粉丝手头还留着，我感觉有些可惜。星影的人设更改是废版的原因之一，但原型亦有其价值，若能原封不动地公开，想必粉丝们会很高兴。"

众望所归之下，这部原型作品千呼万唤始出来。

平成八年（一九九六年），名侦探星影龙三全集《红色密室》《蓝色密室》（出版艺术社）二册出版，全日本的鲇川粉丝陷入狂欢。这是因为狂热粉丝心心念念的传说中的名作《咒缚再现》得以再版，收录于这套全集的卷首。

我诚惶诚恐地翻开《红色密室》。那段对话被加回来了！"我昨天刚从大阪回来。""去调查蜈蚣巷的无头尸一案。那个凶手头脑相当聪明……"我感到心潮澎湃。

在《鲇川哲也读本》（原书房）的九十一页，芦边拓的《给田所警部以花束》中有这样一部分内容：

>"那是因为作者鲇川老师本人认为，《咒缚再现》中登场的星影龙三和后来的星影不是同一个人。"
>
>"哦，没错，没错。所以山泽晴雄受《咒缚再现》影响所作接力中篇小说《蜈蚣巷》的解决篇中登场的星影侦探，也跟后来的星影对不上号。说白了，《咒缚再现》和《蜈蚣巷》跟商业杂志上发表的星影系列，本来就不属于同一个作品宇宙。"
>
>"可是，在《红色密室》里，星影和田所警部有过

这样的对话：'我昨天刚从大阪回来。''是去调查案件吗？''嗯，去调查蜈蚣巷的无头尸一案。那个凶手头脑相当聪明。'"

"嗯，但只有早期版本里有，后来的版本都删掉了。所以，出版艺术社出版的《红色密室：名侦探星影龙三全集Ⅰ》里收入那段对话，其实很不协调。"

"是因为采用了初版吗？"

"不，似乎整体上采用的是新版，唯独那一处重现了《侦探纪实》杂志上的文本。据说越是后期的版本，越倾向于删除这类游戏性质的内容。"

说得不无道理。但是，以我这个当事人的角度来看，作者明知前后矛盾，仍将那段对话加回定稿，从中能感受到其厚意。

平成十二年（二〇〇〇年），在芦边先生的努力下，我一度放弃的《蜈蚣巷》于完稿后的第四十七年首次公开发行。如此一来，穿起《咒缚再现》—《蜈蚣巷》—《红色密室》的因缘之线便一目了然。唉，感谢您耐着性子听我说了这么多废话。记录下这些，是我的一点儿小小执念。

鲇川先生在《鞭打死者》[①]中写下了我们第一次见面的情景。在那本书里登场，于我而言是很珍贵的纪念。

开头引用的介绍文写的是我们第二次见面时的事，当时立风书房的稻见先生和山前让先生也在场。至于文中提到的长篇作品，其实在那之前鲇川先生就给过我许多热情的帮助，我却

---

① 《死者を笞打て》。

至今无法回应期待。

第三次见面被记录在《EQ》杂志上的《新·追寻幻之侦探小说作家》专栏里,我是和天城一先生结伴跟鲇川先生见的面。北村一男先生和山前让先生为采访而同行。我们吃过晚饭后作别,梅田一带的夜景绚烂夺目,霓虹灯流光溢彩。

书店里陈列着全新装帧的《鲇川哲也选集》。看到其中的《死人之座》①(估计每个读者读完后,回顾序章埋下的机关,都会"啊"地惊呼出声。何其精妙的叙述性诡计,不愧是鲇川!对于被骗心有不甘,才算刚入门,若能体会到快感,说明你是不折不扣的叙述性诡计狂热爱好者。虽说我也是郁闷得直跺脚的那类人。)这本,作为万千鲇川粉丝中的一员,我深感怀念,遂将自己五十余年的心路历程一吐为快。

---

① 《死びとの座》。

「ダミー・プロット」(山沢 晴雄)
DUMMY PLOT
Copyright Haruo Yamazawa, 2000, 2022
Original Japanese edition published by TOKYO SOGENSHA CO., LTD., Tokyo, Japan
Simplified Chinese edition published by arrangement with TOKYO SOGENSHA CO., LTD.
through Japan Creative Agency Inc., Tokyo and Beijing kareka Consultation Center
Simplified Chinese edition copyright: 2024 New Star Press Co., Ltd
All rights reserved.

著作权合同登记号：01-2023-3082

图书在版编目（CIP）数据

替身计划 /（日）山泽晴雄著；朱东冬译. —— 北京：新星出版社，2024.3
ISBN 978-7-5133-5435-6

Ⅰ. ①替… Ⅱ. ①山… ②朱… Ⅲ. ①长篇小说 - 日本 - 现代 Ⅳ. ① I313.45

中国国家版本馆 CIP 数据核字 (2024) 第 002472 号

午夜文库
谢刚 主持

替身计划

[日] 山泽晴雄 著；朱东冬 译

责任编辑	王　萌	特约编辑	郭澄澄
责任校对	刘　义	责任印制	李珊珊
装帧设计	王柿原		

出 版 人　马汝军
出版发行　新星出版社
　　　　　（北京市西城区车公庄大街丙 3 号楼 8001　100044）
网　　址　www.newstarpress.com
法律顾问　北京市岳成律师事务所
印　　刷　北京美图印务有限公司
开　　本　910mm×1230mm　1/32
印　　张　9.75
字　　数　143 千字
版　　次　2024 年 3 月第 1 版　　2024 年 3 月第 1 次印刷
书　　号　ISBN 978-7-5133-5435-6
定　　价　49.00 元

版权专有，侵权必究。如有印装错误，请与出版社联系。
总机：010-88310888　传真：010-65270449　销售中心：010-88310811